L'Agneau carnivore

A l'image de l'Espagne vaincue par le franquisme, la maison où grandit le narrateur est hermétiquement close. A travers la haine qu'il voue à sa mère, à travers l'amour qu'il porte à son frère aîné, l'enfant va cependant découvrir le monde. Dès lors, l'innocent agneau dévore tout sur son passage, mettant à nu les rouages d'une société qui se complaît dans sa défaite et son enfermement, mordant à belles dents le conformisme et les hypocrisies. Au terme de ce festin cruel et superbe, tous sont morts. Les deux frères vont pouvoir se retrouver... pour le meilleur et pour le pire.

Agustin Gomez-Arcos est né à Almeria (Andalousie). Après des études de droit, il quitte l'université pour le théâtre. Certaines de ses pièces ayant été interdites, Agustin Gomez-Arcos quitte l'Espagne en 1966. Il est l'auteur de huit romans écrits en français, parmi lesquels Ana Non *qui obtint le prix du Livre Inter (1977), le prix Thyde-Monnier « Société des gens de lettres » et le prix Roland-Dorgelès (1978).*

L'Agneau carnivore, son premier roman, fut couronné en 1975 par le prix Hermès.

Du même auteur

AUX MÊMES ÉDITIONS

Maria Republica
Points Roman, 1983

L'Enfant pain
1983

Un oiseau brûlé vif
1984

CHEZ D'AUTRES ÉDITEURS

Ana Non
(prix du Livre Inter 1977 et prix Roland-Dorgelès 1978)
(prix Thyde-Monnier « Société des gens de lettres »)
Stock, 1977 ; et Livre de Poche

Scène de chasse (furtive)
Stock, 1978

Pré-papa
ou roman de fées
Stock, 1979

L'Enfant miraculée
Fayard, 1981

Agustin Gomez-Arcos

L'agneau
carnivore

roman

Stock

A R. D.
qui m'a soutenu de ses conseils
et de son amitié

TEXTE INTÉGRAL.

EN COUVERTURE : illustration de José David.

ISBN 2-02-008717-0
(ISBN 1re publication 2-234-00354-7.)

CHAPITRE PREMIER

Les yeux fermés.

Aucune image ne doit s'interposer entre celui que j'attends et moi. Aucune image étrangère à mon espoir ou à mes souvenirs. Etablir enfin le vide. Ce vide nécessaire entre le passé, que je connais si bien, et le présent, dont l'événement m'échappe.

Aujourd'hui. Une date ? Je n'ose même pas me poser la question. Pourquoi le ferais-je, après tout ? Je sais que mon esprit est plein de réponses contradictoires, prêtes à se dévoiler et à semer la confusion. Dans l'incertitude de toujours, on peut réfléchir. Dans l'angoisse soudaine, non.

Les yeux fermés, habité par l'hiver, j'ai passé toute la matinée à préparer la maison. Et tous les jours depuis mon arrivée : vendredi dernier, à cinq heures de l'après-midi. Les yeux fermés, je suis déjà à mercredi. La pendule du hall vient de sonner ses dix heures du matin juste à côté de mon oreille droite. Dix heures toutes neuves de ce mercredi tout neuf que j'ai attendu, les yeux fermés — le froid à l'âme pendant cinq jours-cinq siècles.

Parce que, aujourd'hui mercredi, c'est le début du printemps : une date, un renouveau qui va engager mon avenir. Enfin.

Bien sûr, pendant tout ce temps — je veux dire ces cinq

jours d'attente — j'ai dû ouvrir les yeux pour faire ce que j'avais à faire : d'abord mettre des draps propres sur le lit, le vendredi de mon arrivée, à cinq heures et une minute de l'après-midi (une minute : le temps de monter trois à trois les marches de l'escalier jusqu'à l'étage, pénétrer dans la chambre, prendre les draps et les étendre sur le lit).

Les yeux ouverts, j'ai contemplé ce lit habillé des draps d'autrefois, ces draps sentant toujours les coings de Clara, et je n'ai vu ni draps ni lit, mais un corps, ton corps, aussi grand, aussi fort qu'un arbre grand et fort, aussi complet qu'un paysage inviolé, avec ce petit ruisseau de sueur qui court toujours, même dans le souvenir, de ta poitrine à ton nombril, été comme hiver, et qui serpente vers ta hanche, avec l'éclat étincelant que la lumière lui prête. Les yeux ouverts, je n'ai que des regards anciens : des souvenirs futurs.

Mais c'est bien ça que je veux. Telle est ma volonté. Elle s'est réveillée à Paris, d'un coup, le jour de ton télégramme : « Je rentre à la maison au début du printemps. Je t'y attends. »

Détail incongru : ton télégramme est arrivé à un moment où je n'avais pas d'argent, où je n'attendais plus rien — ton télégramme rempli de mots inutiles, de mots qui coûtaient cher. Je me suis dit que, avec l'argent dépensé pour ces mots en trop, j'aurais pu me payer des frites et des saucisses — nourriture des pauvres à Paris, la mienne — et un demi, par-dessus le marché. Tu aurais pu mettre : « Viens à la maison. T'attends. » Ou : « Viens à la maison. » J'aurais même pu me payer des cigarettes. Et puis merde ! Nous étions le 15 mars. Je n'avais que deux jours de voyage. Pas besoin d'une date... Rien n'aurait pu m'arrêter en chemin. Pourquoi « début du printemps » ? L'argent devait être facile, au Venezuela.

Et puis j'ai compris. Ce *début de printemps*-là était

un message, un espoir codé. 21 mars. Anniversaire de ma première communion. Anniversaire de notre véritable étreinte parmi des nuages de papillons.

Je me suis accroché à cette certitude. Tout ce qui était mort-vivant en moi a fait surface. Dernier sursaut de vie. Mon cri de revanche a vidé d'un coup l'angoisse quotidienne de la petite chambre de bonne que je louais — sixième étage, pas d'ascenseur, pas d'eau, pas de chauffage — et j'ai fait ma valise. J'ai couru à la gare. J'ai pris un billet. Deuxième classe. Destination : toi.

Pas de bouquin. « Deux jours de train. Il faut que je pense. Pas de lecture. » Pas même le livre de mon poète compagnon; ma première trahison à son égard. Mais ce grand poète, mort, peut-être pas, je le crois parfaitement capable de comprendre ce qui, apparemment, n'est qu'une lâcheté. Et tant pis pour lui si, mort, peut-être, il ne comprend pas. Il *fallait* que je pense pendant ces deux jours pour sortir de mon sommeil. Définitivement.

J'étais sûr, de toute façon, que les cinq jours passés à la maison avant ce *début de printemps* s'écouleraient vite — cinq jours-lumière —, que j'aurais trop à faire : trop de temps mort et brûlant à refroidir, trop de « vécu ensemble » à épousseter pour ne pas salir la trace de tes pas tout neufs à l'instant de ton arrivée. Trop de passé à nettoyer. Pas le temps de penser une fois à la maison. (Voilà pourquoi je t'explique, j'ai pensé à tout durant mes deux jours de voyage. Il ne me reste plus qu'à me vider. A m'épurer, sans besoin de vomir. Du moins, je l'espère.)

Beaucoup de choses à régler pour que tout redevienne comme avant, comme il y a sept ans, au plus fort de la plénitude, à l'époque où l'adieu est devenu définitif : je veux dire les mots, les gestes, les regards cassés que nous avons inventés pour mieux exprimer l'adieu... comme on le fait toujours.

Toujours ?... Oui, je pense... Ou était-ce à nous que cela arrivait pour la première fois ?

Maintenant, je le sais : le jour de notre dernier adieu a été, de toute éternité, le premier créé pour cette sorte d'adieu. Personne d'autre n'en avait bénéficié. Nul autre jour n'en avait été le témoin.

Si, au lieu de me noyer dans tes yeux comme je faisais toujours, j'avais été plus conscient, si j'avais regardé autour de moi (tout en faisant un brin de comédie ou même de drame), j'aurais vu le cataclysme qui s'est sûrement produit : une éclipse de soleil, du sang rouge sur des roses jaunes — cataclysme national, mais aussi propre à maman — le jour de notre dernier adieu. Dernier adieu ressenti définitif.

Trop courts, d'ailleurs, ces deux jours pour tout recomposer et l'annexer à mes racines. Car, lorsqu'il s'agit de toi, il me faut fatalement remonter aux racines. A contre-courant. Avec tout ce que cela implique de danger et de fatigue.

Je n'ai rien mangé. Je n'ai rien bu. J'ai fumé. Deux jours de train et de nicotine pour récupérer toute une vie. Deux jours brefs et interminables.

Les yeux fermés-ouverts, j'ai acheté au magasin du village le savon qui, pendant sept ans, a peuplé ma mémoire de ton odeur. (Je ne sais même plus si c'était ton odeur ou du parfum. Maman achetait ce savon par boîtes de six, et elle parlait toujours de *parfum*. Mais moi qui, depuis tout petit, confond tout — à cause-grâce à toi — je n'arrivais pas à faire la distinction. Je n'y suis jamais arrivé tout au long de ces années où ton souvenir s'est imposé à moi avec la ténacité d'un mendiant. Quand je renifle aujourd'hui au plus profond de moi, une vague d'odeur me submerge : ton parfum; une ombre de parfum s'échappe et m'enivre : ton odeur. Comment établir alors la différence entre la justesse du vocabulaire de maman et la justesse de mes sensa-

10

tions?) Je suis entré dans la salle de bain, j'ai ouvert les robinets en grand, j'ai attendu tout nu que la baignoire se remplisse d'eau tiède, je m'y plonge, je me savonne, me savonne, me savonne... tant de nouveaux parfums à effacer pour revenir aux sources de ton odeur-mon odeur!... répéter ces savonnages pendant ces cinq jours, vendredi, samedi, dimanche, lundi, mardi, et ce matin encore... je me savonne, encore et encore... j'ai enfin retrouvé la peau de mon enfance, malgré ces poils qui ne sont pas ceux de mon enfance, mais que tu connaissais déjà il y a sept ans, le jour de notre dernier adieu. (Adieu qui est resté au fond de ma gorge — jet de sang chaud qui bloquait ma voix — mais qui est sorti de la tienne — dernier adieu gifle de glace.)

Oui, je divague. Me le reprocherais-tu?

Vendredi dernier à cinq heures de l'après-midi, quand, résolu, j'ai passé le seuil de la maison, tout est devenu précis. Enfin. Je savais exactement tout ce que j'avais à faire : vendredi cinq heures une minute, préparer le lit. Cinq heures, deux minutes, ouvrir la fenêtre et aérer notre chambre. Trois minutes, nettoyer la glace. Quatre minutes, couper des fl... ah! oui, couper des fleurs pour les mettre... les remettre... les fleurs habituelles, je pense... pour les mettre une fois encore dans... mais j'ai revu ton corps nu sur le lit, le petit ruisseau de sueur qui partait de ta poitrine, et qui débordait soudain sur moi, comme une rivière en crue... qui partait de ta poitrine pour se perdre... où, déjà?

Je pense que j'ai perdu trop de temps dans la baignoire. Consciemment. J'ai préféré oublier tout ce qui me restait à faire. Tu sais à quoi j'ai perdu un temps précieux? A me lamenter sur la longueur mortelle de ces cinq derniers jours d'hiver qui n'en finissaient pas de finir. J'ai vécu vingt-cinq hivers, et j'espère que j'en vivrai encore d'autres — ma santé est bonne, je conjure le sort en faisant des cornes avec les doigts. Mais aucun hiver n'a été ni ne sera aussi mortellement long que cet hiver de cinq jours depuis mon arrivée. (Comme ce *début de printemps* est affreusement imprécis!)

Tu sais pourtant que j'ai toujours aimé la précision, et que les mains de maman, imprécises, allant du piano au crochet, du crochet au rosier, du rosier à ses lèvres, de ses lèvres aux larmes, me rendaient fou. Je n'avais que six ans et je ne pouvais pas t'expliquer *pourquoi ça me rendait fou*. Toi, tu riais. Ton image est précise dans mon souvenir : tu riais toujours de ma *folie*. Il me semble que c'est ce qui te faisait approcher du bonheur.

Les yeux fermés, assis sur le fauteuil d'osier, le fauteuil de maman que tu connais si bien — jardin jaune de fleurs exotiques, cage jaune pour oiseaux rares, lambeau jaune de photo jaunie — ce fauteuil où maman avait la mauvaise habitude de se faire toute petite et de s'y perdre comme une fleur minuscule, un oiseau minuscule, une image minuscule d'autrefois, le tout jaune, couleur de frustration (pourquoi cette bouffée de souvenirs malvenue?), mes deux mains crispées sur les deux colombes en relief qui terminent artistiquement ses accoudoirs (on serait tenté de dire, en me voyant, qu'elles veulent s'échapper, ces deux colombes, et que je les retiens, prisonnières éternelles de leur cage de vannerie), assis dans ce fauteuil dont je pourrais te donner une image plus claire (le voyais-tu comme je le vois?), les yeux fermés obstinément, rivés sur la porte, cette porte par où tu dois rentrer à la maison d'un moment à l'autre, je me demande pourquoi elle marche encore, cette putain de pendule (tu vois, je récupère mon langage), cette foutue pendule obsédée comme un œil ennemi, là, près de mon oreille droite. On dirait qu'elle m'en veut, cette salope. Sinon,

pourquoi me fait-elle boire l'amertume du temps interminable de ta non-arrivée?

Pas-en-core-pas-en-core-pas-en-core, cinq jours angoissants de pas-en-core depuis vendredi dernier à
cinq heures de l'après-midi jusqu'à ce matin, mercredi... fermés, rivés obstinément sur cette porte dont
j'ai huilé la serrure des milliers de fois depuis mon
arrivée, vendredi à cinq heures de l'après-midi, lorsque
je me suis soudain dit : « Nom de Dieu, la porte! Elle
va grincer! Si elle grince quand il l'ouvrira, ce sera tout
bêtement rentrer à la maison, une chose quotidienne,
pas le retour en enfer ni au paradis, pas ce que je
souhaite, en tout cas. Vas-y! Huile la serrure! Huile! »
Cinq jours de besogne depuis cinq heures de l'après-
midi, vendredi, jusqu'à dix heures ce matin (et quelques pas-en-core, parce qu'elle n'arrête pas, cette foutue pendule) : la baignoire, la porte, le savon dans une
main, l'huile dans l'autre, la recouvrance de l'odeur
originelle, le passage au monde parallèle. Notre odeur.
Notre monde.

Les yeux fermés, la porte fermée, des pas-en-core qui
se dressent dans le silence du hall et m'entourent
comme une meute la gueule ouverte, les dents acérées.

Si vraiment tu voulais dépenser de l'argent, ne pou-
vais-tu me télégraphier : « 21 mars à onze heures juste
du matin, je serai à la maison. Viens »? Mais, bon
Dieu, pourquoi as-tu fait ça? Pour me plonger dans
cette angoisse?

Tu n'as jamais connu l'angoisse, toi. Depuis que j'ai
ouvert les yeux, seize jours après ma naissance — un
cas — tu as toujours été sûr de tout ce qui me
concerne. Pour toi, tout était planifié d'avance. Même
l'inattendu.

Tu te rappelles?

· Elle, maman, disait que j'étais né avec la volonté de
rester aveugle pour toujours. De temps en temps, elle

condescendait à expliquer cette bizarrerie au téléphone à toute personne prête à l'écouter. Et quand elle se décidait à parler, à s'arracher à son silence, toutes *ses* barrières tombaient.

Elle, maman, a vécu cinquante-deux ans, murée dans le silence, un silence poisseux qu'elle imposait à la maison comme un châtiment. Dès ma tendre enfance, ma curiosité déjà éveillée, j'ai compris que ce châtiment, qui d'abord ne punissait qu'elle, nous a peu à peu tous englués. Elle y prenait un plaisir qui dévoilait nettement le contour de son âme dure malgré le brouillard constant de ses imprécisions. C'était comme une tache d'huile. Tous les jours un peu plus large. Un mal galopant. Elle, maman, regardait ce silence nous gagner comme une marée montante, nous engloutir... elle, maman, souriait alors... sourire qui a toujours fait défaut à mon sommeil d'enfant. A ce propos, quand je t'ai posé la question tu m'as répondu : « C'est parce qu'elle est catholique. » Mais malgré tout le foutoir d'images pieuses qui encombraient sa chambre dans cette maison et dans l'autre, en ville, je n'ai jamais vu maman entrer dans une église.

A ses amies :

« Ma chère, j'étais horrifiée. Enfin, pas tout à fait. J'exagère. (Elle voulait faire comprendre qu'elle ne m'aimait pas assez pour être horrifiée.) Profondément étonnée serait plus juste. Son obstination me rendait malade. Il fermait les yeux jusqu'à en avoir des rides. Et pas seulement les yeux. Les poings aussi. Pendant seize jours. Il n'a pas pleuré, pas poussé un cri. Rien. Seize jours ! Une volonté aveugle couchée dans un berceau. Son frère, mon fils Antonio, le regardait, complètement subjugué, délaissant ses jeux d'enfant, ses cahiers de dessin : il a tout laissé tomber. Et, pourtant, vous savez qu'il a toujours été bon élève, mon Antonio. (Je ne vois pas comment tu pouvais être *bon élève* à cinq ans!) Je me levais au milieu de la nuit, malgré mon état de santé, pour essayer de le surprendre, les yeux ouverts sur sa nuit, souriant à je ne sais quel démon... sait-on jamais où le démon se cache? Peine perdue. Toujours aveugle, de jour comme de nuit, et décidé à le rester. Ma pauvre amie, quelle épreuve! Une horreur, vous pouvez le dire. Oui, mais attendez, je n'ai pas fini! C'est le dixième jour que je me suis décidée à l'emmener à Lourdes. Oui, à Lourdes. J'étais folle de rage. Je m'étais dit : « Je le jette dans la piscine miraculeuse... » — vous savez qu'il y en a une? Oui, oui, peut-être davantage, ce n'est pas le moment d'ergoter. « Ou c'est le miracle, ou c'est la noyade. » Vous comprenez, je préfère une toute petite tombe fleurie de pivoines — puisque j'aurais à pleurer assez longtemps — plutôt que de faire face toute ma vie à ce monstre tapi dans son enfer aveugle. (Elle, maman, débitait son histoire d'une seule traite, sans reprendre son souffle.) Heureusement, je m'étais rétablie, j'avais retrouvé mon courage. J'ai commandé toute une garde-robe. Uniquement du noir. Pour promener dignement mon déses- poir dans tout le pays. A Lourdes aussi, bien sûr. Tout cela pour vous dire que j'étais décidée, mes valises prêtes, quand Carlos (Carlos, c'était papa) m'a dit textuellement : « Si jamais tu permets à ces putains de nonnes de toucher à un cheveu de ce gosse, je t'égorge! » Il a toujours parlé ainsi, vous savez. C'est pour ça que je l'ai épousé, pour établir un équilibre entre mon piano et son langage (petit rire incongru, aussi déplacé qu'un crucifix chez Allah). Je vous racon- terai la suite un autre jour. Aujourd'hui, je suis *vrai- ment* trop fatiguée. »

Maman raccrochait le téléphone. Sa main crispée tout au long de son monologue s'amollissait soudain comme de la cire chaude et fondait goutte à goutte pendant cette longue pérégrination dans le salon qui commençait immanquablement sur le piano pour se terminer autour des larmes. Imaginaires.

C'est au cours d'un autre monologue, bien plus tard, que j'ai appris (caché quelque part dans le salon) qu'elle, maman, en désespoir de cause, avait fait mettre des poignets et des cols blancs sur toutes ses robes noires, « pour épargner aux autres le spectacle de ce deuil emprunté que je portais alors ». Sa garde-robe n'a pas changé depuis : elle voulait ainsi me rappeler sans cesse le grave malentendu qui existait entre nous et n'avait fait que s'accentuer à partir de l'instant où j'avais ouvert les yeux. « Seize jours ! Vous vous rendez compte ? C'est seulement le seizième jour qu'il a enfin ouvert les yeux — nous étions tous là autour de son berceau. Et savez-vous ce qu'il a fait ? Sans hésiter, il a regardé son frère, fixement, intensément, comme s'il voulait l'hypnotiser. Ma chère, quelle émotion ! Jamais au grand jamais je n'oublierai ces yeux s'ouvrant pour la première fois à la lumière et déjà pleins d'ombres. Des ombres amassées Dieu sait où. Dans quel tourbillon infernal s'était-il roulé pendant ces seize jours de calvaire — mon calvaire —, d'où lui venait cette plénitude ? Je ne l'ai jamais su : il ne m'a jamais regardée. Ni regardé son père non plus, il me semble. Les yeux rivés dans ceux de son frère. Toujours. Je me suis sentie obligée de me pencher sur lui et de dire : « Mon pauvre petit. » Ça finissait par être gênant, le silence des autres ! Et puis, ne suis-je pas sa mère ? Il fallait que je dise quelque chose. »

S'est-elle seulement demandé, elle, maman, si ces ombres dont elle parlait ne m'avaient pas déjà enveloppé dans son ventre ? Si c'était moi qui avais décidé d'en sortir ? A-t-elle compris que c'est par courage que j'ai différé le moment d'ouvrir les yeux, pour ne pas confondre le monde d'où je venais avec celui où je devais m'installer pour la vie ?

C'est à partir du moment où elle, maman, m'a dit :
« Je ne t'ai pas voulu » que j'ai entrepris de remonter
dans mon passé jusqu'à l'état larvaire et commencé d'y
voir clair. La rancune était née du jour où mon fœtus
avait trop gonflé son ventre, l'empêchant ainsi de se
pencher élégamment sur son damné rosier. Mais j'ai
vite compris que mon désir de vengeance, c'était la
facilité, le pittoresque. Je suis allé plus loin. J'ai atteint
l'amour. Ou plutôt, la mort de l'amour. Tragédie
banale.

Son rosier. Y a-t-il par hasard un sourire sur mes
lèvres ? C'est une autre histoire, son rosier. Il vaut
mieux ne pas te la raconter tout de suite. Il y a beaucoup d'histoires que tu ne connais pas, tu sais ? Tu étais
trop grand pour te cacher derrière le sofa ou te dissimuler parmi les plantes vertes géantes qui ornaient les
portes-fenêtres de son salon. Tu ne t'y serais d'ailleurs
pas prêté. Tu menais ta vie à ta guise, comme tu
menais la mienne. C'est pour ça que tu n'éprouvais pas
le besoin d'espionner maman. Toi, tu avais été voulu,
attendu, créé et recréé comme n'importe laquelle de
ses broderies, comme toutes les premières notes des
morceaux qu'elle jouait sur son piano. Moi, j'ai été
conçu dans l'imprécision, par accident. J'ai donc
décidé, depuis l'éclatement du plaisir paternel, de
m'affirmer, contre son gré, comme une mauvaise
herbe.

Tu ne pourras jamais imaginer tout ce que j'ai appris
sur ma vie *antérieure* pendant les conversations télé-
phoniques de maman avec ses amies (des amies qui
sont restées des entités invisibles et parfaitement anonymes). Si je n'ai jamais regardé maman dans les yeux,
ce n'est pas pour la châtier, comme elle le laissait
entendre, mais pour lui épargner ma pitié. Peut-être
aussi pour la culpabiliser. Mais est-ce châtier que de
culpabiliser ? Je n'ai pas autorité de juge en la matière.

J'aime mieux passer pour un petit salaud issu de sa propre fange.

Les yeux fermés, assis dans le fauteuil de maman, ce fauteuil d'osier dont je prends possession (elle, maman, ne sortira pas de sa tombe pour me le réclamer), enveloppé par la pénombre du hall où seuls les pas-en-core de la pendule vivent encore, je t'attends. La conscience pure, j'ai accusé maman de désamour. J'espère ne pas avoir à t'en accuser aussi. Parce que, si tu étais son élu, moi, je suis *ton* élu. Ce rapport de forces existe entre nous trois depuis le commencement. Tu as sûrement hérité de son imprécision, de la même manière qu'elle, maman, a hérité de son fauteuil et de son piano qui la plongeaient directement dans des nostalgies malsaines de petite fille. Mais tout cela est bel et bien fini. Elle est morte, maman. Toi, tu es vivant. Moi aussi.

Depuis vendredi dernier, à cinq heures de l'après-midi lorsque je suis arrivé à la maison, jusqu'à ce matin, mercredi, je n'ai pas osé affronter le problème. Je veux dire notre problème à nous, notre guerre. Mais, maintenant, installé dans ce fauteuil-tombe d'osier que j'ai considéré comme la propriété inexpugnable de maman pendant dix-huit ans et désiré pendant vingt-cinq, le problème est clair, et la question ne se pose plus. Je t'aime. Toujours aimé.

Et cet amour, plus vivant que jamais, n'est pas voué à la mort, parce qu'il procède de la pureté du péché. Il est né, en toi et en moi, le jour où les portes du paradis se sont fermées. Jadis, en un temps dont seuls nos gènes se souviennent.

Je t'aime.

Les yeux fermés, j'ouvre la bouche pour dire ces mots neufs — des mots qui sont comme des chiffons usés dans la bouche des autres, mais qui s'inventent dans la mienne; je les articule soigneusement pour ne pas risquer de perdre une syllabe dans le vide, pour ne pas risquer un cataclysme. Je découvre que, pendant ces sept ans de mon manque de toi, je suis parvenu à la sérénité.

La maison est prête. Je suis prêt. Le printemps est né. Je n'ai plus besoin d'ouvrir les yeux tant que je n'entendrai pas tes pas résonner sur le gravier du jardin, ta clé tourner dans la serrure, tes mains pousser la porte.

Les yeux fermés... en ce début de printemps qui s'annonce comme un miracle... je t'attends... mon frère... mon fréramour.

CHAPITRE II

C'est donc le seizième jour après ma naissance que j'ai
ouvert les yeux pour les plonger sans hésiter dans ceux
de mon frère Antonio.

En ville, nous habitions une maison presque entièrement entourée par un grand jardin. Héritage de
maman. Cette maison comprenait un grand hall, un
salon spacieux — maman s'y tenait toujours raide au
milieu de ses vieilles photos et de ses fleurs nourries
d'aspirine —, le bureau de papa, dont la porte était
généralement fermée, la cuisine, le cellier, où s'entas-
saient fruits, légumes, vins, porc salé et autres victuailles qu'on nous envoyait de la campagne, la petite
chambre de Clara — bonne à tout faire de maman; à
l'étage, une absurde salle à manger que personne
jamais n'a utilisée, et les deux grandes chambres à
coucher : celle de papa et maman — au temps où mon
père ne s'était pas encore exilé dans son bureau — et
l'autre, celle où nous dormions, Antonio et moi.

Cette chambre-là, si j'en crois les racontars de Clara,
maman l'avait toujours appelée « la chambre de mon
fils », et il n'était pas question de m'associer à ce pos-
sessif. C'est à mon frère qu'elle, maman, faisait allusion quand elle disait « mon fils ». Mais à partir du
seizième jour après ma naissance, lorsque le regard
d'Antonio et le mien se sont accrochés inéluctable-

ment, lorsqu'il a fait transporter mon berceau dans son domaine (c'était Clara qui le portait, mais la volonté de mon frère qui la soutenait), « la chambre de mon fils » n'est pas devenue « la chambre de mes fils », mais « l'autre chambre ».

Tout sentiment dit de tendresse familiale nous unissant tous les trois y était banni. En revanche, les autres liens sans exception, les vrais, y poussaient un peu plus forts chaque jour, comme des plantes soigneusement arrosées. En ce temps-là, ma sensibilité enregistrait déjà la haine, la complicité, le péché (la *maudite* langue de Clara a prononcé un soir ce mot, craché à la figure de maman), et surtout, puisqu'on parle de sentiments de famille, « l'odeur du soufre »... expression qui ramenait la pensée de maman à son livre noir de méditation (seule lecture de maman), lu de temps en temps et toujours sous clef dans le tiroir central de son secrétaire.

« Ne parle pas si fort ! Maman va nous entendre.

— Elle dort à l'autre bout du couloir.

— Quand même. T'as pas besoin de gueuler pour me dire les choses que j'aime entendre. »

Je baisse la voix et je répète :

— T'as des poils sous les bras. Moi pas.

— Ça viendra, mon grand. »

Il rit sans que je sache pourquoi.

Est-ce parce qu'on découvre un corps petit à petit, ton corps, qu'on sent *l'odeur du soufre* ?

Le soleil est haut. Midi de vacances. Elle, maman, est entrée un jour dans *l'autre chambre*. Mon frère Antonio faisait sa gymnastique quotidienne au milieu du jardin. Il y descendait en s'accrochant aux branches du marronnier des Indes. J'étais sur le balcon, presque nu. Je regardais mon frère et me remplissais les yeux du spectacle de sa souplesse. Rituel viscéral. Elle, maman, a reniflé comme une bête l'air de la chambre, abandonnant son attitude imprécise, et crié :

« Clara ! »

Comme mue par un ressort parfaitement huilé, sa bonne est apparue sur le seuil de la porte.

« Otez-moi tout de suite ces draps et mettez-en des propres ! Ça sent le soufre ! »

Son regard cloué sur mon dos. Un regard victorieux. Car elle, maman, a su ce jour-là qu'elle allait être comprise. Moi aussi, j'avais vu les taches rondes sur les draps. Plus de mystère. Sentir le soufre, c'était bien *ça.*

Le souffle court, au-delà de tout contrôle, je sentais que maman restait là, immobile, attendant quelque chose comme une chatte à l'affût. J'ai délibérément regardé le slip de mon frère, son épingle de feu qui semait le soufre, et dont le premier éveil s'était accompli sur mon ventre cette nuit-là.

Au bout de quelques instants, sans avoir goûté sa victoire, maman a quitté *l'autre chambre* et s'est effacée comme une ombre dans les ombres du corridor pour s'installer dans son salon. Son salon d'ombres où elle devenait amibe. Chacun sa place.

Pas d'effort pour revenir aux sources. La scène se précisait d'elle-même, chaque fois que j'entendais parler maman au téléphone avec l'invisible. Car elle, maman, ne prononçait jamais un nom. Par paresse, ou parce qu'elle aimait rester au-delà du quotidien. Elle s'était réduite à deux formules :

« Ma chérie, je voulais te parler ! »

quand elle appelait elle-même; ou :

« C'est toi, ma chérie ? »

quand le téléphone sonnait et qu'elle décrochait.

(Je me faisais un plaisir d'appeler toutes ses relations « l'invisible ».)

Scène reconstituée à partir des monologues de maman :

Le jour où je suis né, Clara, la bonne de maman, a préparé (parce que cela se fait toujours) un bouillon de poule. Une poule de trois mois spécialement nourrie au maïs pour servir à l'occasion de ma naissance. « Madame est en état de bonne espérance », s'étaient fait dire les paysans qui travaillaient sur les terres de maman à la campagne. (Ces terres que je ne peux pas appeler *mes terres*, parce que je n'étais pas encore né — puisqu'on veut revenir aux sources, il faut être précis —ni *les terres de mes parents*, parce que mon père ne possédait rien d'autre que sa personne. Ces terres qui, aujourd'hui, ne nous appartiennent plus.) Donc : Madame est en état de bonne espérance. Elevez une poule pour dans trois mois. »

Tout s'est passé normalement.

Le docteur se lave les mains avec le savon que maman considérait comme du... etc. Il part. La sage-femme me met dans le berceau et essaie, par routine, d'attirer sur moi l'attention de tout le monde, mais elle, maman, semble tellement souffrante qu'il faut me laisser de côté et commencer le grand cérémonial du bouillon et du silence. On n'entend pas une mouche voler. Clara s'affaire, descend l'escalier, les bras chargés de serviettes sales, remue ses casseroles, monte l'escalier, les bras chargés de serviettes propres, entre dans la chambre de maman, enlève le bouquet de fleurs « qui pompe l'air », ressort, redescend, remonte, rentre, tire les rideaux et fait la pénombre dans la chambre. Le silence. La pénombre se tait. (Je suis né par un beau matin de soleil, mais, apparemment, personne n'en voulait ce jour-là.)

La chambre de maman devient une chapelle ombragée. On y sent l'alcool, le bouillon, la fatigue, la sueur de maman souffrante.

« Ça va, maintenant, Matilde ? »
Papa a dit son mot.
« Madame se porte très bien, monsieur. »
Clara a dit le sien.

« C'est beau un berceau qui sert à plusieurs couches. Celui-ci servira sûrement encore, je l'espère. »

La sage-femme a dit son mot. (Elle aime son travail, alors, il faut que ça accouche le plus possible.)

Autour de moi — d'où vient-elle ? — se condense une odeur inconnue, flotte comme un nuage autour de mes narines, excitante comme un appât. Des années plus tard, j'ai entendu maman appeler cette odeur du parfum. « C'est bien compris, Clara ? Pas d'eau de Cologne pour le bain du petit. Du savon ! D'abord, c'est moins cher (c'était sa seule économie), et puis, il n'y a rien de mieux pour un gosse que le parfum d'un bon savon. Ça fait des hommes. » Le nuage odorant s'agrandit, m'enveloppe, m'envahit. Mon frère, savonné et baigné comme il faut pour attendre ma naissance, regarde étonné ce petit machin qui se tient tranquille, les yeux encore fermés, au fond de son berceau. Moi. Il est le seul à n'avoir pas dit son mot.

(Aujourd'hui, mercredi, début du printemps, quand tu entreras par la porte, face à moi, je te demanderai : « Antonio, qu'as-tu pensé au juste le jour où je suis né ? » Voici une question que je n'ai jamais posée à mon frère. Et pourtant, je peux affirmer, en toute certitude, que sa réponse est prête, inscrite dans son sang. Si je lui pose la question, ce ne sera certainement pas par curiosité — je ne suis pas de ceux qui cherchent à se faire répéter éternellement leurs certitudes — mais plutôt pour m'amuser. Il y a dix ans, mon frère n'aurait pas été embarrassé pour y répondre — sûr de lui qu'il était il y a dix ans. Aujourd'hui, qui sait ? Ça fait déjà trois ans qu'il s'est marié.)

Le temps s'étire. Un jour s'ajoute à l'autre. L'air de la chambre de maman ne sent plus l'alcool. Quatrième jour. Elle, maman, marche un peu. Petits pas dramatiques qui la conduisent du lit à la fenêtre, de la fenêtre au lit. Cinquième jour : soupirs profonds, très, très profonds, comme s'ils s'échappaient d'un abîme de douleur. Sixième jour : on n'en est plus au bouillon de poule. Clara se met à faire cuire des légumes. L'estomac maternel supporte déjà la purée. Septième jour : des regards tachés de curiosité ou d'inquiétude tombent sur moi de tous les coins de la chambre comme une pluie d'hypocrisie, d'anxiété; une semaine éternelle. Mon frère Antonio se tient à côté de mon berceau. Il ne bouge pas. Il me regarde. Insistance sereine. Et moi, toujours pas un pleur, les yeux fermés. (Chronique de Clara.)

Soudain, maman oublie ses souffrances, serre un peu plus les dents pour se montrer énergique, met sa robe jaune pour se montrer circonspecte, descend l'escalier, envahit son salon, ouvre le tiroir central de son secrétaire et en sort son livre noir.

« Ma chérie, c'était abominable. J'ai enfin pris la décision de me lever et de jeter un coup d'œil sur mon bréviaire. Je me suis dit : " Il doit forcément y avoir quelque chose ! " »

Et sans fournir une réponse à la curiosité invisible qui l'écoute à l'autre bout du fil, elle, maman, raccroche l'appareil et sa main apparaît soudain défaite, comme de la cire chaude, et s'évanouit petit à petit pendant cette longue pérégrination dans le salon qui commence immanquablement sur le piano pour se terminer autour de ses larmes. Fausses.

Trois jours après, elle a fait venir son couturier à la maison (elle, maman, ne sortait jamais plus en ville depuis que les malheurs politiques s'étaient abattus sur papa), pour discuter avec lui de la nécessité de s'habiller tout en noir pour se rendre à Lourdes.

Cinq robes et deux manteaux.

« Du crêpe, du velours... légers, oui, de la mousseline. Je ne supporte pas la laine. C'est trop lourd pour mes pauvres épaules. »

Très longs soupirs.

« Vous me conseillez des chapeaux, ou des voiles ?
Tous les deux. C'est plus sûr. On ne sait jamais quel
temps il va faire de l'autre côté des Pyrénées. S'il
vente... alors les voiles... j'aurai l'air d'un bateau. »

Petits rires entrecoupés, regards méfiants autour
d'elle.

« Vous avez raison, mon cher. Je ne sais pas d'où je
tire les forces pour essayer d'être drôle. Vous savez,
mon malheur... »

Très longs soupirs.

Deux chapeaux. C'est ça.

Et pourtant un voile est tellement pathétique quand
il exprime la douleur. Il suffit d'une haleine, d'une
brise, pour que l'image d'un deuil voilé devienne
sublime. Et c'est plus personnel qu'un chapeau.

« Surtout pour l'église. Parce qu'il faudra bien que je
me rende à l'église. Je ne peux pas le faire sans chapeau. Comme une Anglaise !

— Vous avez raison, madame. Les convenances sont
les convenances. Nous disons donc deux voiles et trois
chapeaux.

— C'est parfait. Je compte sur vous.

— Au revoir, madame.

— Au revoir, mon cher. »

(Chronique de mon frère, avec mimiques à l'appui, le
jour où on m'a opéré de la gorge. Ça m'a valu une hémorragie et quelques piqûres de coagulants : difficile de rire
quand on vient de se faire égorger. Dixit l'infirmière.)

Le couturier s'est installé chez nous, avec ses rouleaux de tissus et ses crises de nerfs. Lorsqu'il était
inspiré, environ toutes les dix minutes, il devenait
angélique, et maman vantait ses idées de génie. Ses
ciseaux dessinaient alors des éclairs dans l'ombre du
salon, et maman voyait exactement la robe qu'il lui
fallait pour assister au miracle.

Ou :

« Génial, mon cher, génial ! Avec celle-là, je descendrai du train.

— Vous n'allez pas en voiture ? »

(Un peu scandalisé sous sa politesse.)

« Mais quelle idée, mon cher ! Qui pourrait me voir en voiture ? »

Attitude : elle, maman, raide à côté de son piano, entourée des vieilles photos de famille comme d'anges gardiens, Vierge douloureuse qu'on va habiller pour parcourir le chemin de son calvaire. (Quand il s'agit d'un fils, même monstrueux, voire haï, une mère s'érige toujours en Pietà. Ça s'hérite.)

« Dans ce cas, madame, je regrette, mais pas ce velours-là. Ça ne supporte pas l'acier. Et, à ma connaissance, les trains, c'est toujours en acier.

— Et en bois, mon cher.

— Admettons. (Sec.) Mais je vous en prie, madame, rendez-vous compte : comment harmoniser cet amour de velours avec celui d'un train ? Aberrant ! »

Maman, altière :

« Je compte louer un wagon pour moi toute seule. (Simple.) Il faut que je pleure pendant le voyage. Et... il faudra peut-être aussi que je prie. (Humble.) Sinon, comment s'attendre à un miracle ? »

Le miracle. Il fallait y songer. Pause.

« Alors, tapissons le wagon. Entièrement. (Un brin de solennité.) Considérez, madame, que ni vous ni moi ne pouvons nous exposer à un échec. »

Elle, maman, un peu absurde :

« Puis-je vous rappeler, mon cher, que je souffre ? J'ai un fils aveugle. »

Affalés sur le sofa, hagards de stupeur, harassés de fatigue, n'osant pas lever les yeux vers le plafond qui cachait ma *disgrâce*, ils se sont octroyé une goutte d'eau-de-vie. (Racontars de Clara. Peut-être exagérés.)

Tout ce temps-là, les yeux fermés, cloîtré dans la chambre de maman, j'entendais certainement déjà les allées et venues des uns et des autres : la sage-femme, qui remplace le docteur, Clara qui remplace la sage-femme, papa qui remplace Clara, maman submergée dans son monde de deuil, noyée dans une mer noire de robes à essayer, maman qui venait parfois près de mon berceau, flanquée de son couturier avec qui elle chuchotait sans cesse, considérant sérieusement la possibilité de m'habiller moi aussi de noir pour le voyage vers le miracle... (Je crois savoir maintenant, mais sans aucune certitude, qu'ils sont tombés d'accord pour m'envelopper dans une longue cape bleu ciel semée d'étoiles, qu'on aurait offerte à la Sainte Vierge de Lourdes, une fois le miracle accompli)... mon frère Antonio qui ne bougeait pas d'un pouce, les yeux grands ouverts, caressant mes paupières fermées, m'appelant avec cette voix si particulière qui s'infiltrait dans mon sang et dessinait ma nature.

La maison devenue atelier de couture, encombrée de toutes sortes de morceaux de tissu noir traînant un peu partout, papa enfermé dans son bureau parce qu'il ne peut pas sentir monsieur le couturier de maman (c'est ainsi que Clara doit s'exprimer : « monsieur le couturier », ordre de maman), Clara qui néglige d'emmener mon frère à l'école maternelle (« Je n'en pouvais plus », me racontait la pauvre en souriant), la sage-femme — promue infirmière — installée à vie dans la chambre de maman pour ne pas quitter de l'œil le petit (« le petit monstre », pense maman, mais elle dit simplement « le petit malheureux »), elle, maman, qui ne cesse d'essayer des robes, des voiles, des chapeaux, des gants et des chaussures toute la sainte journée, le téléphone qui répand la nouvelle de mon *affreuse infirmité...*

« Compris, ma chérie, compris. Je te remercie de tout

mon cœur, hélas! brisé, mais je ne reçois pas. Je suis *vraiment* accablée... »

... et sa main, soudain imprécise, etc.

Clara, ma pauvre, qui se démène comme s'il y avait mille Clara, mais qui n'arrive pas à les coordonner, monsieur le couturier qui repousse sa cuisine comme une insulte, moi qui n'ouvre pas les yeux, ne pleure pas, la chambre de maman, où gît le petit monstre, se transforme en carrefour où tout le monde se croise, les voix dissonantes qui peuplent la maison et deviennent des chuchotements criards en passant le seuil, une tempête de neige qui s'abat à l'improviste sur le vieux marronnier des Indes du jardin et l'ampute de deux branches, le plombier qu'il faut appeler d'urgence parce que les égouts sont engorgés et que monsieur le couturier de maman ne supporte pas l'odeur des chiottes...

Lui :

« Comment faire de l'art dans ce merdier, madame ? »

Elle :

« C'est l'œuvre du diable ! »

Accrochée au téléphone, elle appelle au secours, tragique, comme s'il y avait un cas désespéré à la maison, repose l'appareil au milieu d'une phrase, se jette sur son livre noir, un bras couvert par une manche à peine bâtie, une épaule nue, facilitant à souhait le travail de monsieur le couturier. La crise d'hystérie est dans l'air...

... un chien qui hurle à la mort la nuit du treizième jour après ma naissance, moi qui m'obstine à fermer les yeux jusqu'à avoir l'air d'un petit vieux tout ridé, Clara qui pleure de surmenage d'avoir monté et descendu l'escalier des milliers de fois, papa qui vient parfois, à des heures neutres, poser son baiser sur mon front et s'empresse de vider les lieux (m'aimait-il, papa ?), mon frère, enraciné sur place, me dévorant des yeux... la maison prise de folie, une anarchie aveugle s'empare sournoisement d'elle, répand de la poussière sur meubles et tapis, vicie l'air et fane les fleurs décapitées des vases, les fleurs vivantes du jardin.

Elle, maman, soudain énergique, chasse Clara hors de sa cuisine et se met à faire des œufs en gelée et des sauces à la crème pour monsieur le couturier qui risque de mourir d'inanition avant de finir sa noire besogne. Elle habille la table de dentelle jaune, allume les bougies jaunes des chandeliers en argent, débouche une bouteille de champagne doré et branche le tourne-disque pour écouter un machin jauni de Chopin.

(Tout cela, la nuit du treizième jour après ma naissance, la nuit où un chien a hurlé à la mort.)

« Il faut exorciser le danger, mon cher. Je ne tiens pas du tout à ce que le diable fiche en l'air mon voyage à Lourdes. »

Une de ses robes noires est déjà prête. Elle la passe. Une rangée de perles au cou. Une bague en diamant. Ils dînent comme des rois, maman et monsieur le couturier. Confidences recueillies auprès de mon confesseur qui voulait souligner le cran de maman, « femme forte s'il en est », le jour où j'ai vomi mon grand péché : *Je hais maman.*

Et quand personne n'y songeait plus, que la ville entière parlait du miracle futur comme d'un fait accompli (à Lourdes, bien sûr, pas en ville, et dans un avenir lointain), le seizième jour après ma naissance, à onze heures cinq du matin, moi, le monstre, j'ai ouvert les yeux pour les planter sans aucune hésitation dans ceux de mon frère Antonio, fidèle près de mon berceau. A l'affût.

Nous sommes restés comme ça tous les deux, pendant de très longues minutes, la pénombre de la chambre ne parvenant pas à gêner notre connaissance première. Peu à peu, le visage de mon frère s'est ouvert sur un sourire comme un éclat de soleil, et c'est à ce soleil que je me suis chauffé, de longues années durant, jusqu'au jour de notre dernier adieu où le froid qui dessèche maintenant mon âme m'a pris d'un seul coup.

(Pour toi, et pour moi, je veux observer maintenant une minute de silence, voire de solennité, brouiller ton image — cette soudaine poussée de souvenirs — et m'installer dans le vide afin de rendre héroïque l'hiver qui m'habite.)

Il me vient à l'esprit que, le jour de mon réveil, un cataclysme s'est abattu sur la maison : des pas précipités, des cris étouffés. Clara, dans son affolement, a même tiré les rideaux des fenêtres de la chambre — ces sempiternels rideaux fermés à longueur de vie — pour voir l'événement à la lumière du jour.

Une drôle de situation s'est créée autour de moi : arrêt miraculeux de toute activité. Comme si tout ce qu'on avait fait jusque-là n'avait plus d'objet. (Les mains ne savent plus où se mettre, les yeux ne savent plus où se poser, la bouche ne sait plus quels mots prononcer. Les corps restent là, presque inutiles, en grève forcée.) Evidemment, Lourdes a été pris de court. J'avais enfin ouvert les yeux, mais... trop tôt, trop soudainement. Aucun programme n'avait été prévu pour cette éventualité.

Et surtout elle, maman. Ses yeux m'ont regardé sans me voir. Elle s'est approchée de la fenêtre en vacillant, protégeant ses pupilles de sa main gauche, et rageusement, de la main droite, elle a refermé les rideaux.

« Sortez-moi ça de ma chambre ! »

Son cri a surpris mon frère qui, tout petit qu'il était, s'est jeté comme un grand sur mon berceau pour me défendre. (Comment ne pas t'aimer, Antonio ?) C'est pourquoi Clara, revenue à elle, a placé mon berceau dans la chambre de mon frère. (Les bras de Clara l'ont porté, mais c'est la volonté de mon frère qui a entraîné la bonne le long du corridor.)

Elle, maman, est restée dans sa chambre, le regard vide. Mes pleurs de bébé ne troubleraient jamais l'air immobile de son antre où elle se terrait comme un fossile. Mais par-delà le couloir, à travers les murs épais des deux chambres, c'est sur moi, et sur moi seul, que se posait son regard désenchanté. Son regard d'insomniaque.

Elle, maman, s'est mise à m'en vouloir. Mes yeux ouverts prématurément ont fichu en l'air son plus beau rêve de femme frustrée : ce long, long et noir voyage au miracle.

Je sais que je n'ai jamais aimé maman. Mes sentiments envers elle ont plutôt été le contraire de l'amour. Mais, quand j'y pense, une sorte d'angoisse profonde me serre le ventre : image de pieuvre dans mes rêves. Je ne sais pas pourquoi. (Peut-être tout simplement parce qu'elle est enfin morte.)

CHAPITRE III

MONSIEUR le coûturier de maman est mort peu après, à cause de cet échec, disait-on. Vivant ou mort, je n'arrive pas à définir son apparence physique. Etait-il grand ou petit, mince ou gros, je n'en sais rien. Je n'y ai d'ailleurs jamais pensé. Je n'ai de lui que des souvenirs empruntés. Elle, maman, a déchiré le faire-part de son décès et n'a pas assisté à son enterrement.

La maison s'est mise à pourrir comme un chiffon oublié dans un débarras humide. Clara, qui me racontait tout cela au fond du jardin, sous le petit temple de jasmin qui étouffait nos voix, avait la certitude que maman aimait cette pourriture. C'est à partir de ce moment-là, semble-t-il, qu'elle, maman, a repris le rythme normal de sa respiration jusqu'à donner l'impression d'être vivante. Bien sûr, elle continuait à ne pas me regarder et disait à peine quelques mots qui m'étaient apparemment adressés, mais, en revanche, elle, maman, achetait à outrance les plus luxueux vêtements pour m'habiller, des chaînes et des médailles en or pour me mettre autour du cou — fers dorés d'un esclavage sadique? — gravées toujours à la même date, pas celle de ma naissance, mais celle où j'ai ouvert les yeux, seize jours après. On pourrait dire qu'elle me gâtait. Je pense plutôt qu'elle me châtiait. Aucun doute là-dessus. Une de ses amies (l'une des invisibles, soi-

35

disant artistes) a dessiné une armoire qu'elle, maman, a fait réaliser par un ébéniste, et installer dans le couloir, à l'étage, juste à côté de *l'autre chambre*. Cette armoire était vaguement d'un style étranger — son voyage manqué ? — avec sur la glace, ostensiblement, mon monogramme précieusement gravé : elle servait à ranger mon linge de bébé. Linge qu'elle commandait à Madrid et qu'on expédiait à la maison par la poste, colis hebdomadaires bourrés de dentelles, d'organdis, de crêpes et de laines soyeuses qui auraient suffi à habiller toute une crèche. Elle, maman, savait que la famille courait à sa ruine, et pendant toute mon enfance, elle s'est acharnée à me donner le goût du luxe pour mieux souligner le malheur de mon adolescence. Chacun exerce sa vengeance comme il peut. Celle de maman était à retardement. Comme une bombe. A sa manière, elle, maman, était une terroriste.

Pensait-elle à quelque chose d'autre en dehors de moi ? Je ne le crois pas. Sa haine était mon ombre inséparable : plus je grandissais, plus elle grandissait. Et si, par hasard, j'étais mort, sa haine serait restée comme une gigantesque orpheline dans son cœur vide.

Je ne pense pas être injuste envers elle. Pareil sentiment ne m'a jamais labouré les entrailles.

Après sa mort, j'ai minutieusement fouillé son fameux secrétaire (certes, pas par remords), poussé par l'espoir malsain d'y découvrir une vie secrète, peut-être une liaison ou autre chose d'inconfessable... Je n'y ai trouvé que des factures, des doubles de commandes, et, bien sûr, le bréviaire noir. (Egalement un vieux plaisir enterré, devenu poussière impalpable de notes de musique toujours inachevées, jouées sans passion, jamais.) Résultat : un mélange confus de grande dame d'autrefois et de petite-bourgeoise qui tient ses comptes à jour. Croyante à sa manière. (Son confesseur était la seule visite qu'elle recevait deux fois l'an : à la Toussaint et à Pâques, son bréviaire l'aidant le restant de l'année à suppléer à son manque de Dieu.)

Je suis maintenant en mesure de te dire qu'elle, maman, a souvent culpabilisé ce Dieu absent à cause de cet amour passionné que je te porte, Antonio. Elle t'a toujours soupçonné de l'avoir remplacée dans ma conscience. C'est pour ça que j'ai craché un jour mon « Je hais maman » à la figure de *notre* confesseur. Et j'en suis fier. Je sais que l'esprit de maman revient parfois regarder la vie à travers mes yeux, malgré elle, qu'elle emprunte mon visage qui est le portrait fidèle du sien. Echappée de son enfer sans pianos, sans salons, sans roses jaunes, elle arrive, désespérée, pressée de se pencher sur la seule fenêtre qui lui reste sur ce monde où personne ne la regrette. C'est à ces moments que je lui fais regarder, de tous mes yeux, tout ce qu'elle n'a jamais voulu voir : d'abord, mon vrai visage.

Oui, je le dis et le redis. Elle, maman, a négligé ses devoirs de femme d'intérieur pour bâtir autour de moi un univers de haine. Pas de façon précise, mais par des voies détournées. Par le truchement des miroirs, par exemple, où je surprenais, éclair fulgurant, la fixité de son regard collé à mon image. Ces miroirs qui, malgré les incessants nettoyages de Clara, ont gardé les taches indélébiles de son désamour.

« Je ne sais plus quoi faire, madame. On finira par ne plus rien y voir.

— On y voit toujours quelque chose », déclarait maman, énigmatique.

Une autre dimension.

Clara, l'oreille dressée, pinçait les lèvres sans penser au diable. Elle n'était pas croyante, Clara-claire.

Ou cet autre regard de maman, cloué sur moi quand je lui tournais le dos, et qui faisait le vide autour de moi, chassant toutes les molécules de vie. Le manque d'air. L'asphyxie.

Je bondissais comme un chat et me réfugiais dans le jardin. J'y respirais à pleins poumons.

Mais il fallait quand même rentrer à la maison, monter l'escalier et retrouver l'abri de *notre chambre*. Voyage périlleux qui m'obligeait à me déguiser en rat domestique. Je n'étais pas encore capable de grimper sur le marronnier des Indes, comme mon frère, acrobate.

La maison se détériore chaque jour davantage. Elle se comporte comme un malade. Là où le pied se pose, une dalle se plaint imperceptiblement. On a découvert un abcès soudain entre mes fesses, dont les causes sont restées mystérieuses : sa maladie devient contagieuse.

On a pourtant l'impression qu'elle ne veut pas se plaindre, la maison, tellement elle tient à sa douleur secrète, à ne pas en faire quelque chose de pénible ou d'insupportable pour nous tous, ses chers occupants... mais elle se plaint. Malgré elle. Ça lui vient du tréfonds de ses soubassements. Elle n'y peut rien. Les symptômes de sa maladie sont visibles à l'œil nu sur ses murs : ça suinte sans cesse une chose verte, ça s'écaille comme si elle pelait, ou plutôt comme si elle se décomposait. Presque un cadavre. *Notre chambre* est le seul îlot épargné par ce mal inconnu. Antonio s'occupe tous les jours d'ouvrir la fenêtre pour permettre au marronnier de diriger vers nous un air salutaire qui vient de la mer, un air chargé des senteurs du jardin où domine le basilic. *Notre chambre* est comme un œil sain dans un visage rongé par la lèpre.

Un jour, Clara, qui ne supportait plus ce cercueil où nous vivions, a acheté des pots de peinture blanche (pas de chaux vive, maman était allergique au folklore) et s'est mise au travail — sans chanter, comme c'était son habitude dans sa cuisine, pour ne pas sortir maman de la léthargie de sa chambre d'ombres. Les cheveux protégés par un chiffon, Clara gratte avec le

38

grand couteau de cuisine presque tous les murs de la maison, là où papa et maman ne risquent pas de projeter leurs ombres de spectres. Elle fait exactement comme si elle épluchait une pomme de terre : avec application. Les journaux qu'elle a étalés par terre recueillent les épluchures des murs en ruine qui dévoilent peu à peu leur nudité jaunâtre. Diagnostic : affection du foie. Clara rigole pour la première fois. Armée d'un seau et d'une éponge, elle astique, astique, astique. Une saine odeur de lessive s'empare de la maison, se colle aux meubles, s'installe sur les tapis. Une odeur de vie qui chasse l'ancienne, celle qui sentait le renfermé et le jasmin.

Je déambulais, le regard avide et curieux dans cette fête de l'imprévu, les jambes encore mal assurées, parmi les pots, les pinceaux, les brosses métalliques, les seaux en plastique jaune (pourquoi jaune ?), les éponges de nylon jaune (encore jaune), de vieux journaux jaunis (toujours jaune)... d'où a-t-elle sorti tout ça, Clara, puisqu'on n'achète jamais de journaux à la maison ? (Papa et maman ne veulent rien savoir de ce qui se passe dehors.)

Maman :

« Dehors, il y a eu la guerre. Le monde n'a plus rien à nous apprendre. A partir d'aujourd'hui, Clara, vous me fermerez cette porte. »

Papa :

« Dorénavant, je sais ce qu'ils vont dire, les journaux. (A maman :) Annule tous mes abonnements à partir d'aujourd'hui. (A Clara :) N'ouvrez la porte à personne... sauf aux rares clients qui me resteront fidèles... s'il en reste. »

C'était en 1939, au mois de mai — mois des fleurs —, quatrième anniversaire de leur mariage si j'en crois le rapport de Clara. Mon frère Antonio est né en 43. Moi, en 49.

Ces vieux journaux jaunis, c'était donc ce qui restait de l'époque? Elle gardait tout, Clara-fourmi... Mes luxueux vêtements d'enfant, taillés dans des tissus coûteux, sont maculés de toutes sortes de taches. Clara, l'œil rieur, feint de se fâcher pour de bon :

« Le coquin! Comme si ta pauvre Clara n'avait pas assez de travail! T'as pas pitié de moi? Lâchez-moi vite ce pinceau, *señorito!* (Quand elle disait *señorito*, je sentais l'insulte sous-jacente.) Regarde dans quel état tu as mis tes belles chaussures vernies. Sale gosse! Je vais te mettre moi dans une baignoire pleine d'eau de Javel. Tu vas voir si je vais te blanchir! » (Contradiction : j'étais déjà tout blanc de peinture.)

Mais elle riait, Clara-claire. C'était mon frère, en revanche, qui me faisait prendre mon bain en rentrant de l'école, qui parcourait mon .petit corps avec ses doigts fermes et tendres, imprimant déjà sur ma peau ce besoin viscéral que j'ai toujours eu de ses caresses.

J'avais à peine cinq ans, petit dieu velouté errant dans les ténèbres de la maison, blond, délicat, les yeux et les oreilles toujours à l'affût, seules sources d'information sur le monde extérieur. Le monde des vainqueurs.

Très lentement, au fur et à mesure que les mains de Clara, brûlées par la lessive, se gonflent de fatigue, la maison reprend son souffle. Christ ressuscité, elle respire à nouveau. Christ ressuscité... mais toujours mort. Clara n'est plus obligée de changer les fleurs tous les jours, de saccager le jardin comme un vandale, le couteau à la main. Celles dont elle orne maintenant la maison se conservent, belles, toute une semaine. L'eau des vases ne croupit pas aussi vite. Il suffit de la changer tous les trois jours. Lorsqu'un mur est repeint et sec, Clara replace les tableaux, les gravures françaises, les bénitiers en argent et les épis tressés, qu'elle a empilés dans un coin durant les travaux. J'en profite pour regarder de très près tous ces trésors que l'obscurité de la maison m'empêche d'apercevoir quand ils sont à leur place. Il y a le sempiternel visage épouvanté (ça s'appelle *extase*) éclairé par la lumière d'un ange du Seigneur. Absurde rôle de lanterne sourde. Un serpent à regard humain qui s'échappe par une fente de rocher. Un enfant blond comme moi qui se tient, insouciant, au bord d'un précipice, soutenu par les ailes protectrices de son ange gardien. Miracle d'équilibre. Un papillon voltige, tentateur, au-dessus du vide : au fond, c'est l'enfer, cette tache rouge, gouffre de sang. Grand-père et grand-mère, ou quelqu'un de très proche, enfermés dans une aura jaunâtre (couleur familiale), les yeux sans expression, déjà morts, définitivement morts. Et un bateau. Pourquoi ce vrai miracle ? Un bateau qui prend la mer (je suis sûr que ce n'est pas l'arrivée, mais le départ que l'artiste a voulu montrer), une couronne glorieuse d'oiseaux marins perchés tout en haut des mâts, une guirlande de mouchoirs agités en guise d'adieu, le long du quai, et un capitaine moustachu (c'est le portrait de papa) qui se tient raide et solennel sur le pont, le regard déjà rivé sur l'horizon. Pour toujours. Ma bouche bée d'enfant s'exprime mieux que moi : mon frère Antonio aura un jour une moustache comme celle-là et nous partirons ensemble sur un bateau, ensemble vers... mais ces cinq petites années de vie qui m'habitent ne savent pas encore où cela mène un horizon, ni où cela commence, ni où cela finit.

Clara ouvre la porte pour recevoir l'un des rares clients de papa. Un jet de lumière envahit soudain le vestibule, visiteur inattendu qui ne dit pas bonjour. La poussière s'y épanouit, ballet cosmique, ajoutant un peu plus de clarté. De toute évidence, le travail de Clara ne supporte pas un regard critique, mais du moins, c'est propre. Le client de papa regarde autour de lui, surpris, et n'a plus l'impression de traverser un pont d'angoisse pour gagner le bureau, au fond du couloir. Les fleurs profitent de cet évanouissement provisoire des ombres pour aromatiser l'air ambiant, conscientes de leur mission. Le client frappe discrètement à la porte du bureau. Papa ouvre. Le client disparaît.

Je n'ai pas vu papa. D'ailleurs, je ne le vois presque jamais, et son travail reste un mystère pour moi. Quand la porte de son bureau s'entrouvre, mon oreille se dresse tel un chien de chasse, et j'entends une voix à la radio. Elle est faussement humble : probablement un curé. Ou peut-être un militaire : la voix n'arrive pas à masquer un certain ton de triomphe.

(A l'époque, je ne savais pas de quoi il s'agissait, mais les mots « paix » et « victoire » m'encerclaient toujours dans leurs spirales d'ondes sonores, comme des projectiles dressés pour m'atteindre. Ce n'est que des années plus tard que j'ai su et compris. Et la voix à la radio, et la vie et la mort de papa.)

Difficile de comprendre pourquoi, mais, pendant tout ce temps, la présence de maman ne menaçait pas la maison tout entière d'un cataclysme. Elle, maman, ne se faisait pas voir. Je prenais malgré tout d'infinies précautions. Doucement, tous les matins, je quittais ma chambre, doucement je refermais la porte, doucement j'ouvrais l'armoire pour y prendre un mouchoir (quand j'étais petit, mon nez coulait toujours et c'était un plaisir que de l'essuyer avec un mouchoir qui portait mes initiales finement brodées), doucement je parcourais la moitié du couloir pour gagner l'encoignure où débouchait l'escalier. Tout petits pas mille fois calculés, mes pieds se posant par instinct là où le tapis atténuait les plaintes du parquet, la respiration retenue jusqu'à l'asphyxie, je guettais tout au fond la chambre de maman, les yeux rétrécis : la porte était fermée, pas de rai de lumière. L'obscurité régnait à l'intérieur. Je reprenais alors mon souffle et dévalais à toute vitesse l'escalier touchant à peine les marches. Arrivé dans le vestibule, je jetais un regard de côté sur le salon de maman. Toujours pas de rai de lumière sous la porte fermée. Que se passait-il ? Etait-elle morte, maman ?

Je creusais un grand trou de silence dans ma tête, un trou énorme où éclatait ma vérité comme un feu d'artifice. C'était bien ça : elle était morte, maman. Enfin. Gourmand, je commençais à imaginer l'événement. Plus de rênes. Plus de peur. Ça lui a pris soudain sans avoir eu le temps d'avertir la famille ou de crier au secours. Le sifflet coupé à l'improviste. Le rêve, quoi ! Elle est peut-être restée accrochée à son téléphone sans pouvoir dire son « Merci infiniment, ma chérie », raide comme un cierge et jaune à jamais. Enfin précise.

N'était-ce pas ce que disait la chanson que chantait mon frère Antonio :

> *Quand tu seras morte*
> *Ma belle tu seras raide*
> *Aïe ! raide et jaune.*

Voilà elle est morte. Dans son salon d'ombres. Au cours d'un de ses longs monologues. Elle va pourrir toute seule sans larmes hypocrites. Une belle mort. Et méritée. Nous, on murera la porte et les fenêtres du salon, on bouchera tous les trous. L'odeur de la décomposition ne nous contaminera pas. On finira une bonne fois pour toutes le nettoyage du reste de la maison. Avec un peu de chance, on ouvrira toute grande la porte qui donne sur la rue pour dire bonjour aux passants. Je suis sûr que Clara apprendra sans peine à dire bonjour, avec un beau sourire. Son beau sourire. Parce qu'elle en a un, même si elle en est avare.

Je me suis mis au travail ce jour-là dans cet état d'exaltation. Le cœur gai, je chantais.

« Tu chantes, dis-moi ?

— Oh ! oui.

— Tu es donc heureux ?

— Oh ! oui.

— C'est bien, ça.

— Oh ! oui.

— Je voudrais bien savoir ce qui a pu se passer ce matin pour te faire chanter.

— Maman est morte. »

Gouffre de silence, alors que j'attendais un cri de joie. Clara, elle, me regarde, les yeux ronds, un pinceau dans une main, une éponge dans l'autre, immobile, comme pétrifiée pour le restant de ses jours. Soudain, une lame de fond monte du plus profond de ses entrailles. Sa bouche vomit de l'écume jaune. Je la contemple d'un œil critique. Je me dis que le jaune est décidément notre couleur. Aucun doute là-dessus. Même Clara, qui n'est que notre bonne, ne peut y échapper.

Clara retrouve enfin l'usage de ses mains pour essayer de nettoyer la bave jaune qui dégouline de ses lèvres.

C'est à ce moment-là que je me suis rendu compte que je l'avais bouleversée. Elle ne s'attendait pas encore à la mort de maman, c'était évident. Je me suis dit alors : « Merde ! c'est pas pour aujourd'hui ! »

De son côté, Clara s'est crue obligée de dire quelque chose :

« Tu te rends compte de ce que tu viens de dire ?

— Oh ! oui.

— Comment as-tu pu imaginer une chose pareille ?

— Comme ça. »

Clara, sans me quitter des yeux, s'est assise sur une marche de l'escalier et s'est mise à pleurer. Simplement. Source tarie qui rejaillit après le séisme.

« Mais que fait-on de cet enfant, que fait-on de lui… ? »

Elle ne s'attendait pas à une réponse. Sûrement pas. Je me suis donc abstenu. Mais je sentais que j'aurais eu des tas de choses à dire à ce propos. Enfin... Jaune mélange de bave et de larmes, le visage de Clara n'était pas joli à voir. Je ne comprenais pas pourquoi cet événement, *mon événement*, l'accablait tant. Son âge devait y être pour quelque chose. Clara-vieille.

« Alors, tu ne penses pas qu'elle mourra un jour ? »

Ma question, posée avec un sérieux inquiétant, stoppe d'un coup ses lamentations. Ses lèvres continuent cependant de bouger de façon bizarre, donnant l'impression que ses dents n'arrivent pas à se desserrer... dans le cas hypothétique d'une réponse. Lorsque, après un grand effort, elle y réussit, il ne sort de ses lèvres qu'un gargouillis caverneux. S'est-elle mise à boire ?

Finalement :

« Laisse-moi finir mon travail. (Voix rauque.)

— Clara, réponds-moi !

— Laisse-moi finir mon travail ! Putain ! (Est-il besoin de préciser qu'elle a crié et que son cri prend des proportions insoupçonnables.)

— Bon. Je t'aide. »

Dix longues minutes de silence. Elle astique, astique sans relâche. Clara-propre.

« Tu sens comme la maison commence à revivre ? (Sur le ton d'un commentaire banal comme s'il s'agissait de quelque chose qu'on aurait pu dire avant ou après, hors du contexte présent.)

— Oui.

— C'est pas beau, comme ça ?

— Si. »

· Clara-claire. Un temps infini a dû s'écouler en elle. Ses doigts caressent mon front, bouclent mes cheveux blonds et, dans un moment de tendresse passionnée, elle approche mon visage du sien et m'embrasse fougueusement sur les lèvres. Je ris comme un petit fou d'être barbouillé de bave et de larmes. Sale. Sale et jaune.

A partir de ce moment-là, notre besogne de croque-morts-toiletteurs prend toute son importance. Voici que la maison renaît de ses cendres. Ce n'était qu'une fausse mort. Elle voulait simplement attirer notre attention, nous suggérer sa petite idée sur la vie et la mort. Ses plaies et ses lézardes n'étaient qu'un avertissement. Clara l'avait compris. Elle ne s'était pas laissée aller au désespoir. Elle avait mis la main à la pâte.

Et vas-y que je t'astique. Clara-propre.

Soudain, maman apparaît en haut de l'escalier (je dis bien *soudain*, parce que c'est le seul mot qui convienne à son apparition). Robe noire, col et poignets blancs — ou jaunes ? —, perles au cou. Toute musique s'éteint. L'air déserte à nouveau la maison. Effrayé.

« Clara ! Arrêtez-moi ça ! »

Quand elle, maman, s'adresse à Clara, on sent tout de suite qu'elle a de l'autorité. Mais elle n'a pas besoin de crier : sa seule présence suffit à tout arrêter. Les œillets rouge sang que Clara a mis tout à l'heure sur un guéridon du vestibule perdent leurs pétales en quelques secondes. Le marronnier des Indes qui faisait sa petite sieste dans le jardin oublie qu'il n'est que midi et jette d'un seul coup toute son ombre sur portes et fenêtres, éclipse imprévue. Le merle s'arrête de siffler sous le temple de jasmin qui ne dégage plus qu'une odeur putride. Sur le tableau de mes rêves, la mer se lève et engouffre bateau, capitaine, moustache, oiseaux marins et mouchoirs agités. Il n'y a plus d'horizon.

Elle, maman, descend l'escalier. Poignet blanc et main blanche — ou jaune ? — se confondent en glissant sur la rampe. (Image de cauchemar des films d'horreur de mon adolescence.)

« Je vous ai déjà dit que cette maison est une tombe. *Ma tombe.* Faut-il que je le répète ? »

Clara détourne les yeux, essayant de rencontrer les miens, mais son regard se perd dans l'obscurité revenue. Moi, je suis déjà caché, et bien caché derrière le pot de fleurs géant dans le coin du vestibule. Un oranger nain, souvenir du voyage au Japon de mon grand-père, me protège contre la foudre.

Pause. On peut compter un à un les pas de maman sur les marches. Il me semble que le soleil a tourné dix fois dans l'horizon.

« Ma pauvre Clara. »

Cette tendresse inquiétante, c'est la voix de maman qui l'exprime. De ma place, je ne vois que ses pieds qui se posent déjà sur la dernière marche, s'aventurent sur le tapis du vestibule, hésitent. A gauche? A droite? Indécis, ils se dirigent vers le banc d'église (souvenir d'un oncle de ma mère, chanoine) collé contre le mur mitoyen du salon. Elle s'assied. Ses chevilles se tordent, soudain molles et imprécises comme de la cire chaude, etc. Une minuscule peau d'agneau ouvre son museau et les dévore. Agneau carnivore.

Cette peau d'agneau, d'après les racontars de Clara, c'était un caprice de maman-petite fille. Il paraît que, le jour de sa première communion, son parrain lui avait offert un agneau blanc frisé, avec un ruban de satin rose au cou. Maman-petite fille avait été tellement heureuse qu'elle avait souhaité que la petite bête ne grandisse jamais. Ma grand-mère, qui aimait beaucoup sa fille, avait fait égorger l'agneau, tanner la peau, l'avait fait doubler de satin rose et la lui avait offerte, frisée et naine à jamais. C'était à l'occasion de la confirmation de maman, définitivement prénommée Matilde, comme ma grand-mère. Clara affirme que maman avait apprécié le cadeau. Profondément.

« Ma pauvre et chère Clara, vous ne savez pas ce que c'est que l'angoisse. (Pause. Une de ses mains doit voltiger sur ses cheveux jaunes.) Venez. Je vais vous raconter. Il faut bien que je le dise à quelqu'un un jour ou l'autre. Autant que ce soit vous. »

Evitant soigneusement les journaux étalés, les pots de peinture et les pinceaux, les pieds de Clara s'approchent de maman. Lentement. Très lentement. Comme si elle avait peur, ou pas envie. L'une des mains de maman jette un coussin par terre, à côté d'elle.

« Asseyez-vous là, Clara. Je ne veux plus que vous soyez debout en face de moi. C'est fini, tout cela. Asseyez-vous, ma chère. »

Je devine Clara, tel l'oiseau devant le serpent, immobile malgré son désir de fuir haut dans le ciel. Le corps de Clara tombe sur le coussin. Raide. Ses mains nerveuses peignent inconsciemment les boucles de la peau d'agneau carnivore.

« Vous sentez la lessive, ma chère. Vous me direz que c'est normal étant donné votre emploi, mais, ma pauvre, vous ne vous rendez pas compte que, lorsqu'on a choisi l'angoisse pour vivre, la lessive, ça ne rime à rien ? »

Les paroles de maman sont restées gravées dans ma mémoire, comme au fer rouge. Ce jour-là précisément, hors du temps ordinaire, un jour très particulier dans la vie de maman, le jour où, gourmand, je me suis penché sur la plaie ouverte. Moi aussi agneau carnivore.

CHAPITRE IV

« Même si vous pensez bien me connaître, ma chère, je ne crois pas que vous sachiez ce que je vais vous dire maintenant, parce que ce sont des choses qui ne concernent pas l'histoire de ma vie, mais *mon* histoire. Je n'ai pas éprouvé, jusqu'à présent, le besoin de vous en parler, mais aujourd'hui, je vous vois révoltée contre moi. L'heure des explications a donc sonné. Vous savez, ma chère, une petite fille est un mensonge qui pousse un peu tous les jours, mais jamais dans le même sens. C'est un mensonge caméléon, une sorte de fleur artificielle à laquelle on injecte chaque saison un produit chimique différent pour la faire changer de couleur : aujourd'hui blanche, demain noire, selon les convenances; après-demain... Hélas ! un jour ou l'autre, elle en arrive à étaler à·la face du monde une couleur neutre, indéfinissable. Mais elle ne laisse pas pour autant d'être une fleur. A jamais une fleur. Seulement, ma chère, une fleur dissimulée, secrète. Une fleur hypocrite. A jamais.

« C'est au moment de la floraison, je veux dire dans l'enfance, que l'on bâtit le malheur des femmes. Parce que les femmes, vous le savez aussi bien que moi, n'atteignent jamais le bonheur. Elles atteignent, oui, ce courage nécessaire pour feindre le bonheur, mais pas le bonheur lui-même. Elles ne gagnent rien : elles héri-

49

tent. Elles ne possèdent rien : elles appartiennent. Dans la plupart des cas, elles ne sont que le résultat du caprice du hasard, du milieu social dont elles sont issues, de leurs parents, de l'homme qui les épouse, des fils qu'elles mettent au monde. Si la petite fille est bien élevée, ce qui est mon cas, ce manque d'autonomie devient un devoir parfaitement supportable, dans la dignité. Mais tout cela, bien entendu, se situe en dehors du bonheur. Autant que je le sache, la dignité n'a jamais engendré le bonheur. Moi, je me considère comme une femme digne. La dignité, ma chère, a toujours été ma vertu dominante. Et c'est bien pour cela que je peux affirmer à présent que je suis malheureuse. Mais... je n'ajouterai pas *profondément* malheureuse, parce que ces mots-là ne veulent rien dire, et que je poserais ainsi des limites là où il n'y en a pas. Vous savez, ma chère, je suis une dame. C'est tout dire, hélas !

« Mon sens du toucher, par exemple. Jamais rien d'autre que la soie, la mousseline, le crêpe de Chine n'a frôlé ma peau. Vous trouverez cela certainement ridicule, mais entre le vent et moi, il y a toujours eu un écran. Le soleil ne pouvait traverser le chapeau ou le parasol qui m'abritaient. Les mouches se heurtaient contre la gaze qui me voilait. Et aussi loin que remontent mes souvenirs, il y a eu un gant, toujours présent, qui s'interposait entre ma peau et le monde des objets. Un gant en dentelle.

« Evidemment, je parle d'une époque déjà morte : le temps d'avant mes fiançailles. »

(Caché derrière la forêt naine de l'oranger, je goûte, pour la première fois de ma vie, la fascination d'un spectacle.

Maîtresse de son personnage, maman compose avec soin sa voix et ses gestes. Ton dégagé quand elle dit « ma chère » ou qu'elle parle de sa dignité ou de son

50

rang social. Deux tons au-dessous de la tonalité normale de l'émotion quand elle parle malheur ou bonheur. Elégance apprise. Distance. Dans le brouillard qui enveloppe ses souvenirs imprécis, se dégage, nette, l'image d'un berceau, symbole d'une naissance noble.

Clara, elle, sur le point d'être dévorée par la peau de l'agneau carnivore, reste immobile, spectatrice subjuguée. Comme je ne vois pas son visage, je ne peux pas dire qu'elle contemple cette représentation d'un œil critique. Son dos n'est pas expressif. Elle n'est pas Greta Garbo, Clara-bonniche.

Maman allume une cigarette — c'est la première fois que je la vois fumer, elle doit le faire en cachette — et de sa bouche s'exhale un nuage de fumée blanche — ou jaune — qui s'épanouit. Fumer, c'est un vice, sale garce! Mais il me faut reconnaître que maman se livre à cette activité d'une manière parfaitement décontractée. La tête de Clara, entourée de fumée et enveloppée dans son éternel torchon, me semble quelque chose d'anachronique; Clara-servante.)

« Une petite fille ma chère, est un péché qu'on entoure de soins attentifs pour qu'il ne devienne jamais vertu. On lui enseigne à déguiser ses pensées sous des mots trompeurs. Poupée dans une vitrine, elle apprend à faire des gestes qui dessinent un certain rituel de la vie, et non la vie elle-même. Et ce regard qu'on lui prête volontiers : quelle amertume! Ce regard toujours étonné, toujours accablé d'innocence, toujours assoiffé de viol, victime consentante. Bref,voilà ce qu'on appelle l'éducation qui fait d'une enfant une jeune fille vertueuse, c'est-à-dire moi.

« Elle va au jardin couper des fleurs, elle sait arranger les bouquets, elle ne se trompe jamais sur le point de cuisson des meringues, elle frappe sur le clavier et la note juste résonne, elle connaît le catéchisme par cœur, elle joue avec son caniche couleur champagne et

51

s'endort, son ours en peluche dans les bras. Elle ne prononce jamais un mot inconvenant et sursaute au moindre bruit déplaisant. En fait, un bon placement, à long terme.

« Je ne sais pas si vous me comprenez, ma chère, mais la question est toute simple : à quoi serviraient les salons si l'on ne fabriquait pas ces fantômes pour les peupler ? Croyez-moi ou non, mais, si parfois je vous interdis d'entrer dans mon salon, ce n'est pas pour vous vexer. Bien au contraire, c'est pour vous éviter la contamination. Par moments, je rêve que vous êtes une dame... comme moi. Et c'est précisément lorsque je vous veux du mal. »

(La garce, la garce, la garce !)

« Une jeune fille, ma chère, c'est aussi la curiosité personnifiée mais jamais exprimée. Ce qu'on appelle, généralement, la curiosité malsaine. Pléonasme inutile.

« Je ne voudrais pas, bien sûr, vous angoisser davantage en vous expliquant en détail la genèse de ces mots : malsain , malpropre, mal élevé, mal foutu, mal et cetera. Mais vous savez, quarante années de solitude poussent fatalement à l'analyse. Malsaine, cela veut dire que le cœur est pourri... pour ne pas être plus explicite, j'aurais peur de vous offenser. Malsaine, cela veut dire aussi que l'on ressemble à l'une de ces pommes, luisante, parfaite extérieurement, qu'un ver ronge de l'intérieur. Un ver qui est né en même temps que la pomme et qui poursuit, parallèlement à la crois-sance en beauté de celle-ci, sa croissance en laideur, travail aussi authentique, aussi naturel, et certaine-ment aussi créateur. Voilà pourquoi je déteste que l'on applique le mot " mal foutu " au côté soi-disant négatif de la nature humaine. Parce que, malgré tout, personne n'a osé, pour l'instant, renoncer à assimiler le concept de jeune fille à celui d'être humain. Personne n'a encore osé les dissocier complètement. »

52

(C'est dommage que Clara ne se trouve pas en face du grand miroir du hall, je pourrais y lire les émotions que son visage doit forcément exprimer. Ou bien n'est-elle qu'une surface anonyme, lac au fond trouble, où les images ne parviennent pas à se dessiner? Je souhaite que ce long monologue provoque chez elle une rage de dents aiguë, fasse naître un regard assassin ou un mépris claquant comme une gifle sur ses lèvres. Clara, ne te laisse pas avoir!)

« Mais, naturellement, je vous parle toujours de l'époque d'avant mes fiançailles.

« Nombre de fois, pour être franche, j'ai essayé de replacer cette époque précise dans l'histoire de ma vie. Je n'y ai pas réussi. Malgré les souvenirs précis que j'ai gardés de cette époque — j'en ai en mémoire toutes les secondes — elle n'accepte pas de frontières, et envahit sans cesse mon autre vie, ma vie de femme, d'où sa présence inopportune devrait être exclue. Plus qu'exclue : interdite. Elle ressemble au chien que son maître a chassé et qui revient parfois à deux heures du matin aboyer devant sa maison. Ce n'est pas qu'il veuille y rentrer — il sait que son maître ne l'aime pas — mais il veut faire quand même acte de présence. Vous vous rendez compte, ma chère? A deux heures du matin, alors que le sommeil vous enveloppe de sa sécurité et que le monde vous paraît lointain, au-delà des ténèbres? Hélas! à chaque fois que le maître prend son fusil et fait feu — c'est son droit de maître — le chien se dématérialise dans l'obscurité de la nuit. Balle perdue. »

(Mais où veut-elle en venir? Où veut-elle en venir en s'apitoyant ainsi sur elle-même?)

« Une jeune fille, ma chère, c'est aussi une promesse de fruits — ça, je ne l'ai jamais compris : elle peut aussi bien être stérile — et c'est pour cela qu'elle attire les hommes.

« Une promesse de fruits... Je constate là, sans amertume — le temps n'est plus à l'amertume —, que, dans mon cas, *mes promesses* ont donné deux fruits : mes deux fils. La joie d'une vie, direz-vous. Dans mes cauchemars, je revis parfois les souffrances que la naissance de ces deux fils m'a values, et je me rends compte que je n'ai jamais cessé de me poser la question : « Pourquoi ? » Mais en examinant cette question à la lumière de la réalité, je pense, en fin de compte, qu'elle est sans importance et tout à fait détachée de *mon* histoire. En tant qu'être humain — je veux dire en termes d'angoisse ou d'espoir — je n'ai pas été enrichie par la procréation, ni d'ailleurs appauvrie. Ça n'a rien enlevé, rien ajouté à mon échec total. Je ne leur en veux pas, à mes deux fils. Ce que j'appelle aujourd'hui mon état de née-morte n'a rien à voir avec eux. Ils n'y sont pour rien. »

(... ! ?)

« Une jeune fille, ma chère, vit donc obligatoirement dans l'attente d'un homme. Comment expliquer cette entité étrange qu'on appelle un *homme* ?

« Je peux vous parler avec précision du rapport physique qu'il entretient avec nous. Je peux vous décrire sans effort — et sans erreur non plus — tout le cérémonial de leur chasse, les gestes, les mots, les attitudes, évidemment soigneusement contrôlées, et aussi tous les éléments qui échappent à leur contrôle. Mais je n'arriverais pas à vous en donner l'image voulue. Cela, encore, s'appelle l'échec.

« Où donc placer l'homme dans l'univers de la femme ? Dans la pensée ? Impossible ; c'est trop mesquin. Dans le domaine psychologique ? Pas non plus : il y a une nette incompatibilité de climat. Dans le besoin spirituel ? Alors là, ma chère, je peux vous dire qu'on se suffit à soi-même, amplement !

« Hélas ! il n'y a pas de place. Notre univers est un

54

univers complet, mais mal organisé, dans lequel les hommes ne sont que des éléments rapportés, des maladies qu'on nous greffe artificiellement pour mieux nous aider à mourir. Bref, quel que soit l'angle sous lequel on examine ces rapports : un échec. Subi en connaissance de cause. Voilà pourquoi je vous disais tout à l'heure que ce non-sens qu'est le mot " *jeune fille* " représente un excellent placement à long terme. Quand on arrive au bout de ce terme, on sait ce qu'il faut dire, ce que nous avons appris par cœur : *Je t'ai donné des fils*. Et c'est contre cette mesquine utilisation de ma personne que je me révolte ! »

(Son cri, aussi puissant qu'imprévu, provoque un silence dense. J'ai l'impression que le temps s'arrête. Et je sens que, à ce moment précis, le sentiment spécifique que j'éprouve envers maman dévoile son identité, et avec elle, son nom : la Haine. Pourquoi suis-je né, alors ? Pour assouvir la folle manie procréatrice de mon père ?

Ce n'est que longtemps après, dans la solitude d'une chambre de bonne, à l'étranger, que j'ai apporté à cette conversation un élément définitif de réflexion, en remontant le courant du fleuve noir du non-désir de ma mère. Du non-désir de m'engendrer. Et j'en ai conclu que l'aveuglement des seize premiers jours de ma vie était conscient, voulu : je refusais d'ouvrir les yeux sur un univers où ma place était contestée. Et depuis lors, pour pouvoir vivre, j'ai pris une place d'emprunt dans l'espace de vie que mon frère Antonio avait conquis pour nous deux.

Comprends-tu, maintenant, pourquoi, le jour de notre adieu définitif, je suis resté dans le vide, nulle part, dans le vide sans nom ?)

« Une femme, ma chère, est un vrai manuel d'obligations — en l'absence de droits. Là, vous allez peut-être me trouver un peu prétentieuse, mais, pour exprimer les choses les plus simples, il nous faut toujours les mots les plus compliqués. La sophistication est sans doute un art. On dit que cela relève de la dialectique, mais je sais, dans ma propre chair, que cela relève aussi de l'angoisse.

« Tenez ! mon apparence, par exemple ; je ne parle pas de mon apparence physique, pour ne pas vous charmer — ce serait malhonnête de ma part, et ça, ma chère, je me l'interdis absolument. On dirait que j'ai été minutieusement ciselée pour accomplir le but irréalisable de la femme parfaite. Autour de moi, tout est ordonné pour former un cadre parfait. Quand je marche, l'air se délie pour offrir la moindre résistance à mon corps ; pas de difficulté pour avoir des mouvements gracieux. Quand je parle — et vous êtes en train de vous en apercevoir depuis déjà un bon moment — mon entourage se transforme en boîte acoustique et mes paroles prennent toute leur valeur musicale. Si je m'approche d'une fleur — les fleurs font partie de mes devoirs — sa couleur et son parfum s'avivent jusqu'à ce qu'elle prenne conscience de sa raison d'être, de vivre, ce qui est son obligation. Si j'ouvre les yeux en plein jour, la lumière s'adoucit, et quand je les ferme la nuit, l'obscurité s'approfondit.

« Qu'il en soit ainsi ne tient pas du miracle : ce n'est que mon devoir de femme parfaite — femme-épouse, femme-mère, femme-soutien d'un univers créé par l'homme pour satisfaire égoïstement ses besoins. Et j'ai l'obligation de me sentir malade, viscéralement malade, si l'un de ces détails ne s'accomplit pas quand j'apparais.

« Mais voilà quarante ans que mes droits sont bafoués, et je souhaite le cataclysme.

« Evidemment, il y a eu la guerre. La guerre. Et, de plus, la guerre civile. Vous vous en souvenez, ma chère ? Mais c'était un cataclysme commun qui a mis

56

mon mari hors de course. Vous aussi. Tout le monde a eu sa part. La perfection a pu suivre son cours. Moi, je n'ai pas été touchée. Avant, pendant et après, je suis toujours restée telle que j'étais : parfaite.

« Quand le deuxième enfant est arrivé — remarquez que je ne dis pas : *Quand j'ai eu mon deuxième enfant* , que ce n'est pas *moi* qui l'ai eu et qu'*il n'est pas à moi* — j'ai cru que tous les éléments du cataclysme étaient réunis. Mon cataclysme personnel. Vous vous rendez compte de ce que cela peut représenter, lorsqu'on est parfaite, d'enfanter un monstre ? J'insiste : la possibilité se présentait enfin à moi d'échapper au dénominateur commun des gens comme il faut et de mener *ma* guerre. Enfin. Je vous expliquerai tout à l'heure ce que j'entends par ma guerre. Avant tout, je suis dans l'obligation de vous dire, même si vous ne le croyez pas, que ma douleur était authentique. Mais attention, ma chère : quand je dis douleur, je ne voudrais pas que vous pensiez à ma douleur de mère. Non, j'évoque là une autre sorte de douleur : la dissolution spontanée d'un mensonge pour engendrer une vérité. J'avais enfin l'occasion de cracher ma vérité à la face du monde et de faire éclater mon apocalypse personnelle, véritable machine à détruire. Toute mon existence soyeuse, la pondération, les connaissances musicales, la sublime sagesse de placer le mot juste au bon moment, la patience qu'il faut déployer pour se déplacer sans bruit d'un lieu psychologique à un autre, l'élégance d'imposer sa présence sans que jamais cela soit un choc, et tant d'autres choses que je renonce à énumérer pour ne pas vous humilier — tout cela, d'un seul coup, s'effondrait dans la pourriture. J'insiste encore une fois : la possibilité de déclarer ma guerre sainte s'offrait à moi.

« Vous savez que, à ce moment-là, j'avais atteint le plein épanouissement de ma beauté. Ma véritable plénitude, si vous me permettez cet élan poétique. Le destin ou la nature, comme vous voudrez, n'aurait pas pu choisir moment plus parfait pour enfanter le désordre. Je m'imaginais déjà parcourant sans relâche les lieux de pèlerinage du monde entier, sans aucune discrimination. Ceux des dieux et ceux des hommes. Sanctuaires et hôpitaux, Saintes Vierges et médecins, guérisseurs et spécialistes, eaux thermales et mur des lamentations. Et mon monstre toujours aveugle. Je comptais me présenter plus belle que jamais et emporter avec moi l'agrandissement d'une photo de mon mari, celle où sa moustache explose comme une forêt vierge sous ses yeux bleus, et où ses jambes, fermement plantées sur le sol, semblent capables de soutenir le monde. Une femme comme moi, un homme comme lui, et notre fruit commun : un monstre! Dites-moi, Clara : étiez-vous aussi amoureuse de mon mari? »

(Encore une pause. La voix de maman possède la douceur inquiétante qu'on décèle toujours dans la voix de ceux qui ont raison. On croirait entendre un juge rendre, sans émotion, une sentence sans appel, parce qu'il sait qu'il ne peut y avoir d'appel. La nature du crime ne s'y dévoile pas. Il s'agit peut-être d'un crime de lèse-majesté ou simplement du vol d'un portefeuille vide. Cela n'a aucun rapport avec la sentence, qui demeure un acte moral.

L'oreille aux aguets, j'attends la réponse de Clara. Se reconnaîtra-t-elle coupable?

Mais Clara, sagesse statuaire, ne répond ni ne bouge. Dans cette comédie sournoise, elle n'est qu'une figurante. Jamais elle ne dira un mot. Elle est là parce que, au théâtre, on ne peut pas parler dans le vide. Elle n'est qu'une présence et fait en sorte que cette présence demeure toujours invisible.

Elle, maman, fait une pause plus longue que les autres, avale et vomit la fumée de sa cigarette, fixe

Clara dans les yeux, sourit sans sourire et enchaîne :)

« Parfois, je sens que je devrais demander pardon. Peut-être à vous, peut-être à personne en particulier. Simplement prononcer une seule fois les mots : Je demande pardon , comme ça , dans le vide. Surtout quand je ressens le besoin d'avoir en face de moi un ennemi, quel qu'il soit. C'est de cette façon que je banalise ma guerre, mon péché mignon, si vous voulez, mais que je ne devrais pas me permettre.

« Y a-t-il une suite à cette histoire ? Je ne sais plus. »

(On dirait, maintenant, qu'elle ne s'adresse plus à quelqu'un, même pas à elle-même. On dirait que ses paroles viennent de traverser un désert de lassitude, d'où rien ne sort vivant, et qu'elles semblent s'évanouir dans l'atmosphère du hall, comme si — lasses d'être prisonnières de la pensée — elles attendaient depuis des années cette mort par désintégration.

L'univers familial semble s'immobiliser. Mort imprévue. Et j'ai l'impression que des siècles s'écoulent et que l'oranger nain va pousser jusqu'à atteindre la taille du marronnier des Indes. Mais j'attends, patient comme un serpent. Je sais qu'il reste des choses qui n'ont pas été dites. Pas encore.)

« Le reste, ma chère, vous le savez aussi bien que moi. Le seizième jour après sa naissance, *mon* monstre a ouvert les yeux et j'ai compris que ma guerre, qui n'avait même pas encore commencé, était déjà perdue.

« Tout au long de ces dernières années, j'ai senti le besoin de décharger mon angoisse sur quelqu'un, d'ouvrir l'abcès pour le vider. Je ne pouvais pas le faire avec les gens qui m'entourent, je veux dire mon mari, les fils que j'ai eus de lui ou mon confesseur. Non. Il me fallait quelqu'un d'autre, sans obligations et sans droits, quelqu'un d'étranger à moi, pour ne pas risquer d'entendre une seule parole de compréhension ou de consolation, parfaitement inutiles, d'ailleurs. »

(Sa main s'envole, oiseau furtif, et vient se poser sur la tête de Clara doucement, sur le torchon taché de peinture qui l'enveloppe. Je crois percevoir l'hésitation qui accompagne la tendresse.)

« Je vous demande pardon, ma chère Clara. Avant de vous enterrer avec moi dans cette tombe, j'aurais dû me demander si, vous aussi, vous êtes hantée par l'angoisse. Mais lorsqu'on souffre, on n'a pas le temps de se montrer généreux. Et nous voilà, mortes toutes les deux. Enfin mortes.

— Hypocrite ! »

(Mon cri éclate comme un coup de feu. La main de maman se crispe puis s'évanouit. Mais elle reste posée sur la tête de Clara.

Pourquoi reste-t-elle là, cette main, oiseau mutilé qui a échappé à la tempête ?

Ces deux cadavres me regardent, mais mes larmes m'empêchent de lire quoi que ce soit dans leur regard. Pourquoi est-ce que je pleure, d'ailleurs ?)

CHAPITRE V

Après les ordres de maman, que, d'ailleurs, elle n'a pas cherché à discuter, Clara a abandonné son travail de ravalement et s'est retranchée dans sa cuisine. Considérant que là était son domaine, elle l'a fait briller du sol au plafond, chaque jour davantage, les deux fenêtres grandes ouvertes sur l'intensité lumineuse du jardin. Et voilà le miracle : ne pouvant pas pénétrer dans les autres pièces de la maison — si l'on fait exception de *l'autre chambre* — la lumière envahit, gourmande, la cuisine, devient aveuglante, avec la même vigueur turbulente qui anime le corps d'un chevreau.

Deux mondes contraires semblent s'installer dans la maison : celui de la lumière et celui des ténèbres, avec une précision manichéenne, sans nuances, juxtaposés, et le passage de l'un à l'autre ne peut se faire que par un renversement total des attitudes. L'œil qui brillait dans la lumière se révèle subitement morne dans les ténèbres, sans que le regard ait le temps de saisir une image complète. Si bien que tous les êtres et tous les objets de la maison baignent constamment dans une zone d'ombre et de lumière comme des planètes tournant autour de quelque soleil capricieux.

La maison, elle, donne l'impression d'un malade en train de subir une opération de chirurgie plastique, qu'on aurait soudain abandonné sur la table d'opération à la suite d'une alerte à la bombe : un œil bridé et l'autre normal, la moitié du visage lisse et l'autre ridée, une des lèvres gonflée de sensualité et l'autre rétrécie de vieillesse. Figé dans la laideur. Inachevé dans la beauté. Un monstre.

C'est bien le cadre qui convient à maman. Depuis sa sublime confession — Clara-prêtresse — on la voit plus souvent monter et descendre les escaliers, rester dans son salon, silencieuse, en compagnie de son minable Chopin, changer de coiffure, de bijoux et de robe trois fois par jour. Des robes toujours noires, avec les cols et les poignets d'un blanc jauni.

Elle semble gaie et n'hésite pas à aller ouvrir la porte quand l'un des rares clients de papa appuie sur la sonnette. La porte se referme, une minute de silence, puis :

« Bonjour, madame. (Note de surprise dans la voix faible.)

— Bonjour, monsieur. (La voix haute et bien modulée, l'enthousiasme parfaitement feint.) Il fait beau, aujourd'hui, n'est-ce pas ? »

Le client n'ose pas répondre, hoche un peu la tête, marmonne quelque chose d'inaudible et se perd dans le bureau de papa. Pendant les quelques secondes où la porte du bureau reste entrouverte, on entend la voix à la radio qui parle sans cesse de paix et de victoire, comme si, malgré le temps qui passait, quelqu'un mettait toujours le même disque, obsédé par un vieux souvenir de jeunesse. La voix de maman, naturellement placée dans l'aigu d'un canari, égrène quelques notes de musique — toujours du Chopin — elle prend à pleins bras des fleurs fanées qu'elle jette soudain par terre, d'un geste déconcerté, comme si elle avait oublié que les poubelles existent, et demande à Clara de les ramasser.

« Elles ne supportent pas la chaleur de la maison. Ou peut-être est-ce l'atmosphère qui les étouffe. De toute

62

façon, ça m'est égal, vous savez! Il faut toujours avoir quelque chose à faire pour s'occuper. Voulez-vous me donner un tube d'aspirine, ma chère? (Aux yeux de maman et dans son vocabulaire, Clara vient de monter d'un échelon social. Maintenant, elle n'est plus Clara, elle est *ma chère.*) Je me suis laissé dire que, avec de l'aspirine, les fleurs restaient fraîches plus longtemps. »

Mais, deux jours plus tard, les fleurs semblent être prises d'une migraine insupportable qui les fait courber la tête comme si elles cherchaient un peu d'eau fraîche sur le bois poli du guéridon. Et l'opération recommence, accompagnée sans relâche par des morceaux inachevés de Chopin.

Etait-elle, maman, ce soleil capricieux?

C'est à cette époque-là que mon frère Antonio a commencé à préparer son bac. On ne le voyait plus à la maison à l'heure du déjeuner, et quand, le premier jour de son absence, j'ai demandé à Clara où il était, elle m'a répondu que, dorénavant, il ne rentrerait plus le midi pendant la semaine.

« Alors, il ne va pas manger de toute la journée?

— Mais non! Il prend son repas à la cantine du lycée.

— Comme un soldat? »

Clara n'a pas daigné répondre oui ou non et j'ai été envahi par une grande tristesse. Il ne m'avait rien dit, le salaud! Je n'avais donc pas, pour lui, l'importance que je croyais avoir. Tristesse.

Voilà la date précise où j'ai enfin compris que le bain que mon frère me faisait prendre tous les après-midi à quatre heures pile n'était pas pour moi le bain quotidien, dans le sens strict du mot, mais un rituel parsemé de caresses, trouble de désirs, auxquels je n'avais pas encore donné un nom.

Maintenant, le bain de quatre heures — pas pile — de l'après-midi n'était plus une fête, comme c'était le cas au temps où mon frère Antonio était un écolier fort et turbulent, tendre et silencieux. Le premier jour de son absence, nu entre les mains de Clara, qui ne connaissaient pas mon corps comme celles de mon frère, je me suis refusé, pour la première fois de ma vie, à admettre que l'hygiène rentrait dans les innombrables besoins naturels d'un enfant, que Clara m'a énumérés de façon exhaustive et minutieuse, avant de m'emmener de force dans la salle de bain. Mais je n'étais pas d'accord, moi. Et je le manifestai bien haut, en remplissant toute la maison de mes cris sauvages et la salle de bain de l'eau tiède de la baignoire. J'ai réussi à exaspérer maman au point de lui faire dire les mots qui allaient hanter à jamais les rêves de mon enfance :

« Laissez tomber, ma chère. Je suis *certaine* qu'il préfère les mains de son frère. »

Je me suis dit : « C'est vrai, tu as raison, garce. C'est toi qui m'en fais prendre conscience. » Et j'ai été touché par l'hallucinante beauté de prendre conscience d'aimer ce que l'on aime.

Elle, maman, n'a rien ajouté à propos de *sentir le soufre*, remarque qu'elle faisait volontiers autrefois, quand elle n'avait pas encore vidé sur les épaules de Clara la vieille poubelle de son vieux silence. Le moins que l'on puisse dire maintenant, c'est qu'elle se tenait tranquille et ne sortait son regard de chien policier qu'à des moments imprévus mais peu fréquents.

Et pourtant, elle continuait à être la clef de ma vie, seule source à laquelle ma curiosité pouvait étancher sa soif. De la même façon que mon frère Antonio personnifiait le cheval de bataille que mes sentiments les plus inédits enfourchaient pour partir en guerre.

Antonio, mon frère.

S'il rentrait de bonne humeur et qu'il me racontait les ragots du lycée, je passais une magnifique soirée. Le dîner à peine avalé, je ne me faisais pas prier comme d'habitude pour aller me coucher. Mon frère me prenait sur ses épaules, mes jambes lui serrant le cou, et on montait l'escalier au trot. Clara nous avait déjà préparé le bain où nageaient les mystérieuses algues que maman achetait — à Londres, il me semble, et qui, soi-disant, avaient la vertu d'épargner à notre peau l'acné juvénile. Mon frère me déshabillait sans négliger de s'attarder en douceur sur tous les points sensibles. Il se mettait à poil lui-même et on entrait dans la baignoire comme on entre dans la mer : en se noyant presque. Mes cris étouffés étaient parfaitement sages : ils ne traversaient jamais l'épaisseur des murs de la salle de bain.

Il avait douze ans, mon frère Antonio, et j'ai compris plus tard que ces douze ans étaient pleins de précocité, dans tous les sens. Grand et fort, son aine et ses aisselles déjà parsemées de poils, certaines parties de son anatomie se transformaient subitement à mon seul contact, et je me sentais fier de cette transformation. Lui aussi aimait mon plaisir. Il m'avait appris un jeu doux et terrifiant, qui consistait à m'enfoncer dans l'eau jusqu'à perdre le souffle, la bouche collée contre la sienne, bien humide, pour m'éviter l'asphyxie. Sa salive me servait d'oxygène et je me gonflais d'angoisse et de plaisir. Quand il me ramenait à la surface, j'étais presque évanoui dans ses bras et il faisait mine de me ranimer d'un bouche-à-bouche tendre et moelleux qui durait de très, très, très longues minutes.

Parfois, le silence de nos jeux était si artificiel, si bizarre que Clara venait frapper à la porte de la salle de bain, et son « Ça va, les enfants ? » nous étourdissait pendant quelques instants. Je jetais un coup d'œil autour de moi et reprenais conscience de l'endroit où nous nous trouvions : ce n'était pas un coin halluciné du monde, mais la salle de bain, placée à côté de notre chambre, dans la maison de maman.

Mon frère, calme, prenait la grande serviette blanche, s'y enveloppait et moi avec lui, mon dos collé à son ventre, m'embrassait sur la nuque et disait :

« Maintenant, tu vas dormir, hein ? Comme un bébé sage.

— Je ne suis pas un bébé.

— D'accord, mais tu vas dormir quand même. »

Il me déposait sur son lit, me regardait longuement — ce long regard de mon frère Antonio qui ouvrait chaque nuit les portes de mes rêves — et s'apprêtait à faire ses devoirs. La grande table à dessin, zone interdite, pour moi, il la remplissait en un clin d'œil de livres, de cahiers, de règles à calcul, de grands étuis noirs avec des compas au manche d'ivoire, de crayons de toutes les couleurs, de feuilles de papier quadrillé. Ces feuilles, surtout, attiraient toujours mon attention. Elles étaient bordées de lettres et de numéros minuscules, à peine perceptibles. Mon frère y tirait des lignes, après avoir fait des calculs très minutieux et apparemment épuisants, et peu à peu, sur la surface vierge, apparaissaient des vis géantes, des ampoules, des marteaux, transpercés d'épingles de mille couleurs à l'intérieur de cercles qui s'entrecroisaient en un labyrinthe incompréhensible.

Une fois le dessin achevé, mon frère gommait soigneusement tout ce qui dépassait, soufflait sur la feuille pour enlever les particules de gomme, y passait sa main pour bien enlever des poussières imaginaires, et contemplait l'ensemble avec des yeux pleins de fierté. Il s'écartait de quelques pas de la table, regardait de loin le dessin, puis s'approchait de la table pour le regarder de près, soufflait une dernière fois et rangeait avec soin tout le matériel dans les étuis respectifs. C'était alors qu'il se mettait à faire sa gymnastique.

Tout nu, la grande serviette de bain étendue sur le tapis de corde pour ne pas se marquer la peau, il faisait et refaisait des dizaines de fois le même exercice. Ses muscles longs et souples se dessinaient sous sa peau, des gouttes de sueur perlaient de son front et coulaient tout le long de son corps en ruisseaux salés, et son sexe dansait gaiement comme le battant d'une cloche. Cela durait dix minutes. Après quoi, il retournait à ses devoirs.

Si, par hasard — hasard qui se produisait tous les soirs —, j'avais la faiblesse de mettre ma main sur les instruments magiques de sa table de travail, alors la bataille commençait. Je recevais soudain un coup de règle sur les doigts, poussais un cri étouffé, soufflais sur mes ongles comme s'ils me brûlaient, et, sans un sanglot, je laissais quand même échapper deux grosses larmes qui remplissaient mes yeux de brouillard. Puis je criais :

« Salaud! Salaud! Salaud de merde!

— Salaud de merde? Attends! tu vas voir ce qu'il va faire de toi, ce salaud de merde! »

Il me prenait sous l'un de ses bras comme une botte de paille, me lançait sur le lit et se jetait sur moi. Je criais, les dents serrées, qu'il allait m'étouffer, le salaud, mais je savais très bien qu'il cambrait toujours son corps de façon à ne pas me faire le moindre mal. Et alors, c'était la séance de chatouilles, que je détestais, ou la séance de suce-oreille, que j'aimais et détestais jusqu'à la folie.

C'est avec ce jeu qu'il m'a habitué à goûter le plaisir le plus profond. Il suçait mes oreilles, ses mains bien serrées sur ma mince taille pendant que je me tortillais et criais sans bruit, le suppliant de s'arrêter. Mais il ne lâchait pas sa proie et continuait, continuait, jusqu'à m'entraîner au bord du délire. Mes doigts s'accrochaient à sa nuque, mes gémissements et son nom se confondaient dans ma bouche, il haletait comme un fauve et tout disparaissait, la chambre, la nuit, dans un tourbillon d'amour incontrôlable. Et là, nous ne nous

67

rendions même pas compte à quel moment la jouissance éclatait. C'était un trou de lumière où je m'enfonçais, agrippé à mon frère Antonio de mes bras, de mes jambes, mes ongles, et mes dents. Et lui ne me lâchait toujours pas. Il s'endormait comme ça, me couvrant de tout son corps, sachant instinctivement ne pas me faire sentir son poids, mais la force de sa protection.

Le lendemain matin, il nous fallait faire un effort pour nous décoller l'un de l'autre, et, heureux comme un taurillon, il me faisait à nouveau prendre mon bain, cette fois-ci dans les plus strictes normes de l'hygiène.

« Maintenant, tu vas manger comme un grand, hein, bébé ? »

Et il m'embrassait sur les yeux.

« Il faut récupérer. » (Souriant.)

Il n'avait pas besoin d'ajouter que tout ce qui se passait entre nous, la nuit, était un secret. Il savait que j'avais déjà, enraciné en moi, ce goût du secret. Et que c'était lui-même qui me l'avait appris. Consciemment.

Je sens que cette attente, aujourd'hui, prend la même dimension que mon attente de toi ces années-là. Tous les sens éveillés, je regardais passer les heures sans connaître leur nom, comme, tapi derrière une fenêtre, on voit passer ses ennemis dans la rue sans pouvoir distinguer leur vraie nature : s'agissait-il de policiers ou de voleurs ?

Pour moi, il y avait le matin, long, le déjeuner, interminable, puis la fin de l'après-midi qui voulait dire que tu allais bientôt rentrer. Cette heure, attendue comme un cadeau d'anniversaire, portait des milliers de noms au cœur de mon angoisse. Elle s'appelait « soudaine intensité du parfum des fleurs que maman distribuait dans le salon et le hall », « silence intermittent du merle du jardin, pris de sommeil », « irruption de la lumière électrique dans la cuisine de Clara » — elle ne voyait pas très bien, Clara-obscure —, « bonsoir, madame du dernier client de papa », « angélus musical du carillon d'une église proche de la maison » (explication fournie par Clara), « glou-glou de mon estomac qui a déjà digéré le goûter »... « Un doigt nerveux qui appuie très fort et par trois fois sur la sonnette de la porte principale »... toi !

« Mais qu'est-ce qu'il a, ce garçon ? Il arrive toujours avec le feu au cul ! »

(Là, je dois te confesser que je n'ai jamais bien compris cette phrase de Clara. Y voyait-elle un double sens ? Ou n'était-ce qu'une de ses nombreuses expressions populaires, Clara-paysanne ?)

Soumis aux constants changements d'humeur de maman, qui ne m'adressait toujours pas la parole, à l'invisibilité volontaire de papa, dont je devinais à peine la moustache poivre et sel quand quelqu'un ouvrait la porte de son bureau, et à l'incessant bavardage de Clara, qui me parlait sans cesse pour ne pas avoir l'impression d'être muette (Clara-seule), j'attendais, patient, l'arrivée de cette heure aux milliers de noms, sachant que, dans ma vie, il n'y avait place que pour l'attente de toi.

Et malgré toutes ces années qui n'ont cessé de mourir jour après jour, cela n'a pas changé. Aujourd'hui, assis sur ce fauteuil de paille tressée en filigrane — le fauteuil préféré de maman —, je sais que, l'ancien savon aidant, je suis redevenu l'enfant que j'étais alors, mais je sais aussi, pour t'attendre toujours, que je n'en avais pas besoin. Ce rituel de l'attente que je vis minute par minute depuis cinq heures de l'après-midi, vendredi dernier, quand je suis arrivé à la maison, qui érige autour de moi des murs de glaces, où je vois, répétés à l'infini, les moments infinis de ma vie avec toi, me semble parfaitement inutile, puisqu'il ne m'apporte rien de neuf : il est inscrit dans mes cellules depuis que je suis enfant, et depuis lors, il gouverne mon comportement. Et mon comportement n'a toujours été qu'un appendice du tien, quelque chose comme la queue du chien par rapport au chien.

Mais que faire? Quand on n'a, pour vivre, d'autre espace que la vie d'un autre, l'attente est obligatoire.

Que tu viennes en amoureux, que tu viennes en bourreau, je suis prêt à te recevoir. Plus prêt que jamais. Avec toutes les obligations que me donne mon attente de toi. Mais ne viens pas en *frère* pour me profaner dans le sacrilège de la famille, parce que, alors, mon attente de toi te montrera ses droits.

Ouvre donc la porte.

Entre.

CHAPITRE VI

PAPA s'appelle Carlos.

Ma bouche prononce très souvent le mot « papa », surtout dans les conversations avec Clara et mon frère, mais ce nom, Carlos, je ne l'ai presque jamais dit ni entendu dire à personne de mon entourage.

Et, pourtant, c'est un beau nom.

J'ai envie de le prononcer, surtout quand je suis seul, ce qui arrive souvent. Ma langue se colle en douceur contre mes dents inférieures, je sens qu'elle commence le petit tremblement nécessaire pour donner toute sa force au « r », mais, à la dernière seconde, ma langue reste molle, lasse, comme le corps d'un escargot, et le nom de Carlos — nom de papa — se meurt tout seul dans mon désir, étranger à ma voix, imprononcé.

De temps en temps, j'entends maman prononcer ce nom — « Carlos, chéri, quelqu'un veut te voir » — et je me sens pris de vertige.

« Fais-le entrer. »

C'est la voix de papa. Ou celle de Carlos, plutôt ?

Le vertige devient tourbillon. Une vague de froid, une houle de chaleur montent simultanément dans mes veines et me font perdre le souffle. Je reste hébété.

Tout cela à cause de la voix de Carlos que, je ne sais pas pourquoi, je ne peux associer à la voix de papa. Est-ce peut-être le souvenir de ces rares baisers furtifs qu'il mettait sur mon front quand j'étais tout petit et qui n'ont pas eu de suite? Ou est-ce l'homme, cette voix d'homme, qui altère mon sang et me précipite dans un abîme où rien n'existe plus?

La voix de mon frère Antonio est une voix forte qui remplit la maison, brise son silence et agit sur moi comme le drelin-drelin d'une clochette sur une souris dressée. Même quand elle est tendre et toute proche de mon oreille, elle exprime tout et ne cache rien. Voix de garçon sans contrainte. Deviendra-t-elle un jour comme la voix de Carlos?

Carlos et Antonio.

Je suis certain qu'ils se ressemblent beaucoup tous les deux. Grands et forts, cheveux trop bruns, yeux trop bleus. Des mains actives, sans repos, qui ont besoin de faire vivre tout ce qu'elles touchent.

Seules leurs voix sont encore différentes, comme si les lois de l'hérédité avaient cessé de fonctionner. Mais cela peut changer. Et je pourrai, enfin, un jour ou l'autre, écouter la voix de Carlos s'adressant à moi. (Peut-être aussi, avec le temps, mon frère Antonio, qui commence déjà à se raser, aura la même moustache que Carlos, forêt obscure qui donne l'envie d'approcher aveuglément les lèvres pleines et les dents dominatrices.)

Espion malgré moi — et il se peut que, avec une autre éducation, j'aurais quand même possédé ce penchant irrésistible au voyeurisme —, toujours caché par l'oranger nain, les canapés et les plantes grasses qui remplissent le hall de la maison et le salon de maman, j'essaie de percer le mystère, chaque fois que l'occasion se présente, derrière la porte close du bureau de papa. Porte en bois lisse comme toutes celles de la maison, elle ne se laisse pas transpercer du regard et étouffe la voix de Carlos avec la détermination d'une tombe. L'autre voix, celle de la radio, n'arrive pas non plus à lézarder le silence imposé par la porte et à envahir la maison. Et, pourtant, on ne peut douter que c'est bien ça son objectif. Mais, hélas ! elle ne pénètre que la conscience de papa qui n'est plus jamais Carlos... au moins depuis que cette maudite voix parle, parle, parle encore et encore de victoire et de paix.

Papa caché, maman lointaine, Clara fatiguée, Antonio insouciant et amoureux, Carlos inexistant, à qui pourrais-je demander qui est cet invisible obsédé parlant à la radio de victoire et de paix ?

Parfois, je tends l'oreille au milieu du silence pour tâcher d'entendre, dehors, dans la ville, des coups de canon — soient-ils imaginaires — ou bien je fais un effort pour fouiller ma courte mémoire, y chercher une image des rumeurs de la guerre et pouvoir placer convenablement dans la réalité du présent ces mots de « paix » et de « victoire ». Mais le silence impose sa constante quiétude et ma mémoire reste vierge. D'où vient alors cette insistance paranoïaque de la voix qui parle à la radio ? Est-ce le passé ? Est-ce l'avenir ? Est-ce un vice chronique d'impossible guérison ? Pourquoi, les rares fois où la porte du bureau de papa s'entrouvre, la voix de Carlos reste-t-elle muette alors que celle de la radio ne cesse de parler, sans jamais donner de signe de fatigue ? Et, surtout, pourquoi papa ne casse-t-il pas une bonne fois pour toutes cette putain de radio qui étouffe sa voix, la voix de Carlos, et ne se met-il pas à parler, lui, Carlos, pour remplir ce vide où nous pourrissons tous ? Même les rides de Clara s'effaceraient de son visage si la voix de Carlos disait : « Bonjour, Clara. » Avait-elle, Clara petite et ridée, aimé Carlos ? Elle n'avait pas répondu à la question directe de maman, Clara-secrète.

Porte close, faite d'un bois parfaitement innocent. Porte me séparant toujours de papa, m'éloignant à jamais de Carlos. Porte mystère.

Percer ce mystère est devenu mon obsession. Tant que mon frère Antonio n'est pas à la maison et que son absence me laisse suspendu dans le néant, je guette sans repos ce rectangle de bois obsédant qui renferme, vingt-quatre heures sur vingt-quatre, la présence de papa. Parfois, à travers une étroite fente — aux heures précises où Clara-fidèle apporte à Carlos son petit déjeuner, son goûter ou un verre de vin rouge mêlé à deux jaunes d'œufs — s'y dégage un soupir d'air furtif, volontairement neutre, comme quelqu'un qui fuit sa prison sur la pointe des pieds, soupir d'air chargé des vibrations de Carlos. Il semble s'épanouir malgré lui dans le hall, ce soupir d'air, et, tout de suite après, il gagne la liberté du jardin, grimpe les murs et s'en va... vers où ?

Je sors de ma cachette et, doucement, pour ne pas faire fuir trop vite les restes du fantôme, me glisse dans ce courant à l'odeur de cigare, m'y baigne, âme et corps dilatés, afin de m'en imprégner tout entier. Je bombe ma poitrine de cet air bénéfique, mes poumons béants comme des yeux qui s'ouvrent à la beauté pour la première fois, s'y fixent pendant très, très longtemps, et une confusion similaire à l'orgasme fouille le plus profond de mon corps avec ses millions de doigts irrespectueux, subtils et savants.

Quand je reviens à moi, la porte est close et semble me jeter un regard ironique. Le lourd parfum des fleurs quotidiennes envahit à nouveau le hall, et Chopin jauni heurte, encore une fois, mes tympans. Elle, maman, s'impose comme d'habitude. Sa tombe redevient sa tombe. Et il ne reste plus que l'odeur habituelle de sa décomposition.

Un jour — j'avais environ dix ans — je me suis retrouvé par hasard tout seul à la maison. Mon frère Antonio n'était pas encore rentré du lycée et Clara était sortie après le déjeuner, certainement pour faire des

74

courses. Maman faisait sa sieste et, à l'intérieur de la maison, s'était établie une sorte de trêve. Rien ne bougeait à l'étage et j'ai quitté ma chambre pour jeter un coup d'œil dans le couloir et l'escalier, m'attendant presque à y trouver le silence en train de s'y promener tout à son aise. Peut-être se regardait-il aussi dans les miroirs en faisant des grâces, certain de ne pas être surpris ? Mais personne. Pas même un fantôme. Je suis descendu et j'ai inspecté le hall. Personne, là non plus. Le salon vide, le piano silencieux. La cuisine sans âme. Le jardin balayé par un faible vent d'automne qui faisait tourbillonner timidement les quelques feuilles mortes qui avaient échappé au balai de Clara (Clara-anglaise). Le vert du temple de jasmin ressortait plus foncé sur l'ombre du mur, et le merle regardait fixement le soleil briller sur la maison, son bec jaune pointé vers la fenêtre de notre chambre, mais clos.

Il me semblait que *tout* avait déserté la maison, et la mort et la vie, et que je me trouvais là, comme pris au piège, par surprise, prisonnier du non-temps, de la non-existence.

La panique s'est emparée de moi. Je suis entré dans la cuisine et j'ai ouvert les robinets dans l'espoir de sentir proche de moi un élément vivant. Mais on avait dû couper l'eau : elle ne coulait pas. Le fait de tourner l'interrupteur pour allumer la lumière n'allait rien changer : le soleil inondait la cuisine. Je me suis donc abstenu. Presque en courant, je suis sorti de la cuisine et j'ai gagné le jardin. Là, j'ai sifflé le merle, doucement au début, puis de toutes mes forces, mais lui n'a pas daigné me répondre, ce qui était d'ailleurs son habitude depuis que nous étions petits tous les deux. Oiseau de pierre.

Profondément découragé, j'ai regardé le marronnier en me demandant si j'aurais le courage de grimper à ses branches pour gagner le balcon de notre chambre, mais... en toute sincérité, je me suis dit que j'étais trop lâche — et que je le serais toujours — pour réussir ce genre de truc. Je n'étais pas mon frère Antonio. Parole.

Alors, que faire? Appeler les voisins? Ce n'était pas une solution : je ne connaissais pas mes voisins. Pis : je n'étais pas certain d'en avoir. J'avais le sentiment de vivre isolé dans une famille isolée et imaginaire, dans une maison isolée et imaginaire, au milieu d'une ville isolée et imaginaire, dans un pays... Laissons tomber.

Et si je rentrais dans la maison et criais : « Maman! » pour la première fois de ma vie? Il se peut qu'un reste d'instinct maternel, endormi depuis toujours dans le cœur clos de maman, se réveillerait soudain pour me répondre : « Oui, mon petit. »

Sur le point de le faire, la bouche déjà pleine de ce cri, la réalité s'est imposée à nouveau et j'ai ravalé mon cri non né comme on avale une gorgée d'huile de ricin : avec un profond dégoût. Je me suis dit qu'elle, maman, enfoncée dans les marécages de sa sieste, ne sortirait pas de l'angoisse de ses cauchemars pour venir au secours de mon angoisse exacerbée.

Il fallait donc, coûte que coûte, m'habituer à ce nouveau vide, comme je m'étais déjà habitué à tous les autres vides de mon existence. Solitude accompagnée ou solitude dépeuplée, en quoi cela pouvait-il changer l'essence de ma solitude? Un jour ou l'autre, tous les fantômes qui peuplaient mon entourage me quitteraient pour de bon. Tant mieux si l'habitude était déjà prise.

Tout doucement, comme une source desséchée se remet à vivre, après la tombée des premières pluies, mon sang s'est remis à couler dans mes veines, miracle de tranquillité. Je suis rentré à la maison pour retrouver l'atmosphère de toujours, avec la même résignation avec laquelle on replonge dans le sommeil après s'être réveillé d'un mauvais rêve : ce qui ne tue pas nourrit. (Dicton de Clara.) Je devenais forcément cynique.

C'est à ce moment-là que quelqu'un a appuyé sur la sonnette de la porte principale. Le driiing est tellement fort et il s'épanouit si lentement dans la maison livrée au silence que, soudain, tout ce qui m'entoure se met à trembler, comme sous le coup d'une secousse sismique. Ou est-ce moi seul qui tremble?

Le déséquilibre s'installe à nouveau. La lumière fuit le hall et les fleurs fanées crachent leur parfum douceâtre comme il arrive chaque fois qu'il se passe quelque chose d'anormal. Je regarde la porte du salon, m'attendant à voir apparaître les mains jaunies de maman, marionnettes aveugles, mais je pense aussitôt que le salon était vide tout à l'heure. Je regarde alors l'escalier, et l'absence de fantôme se glissant sur les marches me surprend douloureusement. Il n'y a rien à faire. Tout le monde a dû partir. Y aurait-il eu, par hasard, une alerte à la folie — ce qui serait loin d'être une bêtise — et toute la famille aurait-elle foutu le camp, épouvantée?

La sonnette insiste, plus impérative cette fois. Inconsciemment, mon regard cherche la porte du bureau de papa, mais elle ne bouge pas non plus, épaisse, fermée. Notre chambre est vide. La cuisine est vide. Le jardin est vide.

Et, ce jour-là, pour la première fois de ma vie, j'ai pris une décision — forcée par les circonstances, évidemment, mais une décision quand même. Je me suis avancé vers la porte d'entrée. Je l'ai ouverte. De mes propres mains. Avec mes propres forces. En tournant le verrou, je me suis dit : « Ça, tu le fais de ta propre volonté. Tout seul. Personne ne t'a dit de le faire. » Et, enivré par cette soudaine liberté d'action, j'ai dévisagé la tête haute la personne qui se tenait, raide, sur les dalles en marbre du perron. C'était un homme, vêtu d'un costume taché de graisse, pauvre et usé. Son visage étant à contre-jour, je n'ai pas pu en déchiffrer les détails, mais ses yeux étaient aussi pauvres, aussi usés et tachés d'amertume que son costume, et de la même couleur noire.

J'insiste : la première fois que, par un acte de ma propre volonté, mon regard s'est posé sur le monde extérieur, ce fut à travers l'écran de la misère déguisée en homme qui venait rendre visite à papa.

« Don Carlos ? » (C'est-à-dire papa.)

La voix donnait l'impression que la pauvreté et la misère extérieures du personnage se faisaient plus profondes et insoutenables pour son âme, ruine d'après guerre, maison bombardée, dont la façade brûlée s'orne d'une fenêtre sans vitres et dont le puits de la cour a été bouché par les obus et son eau corrompue.

Après avoir examiné l'homme sans trop me gêner, décidant que je ne pouvais pas en apprendre davantage, j'ai jeté un coup d'œil sans remords dans la rue. C'était bien de la rue que venait ce pauvre homme. Mais que pouvait-elle enfanter d'autre ? J'ai vu passer une voiture luxueuse. Et je me suis dit : « Tout n'est pas pareil à l'extérieur. »

« Don Carlos ?

— Entrez... s'il vous plaît. » (J'ajoute *s'il vous plaît* parce que je suis pris d'une soudaine tendresse envers cette misère et que je voudrais lui montrer un peu de considération.)

L'homme a souri — ah ! quel sourire sans joie ! — et m'a suivi dans le hall. Exprès, j'ai laissé la porte principale grande ouverte. Un violent courant d'air qui paraissait attendre cette occasion, tapi quelque part, s'est établi entre la rue et le jardin. Le merle, lui aussi pour la première fois de sa vie, a poussé un cri d'épouvante. (Je m'en fous.)

Sans prévenir d'un coup discret, comme maman et Clara faisaient toujours, j'ai ouvert la porte du bureau de

78

papa — porte qui paraissait m'opposer une résistance sauvage — et me suis avancé dans la pièce. J'ai dit :

« Papa, un monsieur t'attend. »

Lui, papa, m'a regardé sans réaliser tout de suite que c'était moi qui annonçait la visite, et il a répondu machinalement :

« Fais-le entrer. »

Sa moustache — dont maman, peut-être, connaissait les tempêtes — a tremblé une seconde, mais avant qu'une réaction quelconque puisse se lire sur son visage, j'ai reculé et j'ai fait entrer le visiteur. Puis j'ai refermé la porte sur lui.

Me voilà seul dans le hall, parmi les rideaux de velours et de dentelle que je vois, aussi pour la première fois, s'agiter follement sous l'action du courant d'air qui vient de la rue. Depuis un bon moment, je suis en train d'agir tout seul, de me comporter comme quelqu'un fait pour user sans contrainte de sa volonté. Et ce sentiment inédit de liberté — élément étranger à ma vie — me serre la gorge.

J'avance vers la porte d'entrée, je traverse le perron, je touche l'autre porte — bois fort et travaillé, porte aussi large et haute que celle d'une église — et je regarde la rue. En face de moi. A ma droite. A ma gauche.

C'est l'heure de la sieste, la rue est presque déserte, à l'exception d'un chien et de deux passants. Les boutiques sont fermées. L'église est silencieuse : dans le portail se découpe une porte plus petite qui crache successivement une vieille femme noire et un vieux curé noir. Au sommet d'une maison qui n'a pourtant pas l'air d'un édifice public, un drapeau rouge, jaune, rouge, ondule lourdement dans le vent, et par terre, quelques feuilles desséchées tâchent de ne pas se noyer dans la poussière, sautillant comme des oisillons qui n'auraient pas encore appris à voler.

Déçu, je me dis que, la rue, ça n'a rien de terrible. Ou c'est peut-être que le moment n'était pas bien choisi. Enfin. Je rentre et je referme la porte derrière moi.

Cette première expérience de liberté se révèle plutôt décevante. Je promène un regard neutre sur mon hall de toujours. Rien de changé. Mais... rien ? Attends, mon vieux, attends. Respire un peu. Voilà ! Qu'est-ce que tu sens, maintenant ? Nom de Dieu ! Ou plutôt, qu'est-ce que tu ne sens plus ? L'odeur-maman a disparu, balayée par le courant d'air. Youpiiii !

Je m'assois sur le banc d'église collé au mur à côté du salon, et je pose mon pied délibérément sur la petite peau d'agneau carnivore. Je la nargue en la frappant de ma chaussure vernie.

« Tu vois, mon pote ? Il suffit d'ouvrir la porte. Et tout change. »

Mais la petite peau d'agneau reste muette et, apparemment, n'a guère envie d'avaler mon pied de luxe qui l'enquiquine : l'heure de la sieste doit être un somnifère qui agit même sur les choses qui ne dorment jamais.

Pourtant, ce courant d'air, étranger à l'ambiance habituelle de la maison, aurait dû tout réveiller en sursaut. La maison elle-même, qui n'avait pas, jusque-là, connu les antibiotiques, devrait, elle aussi, remuer à présent, se rétracter — ou se dilater, faire crever ses abcès, enfin, renouveler son sang. Mais rien de tout cela ne se produit, au moins dans la mesure où je l'attends.

Je décide, finalement, que la maison a été construite autour d'une pustule de silence qui existait déjà depuis la nuit des temps, et que mes ancêtres s'y sont installés sans opposer aucune résistance. Et qui sait, peut-être avec plaisir, comme la sangsue s'installe dans les eaux marécageuses où s'abreuvent les chèvres l'été.

A ce point de réflexion, la porte du bureau de papa s'ouvre, le client sort et referme la porte derrière lui. Je me lève, plus par respect que par envie de le raccompagner jusqu'à la sortie, mais il revient soudain sur ses pas, rouvre la porte et pose une question que je n'entends pas, tellement sa voix est faible et timide. Mais j'entends très nettement la voix de Carlos, basse et sonore, qui répond :

« La semaine prochaine. Mardi. Ne revenez pas avant. »

Le client hoche la tête, confus, et prend la fuite à travers le hall, en oubliant de refermer la porte du bureau. Il disparaît, anonyme dans son costume noir et usé, pauvre et taché de graisse.

Moi, je regarde fixement la porte du bureau. Dans un instant, Carlos va se lever et la refermer. Je retiens mon souffle. Peut-être jettera-t-il un coup d'œil dans le hall et m'apercevra-t-il ? Mais non, rien. La porte reste ouverte et ces instants me semblent une éternité. Je prends une décision — décidément, c'est le jour des décisions ! — et m'approche de la porte, fasciné par le mystère. Carlos-papa. L'odeur de cigare m'arrête net, comme l'odeur d'encens arrête le non-croyant sur le seuil du temple. Tant pis : je franchis l'obstacle, explorateur intrépide.

Ma petite personne, tout à fait exclue de l'activité consciente, se tient immobile sur le tapis rouge foncé du bureau de papa. Du coin de l'œil, je fais l'inventaire de la pièce. Des rideaux rouges, du même ton que le tapis, tirés sur toute la largeur des fenêtres. Un fauteuil en cuir marron qui a l'air d'avoir cent ans — il les a peut-être. Des milliers de livres, rangés sur des étagères qui tapissent les murs du sol au plafond — a-t-il eu le temps, Carlos, de lire tous ces livres ? Il doit être un puits de science. Pas de fleurs. Pas de vases. Un cheval de bronze, cabré, sur le bureau recouvert de cuir.

Et, en face de papa, trônant sur un haut guéridon, le voilà, silencieux, peut-être enfin muet, le bourreau de

Carlos : un vieux poste de radio aux quadrillages de bois clair, aussi grand que vulgaire, les boutons brillants à force d'être tripotés. Dessus, pas un bibelot, pas un cendrier posé par hasard comme sur n'importe quel autre meuble. Il se tient tout seul, dieu sans trinité sur son autel unitaire. Il ressort dans le reste du décor et impose sa présence. Ce n'est pas pour lui qu'on a fait cette pièce, mais il y règne. Il gouverne la pensée de Carlos et sa mort lente. Les yeux de papa ne voient d'autre paysage, d'autre soleil, d'autre astre, d'autre horizon que lui. Et quand il parle, le goutte-à-goutte de l'angoisse empoisonne le sang de mon père.

A part ça, un coup de joie me réchauffe le bas-ventre quand je constate que la présence de maman est bannie de la pièce : sa photo encadrée d'argent, de bois ou d'ivoire n'apparaît nulle part. Mais cela ne dure pas longtemps : mon regard se pose sur un petit carré au crochet qui recouvre le dossier d'une chaise. La garce ! Jusqu'ici, on trouve la trace de ses soins hypocrites de femme convenable. *Une jeune fille, ma chère...* Sa main a profané à jamais ce sanctuaire masculin.

Voilà deux minutes que je suis là, debout, deux minutes longues et riches de contemplation, tâchant d'élucider si l'homme assis à sa table de travail, les yeux perdus dans l'examen des documents qu'il paraît lire avec attention, est papa ou Carlos. Ou peut-être les deux, confondus par la détérioration du temps ? En effet, dans sa moustache et sur ses tempes s'insinue déjà le gris de l'âge. Entêté, je me dis que ce n'est pas du tout l'âge, mais une ancienne lassitude qui ternit l'éclat de ses cheveux noirs.

J'essaie de ne faire aucun bruit. Je retiens mon souffle. Je voudrais rester comme ça pour toujours, guettant la progression de la mort, pas à pas, pour pouvoir m'ôter de la poitrine cette lourdeur étrange qui tient de la déception et de l'échec. La présence de son fils n'oblige pas papa à lever la tête comme un chien que son maître siffle? Et ma présence à moi ne pousse pas Carlos à me clouer du regard?

Enfin, il relève la tête et me voit. Papa? Carlos? Le doute tourbillonne dans mes veines, affaiblit mes jambes. Mais c'est bien papa qui me regarde : ses yeux trop bleus se noient dans la surprise.

« Mais qu'est-ce que...? »

Il ne finit pas sa phrase.

« Il n'y a personne à la maison?

— Non. »

Silence.

« Tu te sens seul? »

Je ne réponds pas. Que pourrais-je lui dire de ma solitude?

« Tu... tu veux rester ici, avec moi?

— Si tu veux. »

Silence.

« Tu pourrais jeter un coup d'œil sur mes livres... et aussi me tenir compagnie, bien sûr. Je n'ai pas envie de travailler, aujourd'hui.

— Je ne sais pas encore lire. »

(Là, je mens. Mon frère Antonio m'a appris, avec toute sa patience d'amoureux, à lire et à écrire. Mais nous avons décidé d'en garder le secret. Antonio se comporte comme un pygmalion avec moi. C'est de lui que je tiens presque toutes mes connaissances. Parfois, dans l'emportement de la passion, des mots jamais appris sortent de ma bouche, incorrectement prononcés mais chargés d'expérience. Mon frère, brûlant comme un tison, me corrige à coups de dent, en insufflant dans ma gorge leur prononciation correcte, prononciation mouillée de salive et entrecoupée de spasmes. Il dit que, tout ce qu'on apprend au lit, on l'apprend pour toujours. C'est pour cela qu'il fait très attention à ne pas se tromper dans ses leçons.)

« Je ne sais pas encore lire... »

Je répète ces mots, en chargeant ma voix de reproche. Je suis entré pour découvrir Carlos et je suis en train de culpabiliser papa. J'en tire un plaisir licite, visible dans mon regard, calme comme celui d'un juge épris de justice. (Pourquoi toujours cette image du juge ?) Dans les yeux de papa, il y a comme une lumière qui s'assombrit. Mais il ne dit rien. Il s'approche de moi, et sa main, grande et forte — « Carlos, viens ! » crie mon instinct — nage comme un poisson de feu entre mes cheveux blonds. Elle s'y attarde, ses doigts esquissent une lente caresse, je me sens envahi par une chaude folie, mes yeux se remplissent de larmes, l'air du bureau ne me suffit plus pour respirer... qu'est-ce qui m'arrive ?

Papa s'incline sur moi, ses lèvres se préparent à poser un baiser sur mon front, papa lointain venant d'un passé perdu des premiers jours de mon existence... quand ça, déjà ?

Soudain, je sens que son souffle à l'odeur de cigare m'enveloppe. Je lève alors d'un seul coup la tête et colle sauvagement ma bouche sur la sienne. J'étouffe dans la broussaille poivre et sel de sa moustache. La stupeur lui fait ouvrir les lèvres, je suce avec avidité sa langue, comme si j'aspirais la vie même, une poussée de salive m'inonde la bouche... C'est bien Carlos qui provoque cette sécrétion glandulaire douce et ininterrompue. Et il est en train de se rendre compte, vague sensation, qu'un ancien désir se réveille en lui, à mon contact. Mes lèvres ont-elles hérité de la suave humidité de celle de maman-jeune fille ?

Avant que Carlos ait le temps de réagir, je m'échappe. Et je monte dans notre chambre. Je ne retiens de lui qu'un regard étourdi.

Le dos collé contre la porte, comme pour en interdire l'entrée aux souvenirs immédiats qui couraient derrière moi le long de l'escalier et du couloir, j'entends la radio qui se met à parler à plein volume de paix et de victoire. Papa est donc bel et bien resté dans sa tombe. Et Carlos avec.

La nuit, les caresses de mon frère Antonio ont du mal à effacer de mon esprit cette rencontre inattendue avec Carlos. Je garde, pendant des heures, l'impression d'être chauve, d'avoir laissé ma chevelure blonde entre ses doigts crispés. Je sais que Carlos *sait*. Et un sentiment de victoire bien compréhensible naît en moi. Je profite de tous les moments où mon frère me chatouille pour éclater d'un rire fou... En pensant que, de cette victoire, la radio qui annihile mon père n'osera jamais parler. Saloperie de radio !

CHAPITRES VII ET VIII

Je ne suis plus un enfant, même si, à cause de ma petite taille et de ma minceur, j'en donne l'impression. Mais, évidemment, à la maison, on dit toujours « *l'enfant* » quand on veut faire référence à ma personne — au cas où *ils* me considèrent comme une personne, ce dont je doute.

Pour Clara, je suis *cet enfant* avec un adjectif derrière ou devant, selon l'état de son humeur. Pour mon frère Antonio, je n'ai même pas de prénom : je suis *mon bébé.* Pour maman, je suis sûrement ce *monstre*, et pour papa... aucune idée. Mais je ne suis plus un enfant.

C'est mon frère qui m'a fait sauter la barrière séparant l'enfance de la puberté. Avec ses doigts et ses lèvres, il s'attarde si souvent sur tous les détails de mon anatomie qu'il a réussi à éveiller en moi la curiosité de mon corps. Il m'a fait découvrir les miroirs.

La première fois que je me suis regardé dans un miroir avec l'intention d'y déceler non mon image, mais celle que mon frère a de moi, j'ai été surpris et certainement gêné. Mais, malgré la timidité avec laquelle j'ai constaté les divers changements qui se sont opérés sur ma petite personne, mon regard a tout de suite tourné à la contemplation. J'ai cherché à comprendre pourquoi les caresses que mon frère me prodigue le plus s'attachent toujours à certaines parties déterminées de mon corps. (Même dans l'obscurité, il ne s'égare jamais. Sa précision est indiscutable.) Et j'ai compris : mon corps a la beauté fugitive d'un dessin qui s'envole. C'est peut-être pour cela que mon frère Antonio le retient si serré entre ses bras.

Lancé dans mes nouvelles découvertes, j'ai demandé à Clara de bien nettoyer la glace de l'armoire, et j'ai appris à placer la lampe qui se trouve sur la table de travail de mon frère de façon à éclairer avantageusement mon profil quand, tout nu, je me contemple dans la glace. On pourrait croire que c'est du narcissisme... si je n'y voyais pas ce que mon frère y voit, lui. Le spectacle est beau et tendre : ça parle aux viscères et aux tentations de l'âme.

Je n'ai plus de peine, maintenant, à comprendre la douceur du regard de mon frère et ce désir, toujours plus vif et plus sauvage, de me fondre en lui. Il se comporte là comme un créateur. Il a l'impression — plus, la certitude — qu'il me modèle, jour après jour, à l'image de quelque chose de spécial que, sans en douter, il aime inconsciemment. Et avec passion. Les deux ou trois petits poils blonds qui commencent à pousser sous mes aisselles, c'est lui qui les a découverts le premier. Et c'est lui aussi qui m'a fait remarquer que mon pénis est rose tandis que le sien est brun foncé. Entre nous deux, il faudrait souligner d'autres différences essentielles, dont je ne lui ai pas parlé et qui concernent mon âge et son âge, ma minceur et sa corpulence. Je ne veux pas qu'il se laisse aller à une vanité démesurée. Mais, de toute façon, il ne se gêne pas pour exposer tout cela à mes regards, et, pour ma part, quand j'ai en face de moi ce spectacle, je n'arrive pas à en décoller mes yeux. Je suis ravi de jouer un grand rôle dans cette généreuse éclosion de la beauté.

Cependant, mon frère Antonio ne néglige pas ses études ni mon éducation. Des sciences naturelles, on

88

passe aux caresses, de l'essoufflement physique, à la multiplication. Jamais je ne pourrais démêler l'érotisme de mes premières connaissances. Deux fois deux, ça fait quatre baisers, et ainsi de suite. Son imagination s'exerce toujours à mettre en pratique sur mon corps sensuel tout ce qu'il veut m'apprendre sur la géographie ou la grammaire. C'est, par exemple, sur mon téton droit qu'il place le Finisterre; ses lèvres redescendent doucement jusqu'à mon nombril — Madrid — et après, jusqu'à mon aine droite : c'est là que se trouve Gibraltar. Le « t » est une consonne dentale : sa langue sait m'indiquer avec justesse, à l'intérieur de ma bouche, l'endroit exact où je dois appuyer ma langue pour bien comprendre le mécanisme de la prononciation.

Tant que mon corps restera vivant, je me souviendrai, ravi, de ce tas d'absurdités qu'on appelle culture générale. Et le jour où le corps de mon frère Antonio mourra pour toujours, ma culture générale mourra avec lui. Double enterrement.

Un après-midi, papa et maman se sont installés — je ne crois pas que c'était par hasard — dans le salon de maman. C'était un dimanche, je ne me souviens plus à quelle époque de l'année. Mon frère était parti jouer un match junior de football, et j'étais dans notre chambre, essayant de dessiner, maladroitement, son image de dieu brun, gesticulant et farouche comme un bon Andalou, courant derrière le ballon. Guère satisfait de mon exploit artistique, j'ai déchiré le croquis et suis sorti dans le couloir. Là, comme toujours, le silence. Je ne sais si je dois ajouter qu'il était oppressant : il me semble que j'ai déjà épuisé tous les qualificatifs pour décrire ce silence dont l'existence est sans doute le trait le plus significatif de l'atmosphère de la maison.

J'ai descendu l'escalier sans intention précise, mais, naturellement, je ne trouverais d'autre chemin que celui du jardin ni d'autre interlocuteur probablement que le merle. Rien dans l'air n'annonçait de changements essentiels dans la routine quotidienne.

En traversant le hall, j'aperçus Clara qui sortait de sa cuisine, portant, sur un plateau, le service à café. Je veux dire, le service en argent. J'ai remarqué qu'il y avait deux tasses. Et tout de suite, j'ai compris que maman *recevait.*

C'était, bien sûr, un événement extraordinaire. Depuis la mort de monsieur son couturier, elle, maman, ne voyait plus personne, exception faite de son confesseur deux fois l'an.

Ma curiosité s'est réveillée soudain, volcan endormi.

Cela faisait très longtemps que maman ne m'embêtait plus, et, depuis ma nouvelle passion pour Carlos, elle, maman, était passée au deuxième plan. Mais voilà qu'elle revenait à l'actualité. Il me fallait à tout prix savoir avec qui elle s'entretenait et quel était le sujet de son entretien. (Sans doute sous la forme d'un long monologue, comme toujours.)

Malheureusement, je n'étais plus assez petit pour me glisser dans le salon et me cacher derrière le grand canapé où elle, maman, serait certainement allongée. Mais il y avait toujours l'une des portes-fenêtres du salon qui donnaient sur le jardin et sa vitre cassée. Je suis donc allé dans le jardin. Le merle m'a salué avec des sifflements sporadiques, mais je ne lui ai pas répondu : je lui en voulais depuis le jour de ma solitude totale et, en outre, je voulais que ma présence reste secrète. Je me suis posté derrière la grande coupe de pierre couverte de lierre qui se trouvait à côté de la porte-fenêtre, à la hauteur de la vitre cassée, et j'ai jeté des regards avides dans le salon. Le visiteur de maman, c'était papa.

Ce fut ce jour-là que j'ai vu, pour la première fois de ma vie, le couple papa-maman. C'est-à-dire mes parents. Jour de découverte.

Je m'étais trompé tout à l'heure en imaginant la scène. Elle, maman, est bien sur le canapé, mais elle n'est pas allongée. Elle est assise, raide, apparemment calme, les genoux joints, sur le bord du canapé, comme un « quatre » minutieusement composé, aussi polie et parfaite qu'une plante de jardin d'hiver. Elle sert le café avec détachement, comme si ses mains étaient détachées de son corps, appartenaient à un monde différent.

Elle, maman, parle. L'intonation de sa voix et ses paroles elles-mêmes répondent à la perfection la plus ancienne, comme un enregistrement minutieux auquel les rumeurs de la vie ne participent pas.

« Chéri, tu es sûr que ce n'est pas un reproche que tu me fais là ? »

Papa ne sait pas où poser son cigare quand maman lui tend sa tasse de café. Je pense qu'il lui faudrait trois mains, le pauvre. Elle, maman, le lui prend et le place sur un cendrier en cristal de Murano, qui reproduit la bizarrerie délavée d'un lotus mauve : il n'y avait sûrement pas de jaune dans le catalogue. Le sourire avec lequel maman a prononcé le mot « reproche » ne finit pas de s'effacer de ses lèvres, mais on voit qu'elle fait un effort pour éviter tout déséquilibre entre ses paroles et ses gestes. *Une jeune fille, ma chère...*

« Je pense que nous devons en parler. Il me semble que nous n'avons pas pris nos responsabilités. Et nous en avons. »

Rien ne brise la sérénité de l'air embaumé aux hyacinthes jaunes. (Spécialité du fleuriste de maman, qui, à ses prières, a réussi à merveille le croisement.) Deux doigts parfaits prennent un morceau de sucre jaune que l'horripilante noirceur du café engloutit. Une petite cuillère en argent doré se met doucement à remuer le tout.

« Oui, c'est vrai. Du moins, nous devrions en avoir. Seulement, je me demande si ça vaut la peine.

— Mais qu'est-ce que cela veut dire, si ça vaut la peine, Matilde? C'est notre fils. »

Papa vient de prononcer le mot « fils ». Une bouffée de chaleur traverse le trou de la porte-fenêtre et je l'aspire, avide. Mon cœur se réchauffe. Même s'il ne s'agit pas de moi mais de mon frère Antonio, mon cœur se réchauffe.

Elle, maman, regarde papa en face. Je ne pourrais pas décrire son étonnement. On dirait qu'elle se demande pourquoi, à cette heure calme de l'après-midi, son mari se met à parler chinois. Surtout sans l'avoir avertie. La perfection de son entourage commence à rougir de honte.

« Qui pourrait le nier? Je n'ai pas envie de revenir sur ce sujet. Disons, en effet, qu'il *est* notre fils. Mais de quoi se plaint-il? Je suis en train de dépenser toute ma fortune pour son bien-être. Il vit dans le luxe.

— Et, pourtant, nous négligeons son éducation.

— Ah! ça. »

(A part son manque d'amour pour moi, avait-elle été si parfaitement éduquée qu'elle refusait de me faire subir la même torture? Je me suis parfois posé la question, mais je n'ai jamais voulu lui concéder ce trait de générosité.)

« Il ne sait même pas lire. »

Les yeux de maman se sont dilatés comme la tête d'un cobra :

« Qui t'a dit cela?

— Lui. Je lui ai offert mes bouquins et il m'a répondu qu'il ne savait pas encore lire. (Donc, il pensait bien à moi quand il a dit « mon fils ». La chaleur revient.) Je suis tellement en dehors de tout que je n'ai rien vu d'anormal là-dedans. Mais, tout de suite après, quand j'y ai repensé, j'ai cru mourir d'angoisse. »

Elle, maman, éclate de rire. Le salon, pris par surprise, semble rester aveugle devant un tel éclat de lumière, et j'attends que le piano, inspiré, se mette à jouer de lui-même. Mais papa n'est pas surpris. C'est cette fleur d'harmonie, le rire de maman-jeune fille? S'épanouissait-il ainsi, glorieux, au son de certains mots osés qui prenaient vie aux alentours de sa moustache, avec une honte courageuse?

« Mourir d'angoisse! C'est beau, mais, excuse-moi, chéri, je ne te reconnais plus dans ce langage. Il me semble que tu as changé de style. Avant, tu étais plus... plus brusque. Donc plus rassurant. Dis-moi, es-tu monté dans *l'autre chambre* ? »

Papa a mis du temps à répondre. Evidemment, l'idée de monter dans *l'autre chambre* ne lui avait jamais traversé l'esprit.

« Non. C'est lui qui est entré dans mon bureau. Comme ça, soudain.

— Il a osé?... (Un ton de surprise mesurée.) Enfin, il grandit. Un jour ou l'autre, il nous demandera des comptes. C'est peut-être son droit.

— Tu t'égares, Matilde. Je sais que tu ne voulais pas de cet enfant, mais... »

J'ai déjà entendu sûrement la réponse qui doit suivre, mais la violence soudaine de maman me surprend.

« Tu n'en sais rien! (Un petit effort, ma chérie. Reprends ton calme. On ne doit pas se laisser aller à crier à cause d'une toute petite conversation domestique.) Vouloir ou pas vouloir... La question n'est plus là. Il m'a déçue, c'est tout.

— Mais, ma chérie, soyons sérieux! Ce n'est pas sa faute s'il n'est pas un monstre. A la fin, tu vas me rendre fou, avec cette histoire!

— Sa faute! J'ai déjà renoncé à savoir à qui incombait la faute. » (Ajoutons à cela un brin de sarcasme pour rendre un son juste. Seulement, le sarcasme de maman, c'est de l'épicerie fine.)

La scène est tellement absurde que je n'en crois ni mes yeux ni mes oreilles. On dirait que cette scène a été répétée des milliers de fois avant d'être jouée devant moi. Il n'est pas question de la vérité, pas même de la réalité, si apparente soit-elle. Maman et papa sont là et, de toute évidence, ils parlent de moi. Mais ni eux ni moi ne sommes concernés. On s'est trompé de scène, d'acteurs, de personnages, de sujet. Ou de tout à la fois. Je pourrais ouvrir la porte-fenêtre, entrer dans le salon, m'asseoir sur le canapé, prendre une tasse de café (Clara aurait-elle aussi préparé du chocolat épais dans cette éventualité ?), et leur dire : « Vous êtes en train de déconner ! » En toute tranquillité. Mais, évidemment, ça ne ferait pas non plus partie du spectacle, et quelqu'un d'autre — le merle, peut-être — serait tenté de considérer que je ne suis pas dans la peau de mon personnage, moi non plus.

Ostensiblement, elle, maman, allume une cigarette. Il me semble que c'est un geste osé, adressé à papa, et qu'il dénote vaguement une certaine jeunesse d'esprit. Mais il se peut aussi que je recule trop dans ma mémoire et que ce sentiment d'audace ne soit qu'une fausse impression.

Elle, maman, enchaîne :

« De toute façon, il ment. »

Nous voilà en plein mélodrame, mon cher merle. Siffle ! Siffle ! Il faut applaudir la phrase.

Le cabotinage, ça paie : papa lève les sourcils. Ajoutons : surpris.

« Que veux-tu dire, il ment ?

— *Ton* fils, Antonio, lui apprend des tas de choses. Dans *l'autre chambre*. Peut-être plus qu'il n'en faut. »

(Merde ! je ne suis pas le seul espion dans la maison.)

« Et qu'est-ce qu'il peut lui apprendre ? Celui-là, il ne pense qu'à sa gymnastique.

— Certainement à lire et à écrire. Ils sont toujours ensemble. Ils forment le seul noyau familial de la maison, le seul couple... avec tout ce que cela comporte. »

94

La bouche de papa reste ouverte et ses yeux sont fixés sur maman. Quelque part dans l'air, sa main et son cigare se sont arrêtés pile.

« Je ne te comprends pas.

— Ce n'est pas nécessaire. »

Une longue pause, à la fin de laquelle papa toussote.

« Matilde, à propos de ce que tu dis là... »

Il s'arrête, cherche peut-être ses mots, et je crois apercevoir — je rêve? — une lueur de terreur dans les yeux de maman. En même temps, ma bouche s'humidifie au souvenir des lèvres de Carlos et la fermeté de sa moustache, ce jour-là, dans le bureau de papa. Mais la sonnette de la porte d'entrée retentit, et maman coupe :

« Ça doit être pour toi, chéri. Nous prendrons une décision ce soir. »

Et elle, maman, se lève, les mains déjà affairées à défaire ses cheveux comme si elle se disposait à se mettre au lit. L'ambiance du salon est soudain contaminée par cette affolante imprécision qui suit maman partout, comme son ombre. Papa, qui doit profondément connaître la chanson, quitte les lieux. Fin du premier acte et rideau.

Ça n'a pas été terrible. Avec maman, il ne faut jamais s'attendre à la foudre. En effet, tout est sordide, avec elle, mais s'inscrit dans une certaine élégance. Ses cataclysmes, toujours inachevés, tiennent de la mesure musicale. Son éducation empêche le sang de couler, même par métaphore. Carlos a dû tremper dans cette humidité spirituelle jusqu'à devenir mou. Il est perdu à jamais. Autrefois, sa voix devait faire basculer tous les faux équilibres de maman et faire pâlir d'envie les coups de tonnerre (j'imagine). Mais, à présent, son regard trop bleu, ses mains grandes et fortes, sa moustache agressive ne sont que des vestiges archaïques d'une espèce disparue depuis longtemps; ces vingt-cinq ans — vingt-cinq siècles, depuis la fin de la guerre civile.

La voix de la radio et ses mornes discours de paix et de victoire agissent comme l'alcool dans un bocal où l'on veut conserver vivant ce spécimen, afin d'avoir un auditoire fidèle, mais je le vois, ce corps couvert de plumes sales et emmêlées, dans une atmosphère dont la lourdeur rend impossible toute tentative d'envol. Carlos —fini.

Le bord, travaillé au ciseau, de la coupe de pierre me fait mal aux reins. Je me dégage. Je n'ose pas envisager l'œil-cristal du merle, la fixité évangélique de son regard : je veux éviter toute image ironique de ma déception. Je sors du jardin et m'éloigne de la porte ouverte de la cuisine, craignant que Clara ne m'offre, si elle me voit, son éternel goûter de chocolat épais et de madeleines. Je monte à l'étage et entre dans *l'autre chambre*. Je m'étends sur le lit. Voilà que mon éducation préoccupe papa. Pour la première fois en dix ans; occupés comme ils sont tous à se glorifier et à se détruire à cause de la guerre civile — on pourrait dire, en termes de destruction spirituelle, que cette putain de guerre n'est pas encore terminée. Mais, dans mon cas, il est trop tard pour toute éducation. Mon esprit a connu la liberté de la solitude et l'isolement de la pensée pendant trop longtemps. Il sait déjà ce qu'il faut détruire. Et à tout prix.

Quelques jours après, un professeur particulier nommé don Pepe est venu s'installer à la maison quatre heures par jour, samedi inclus, et je l'ai entendu dire à maman qu'il allait me faire rattraper le temps perdu. Apparemment, il fallait que, dans deux ans au plus tard, je sois prêt à entrer au lycée. J'ai cru comprendre qu'on avait décidé que je préparerais mon bac, comme mon frère Antonio.

« Ça va être dur, a-t-il ajouté. Mais ayez confiance, madame. Ma spécialité, ce sont les cas perdus. »

C'était mon cas, d'après lui.

Je me rappelle qu'une drôle d'image m'est venue à

l'esprit : j'étais étendu sur un plateau, entouré de zestes de citron et parsemé de persil, une gousse d'ail entre les dents, porté par don Pepe, habillé en cuisinier, et présenté à l'approbation d'un tribunal composé de cinq gros professeurs, dans la salle d'examens du lycée. Jour de gloire pour don Pepe plutôt que pour moi.

Elle, maman, a demandé à Clara de m'habiller en milord — ou presque —, de m'arroser exceptionnellement d'eau de Cologne — marque française — et de m'emmener au salon. Il y avait des fleurs fraîches dans les vases, et leur parfum — chaudes fleurs andalouses — mêlé à la fumée des cigarettes *virginia* de maman alourdissait l'atmosphère. Mon entrée, suivie d'une vague de Guerlain, et celle de Clara sentant la cuisine et la lessive ont achevé d'empoisonner l'air de la pièce. Maman, par courtoisie envers don Pepe, s'est vue dans l'obligation d'ouvrir un soupçon les portes-fenêtres, concession qu'elle ne faisait même pas à son confesseur qui sentait, lui, l'encens et la cire, mélangés à une odeur de transpiration, et cette puanteur spécifique aux hommes qui ne se lavent que le visage. Maman s'évanouissait dans son salon deux fois l'an, le jour de ses confessions générales.

Elle a fait les présentations de rigueur :

« Ton professeur, don Pepe. »

J'ai incliné la tête et, avant que je ne la relève, la délicate main de maman s'est accrochée comme une griffe sur ma nuque. Elle, maman, a dit :

« Mon fils. »

Je n'ai pas vu ce qu'il a fait, don Pepe, et, de toute façon, j'étais assez électrisé par ce contact nouveau de la main de maman, faite de sa chair à elle, qui, jamais avant ce jour, ne m'avait même frôlé, et par sa voix qui disait : « Mon fils. » Ces derniers temps, tout le monde revendiquait ma paternité.

Si j'avais eu les faiblesses rhétoriques de maman,

j'aurais tout de suite appelé cela un véritable cataclysme, mais le choc était trop démesuré pour lui appliquer une définition quelconque.

Plus tard, j'ai souvent pensé que c'est à ce moment et
à cet endroit que les hostilités ont été engagées et la
guerre déclarée. En effet, à partir de là et deux années
durant, les relations entre don Pepe et moi n'allaient
pas être ce qu'on appelle couramment des relations
amicales. Lui, pour me dresser, allait se servir d'un
bâton de palmier diaboliquement poli au couteau, et
moi, pour l'humilier, j'allais garder en moi tout ce qu'il
m'apprenait sans jamais daigner répondre à une seule
de ses questions. Il y a des cas perdus que même les
spécialistes en la matière ne peuvent récupérer.

Quatre heures de guerre par jour pendant deux ans, ça
trempe un caractère : le mien n'a pas été une exception.

Don Pepe était naturellement doué pour l'enseignement tel qu'on le conçoit en Espagne : tout gosse est
une brute tant que l'on ne démontre pas le contraire.
Et le contraire n'a jamais été démontré... si on se
reporte à la férocité avec laquelle les enseignants tiennent à leur concept de la discipline. Un gosse, ça se
polit à petit feu, sans pitié, sans relâche, jusqu'à ce que
la bête qui l'habite laisse sa place à l'homme qu'il doit
devenir. Evidemment, la bête n'est pas toujours disposée à foutre le camp et faciliter ainsi le boulot — ça,
c'est un principe absolu — et la nécessité de la guerre
est alors évidente.

Cette méthode, don Pepe l'avait poussée jusqu'à l'extrême, et ce n'était qu'en mes défaillances qu'il trouvait
raison à sourire. Mais quand je le voyais sourire, ma
bête se réveillait avec férocité, je serrais les dents et
devenais plus bête encore. A la longue, son sourire s'af-
faiblissait — tout travail ininterrompu fatigue —
et finissait par s'effacer. C'est alors que le sarcasme,
sens hérité de maman, commençait à briller dans

mes yeux, et mon regard — je n'exprime là que mon opinion partisane — lui devenait insoutenable.

Issu d'une famille républicaine — en Espagne, on dit « rouge » pour éviter les confusions — don Pepe n'avait pu entrer dans l'enseignement public depuis que le fascisme avait planté son drapeau sur le pays. Ne voulant pas voir que ses méthodes à lui étaient aussi parfaitement fascistes que les leurs, ces messieurs du ministère de l'Education nationale lui avaient barré la route, et don Pepe, enseignant par nature, s'était réfugié dans l'enseignement privé et spécialiste dans *les cas difficiles*, voire ma personne.

« Un jour ou l'autre, me disait-il en piquant son bâton pointu dans mes reins, je réussirai, malgré toi, à ouvrir ta tête comme une grenade et fourrer dedans une bonne partie de mes connaissances. Ce jour-là, mon ange, je me sentirai fier de t'avoir rencontré. »

Il parlait de *notre rencontre* comme si le destin y était pour quelque chose. Mais il oubliait volontiers qu'il n'existe guère de destin quand on a réussi à se faire une réputation comme la sienne. J'avais déjà presque atteint la puberté et je ne savais toujours pas — officiellement, je veux dire — ni lire ni écrire. Le besoin d'état imposait de chercher un spécialiste en la matière : voilà ce qu'il appelait, sans se gêner, *notre rencontre*.

Elle, maman, avait offert son salon pour cette guerre à deux. C'était un geste. L'élégance un peu affectée de la pièce avait été troublée par l'addition d'un tableau noir et d'une étagère en sapin pour mes bouquins. Du jour au lendemain, je me suis retrouvé assailli par des tonnes de livres, de textes et de cahiers que maman achetait à grand renfort de coups de téléphone sans discrimination de matière ou de prix, et, cela va de soi, sans consulter *le spécialiste*. Il se contentait, lorsqu'un nouveau colis arrivait, de le défaire, d'y jeter un coup d'œil et de dire : Ça peut aller. » Elle, maman, était ravie. Après l'entretien avec papa, elle s'était sûrement mis en tête de m'être utile. Ou de démontrer, une fois pour toutes, ma parfaite inutilité.

Dans le salon, au mélange habituel des odeurs de la vie de maman, se sont rajoutées les odeurs de la craie, qui s'accroche à la gorge comme un morpion, de l'encre, du papier, de la transpiration de don Pepe et de son haleine qui sentait le vin aigre comme celle d'un clochard parisien. Par conséquent, Clara avait pris l'habitude, une fois la classe finie, d'ouvrir toutes grandes les portes-fenêtres du salon et d'y laisser pénétrer l'air du jardin. Dans les mains de maman était apparu, d'une façon aussi naturelle que soudaine, un atomiseur, dont elle se servait avec les gestes mécaniques d'une dame-pipi, tout en demandant à monsieur le professeur (Clara ne devait pas appeler don Pepe autrement) si la classe s'était déroulée selon ses désirs et si je ne me révélais pas un enfant trop rebelle à la culture.

« Ça marche comme sur des roulettes, madame », déclarait don Pepe satisfait.

Et maman avait l'habileté de donner à son « Ah ! bon » de tous les jours une charmante tonalité de surprise. Je ne m'y retrouvais plus.

Quand les quatre heures quotidiennes de guerre froide ou chaude — le degré de température ne dépendant que de l'envie qu'avait don Pepe d'employer son bâton de palmier — finissaient, monsieur le spécialiste en cas perdus ne se sentait jamais disposé à lever les voiles tout de suite. Il insistait sur le fait que la conversation de maman était une musique pour les oreilles, et réussissait presque tous les jours à se faire offrir un excellent goûter, préparé en toute hâte par Clara et arrosé des magnifiques vins de maman, dont la cave était pleine et pour lesquels, disait-il, son faible croissait de jour en jour.

« Vous allez faire de moi un alcoolique impénitent, madame, disait-il toutes les cinq minutes. Si je croyais en Dieu, je m'en remettrais à lui pour vous demander des comptes. »

La larme à l'œil, dont la dureté se transformait en morne hypocrisie, don Pepe faisait démarrer là, avec la force d'expression d'un vieux routier, son anticléricalisme légendaire. (*Légendaire* était bien le mot qu'il employait, mais je ne suis pas en mesure de préciser son exactitude.) Il dissertait longuement sur la guerre sainte qu'il faudrait un jour déclarer à l'Eglise catholique romaine, qui exploitait le monopole de l'image de Dieu sur notre dos.

« Des marchands de soupe, madame, des marchands de soupe ! Ils vendent de la religion comme on vendrait de l'huile. Et dans l'état actuel des choses, cela tourne au marché noir. Pour n'importe quoi, il vous faut toujours un certificat de baptême, de communion ou de confirmation. Enfin un putain de papier signé par un putain de curé. Vous êtes croyante, vous ? »

Elle, maman, s'embellissait de son merveilleux sourire et répondait :

« Disons plutôt que j'ai certaines faiblesses. Mais rien de bien grave. »

La conversation s'engageait aussitôt sur le besoin de donner aux enfants, en tous les cas, une *certaine* éducation religieuse. Elle, maman, adorait ce mot, « *certaine* », qui avait la vertu de ne pas cerner de trop près ses idées et mettait en même temps ses pensées à l'abri de toute critique.

Je rangeais mes bouquins, mes cahiers, mes crayons, avec la saine intention de déguerpir au plus vite, mais elle, maman, prenait ma main et disait :

« Ne pars pas tout de suite, mon chéri. Il faut que tu t'habitues à t'entretenir avec les autres. Une *certaine* vie sociale ne fait de mal à personne. »

Don Pepe hochait la tête, mais je ne pense pas qu'il avait la moindre envie de supporter ma personne sur le plan social. Sans trop savoir quoi faire, je m'emparais de l'éponge et me disposais à nettoyer le tableau noir, mais elle, maman, coupait :

« Laisse cela à Clara. La poudre de craie abîme tes vêtements. Et ils sont très chers. »

Et, s'adressant à don Pepe :

« Notre fortune n'est plus ce qu'elle était. »

Par délicatesse, don Pepe acquiesçait :

« Eh oui, ma chère madame, tout a changé, de nos jours. Mais, malheureusement, ce que certains riches ont perdu avec le régime actuel, le peuple ne l'a pas gagné. »

Et il abandonnait pour quelques secondes son verre de vin sur la table, certainement pour ne pas donner, en face de ce *certain* malaise économique de maman, une impression de je-m'en-foutisme. Ces quelques instants de deuil silencieux faisaient le vide autour de nous, et maman s'empressait de remplir encore une fois le verre de monsieur le professeur pour empêcher l'ange qui passait — et qui, apparemment, n'était pas trop pressé de poursuivre son chemin — de s'attarder trop longtemps en notre compagnie.

« Encore une gorgée, mon cher. Ma santé ne me permet pas de vous accompagner, mais soyez tranquille, j'aime voir que les autres ne sont pas obligés de se priver du peu de plaisir que nous offre la vie. »

Quelques petits sourires et mouvements félins pour s'installer plus confortablement sur le canapé. Je me disais que, si un jour j'avais la faiblesse de parler comme maman, je me couperais la langue.

Et pourtant, si don Pepe était charmé par la conversation de maman, je ne l'étais pas moins. Sa voix aussi nuancée et chatoyante que la soie s'insinuait dans les replis les plus secrets de mon être. Je ne peux pas dire que j'en garde des impressions précises, mais je suis certain qu'elle m'a appris ainsi à détester tout ce qui n'est pas clair et direct. Même sans le vouloir, maman contribuait à mon éducation.

En un sens, tout à fait contraire à la normale, j'étais pour toujours son unique raison de vivre. Ni papa ni mon frère Antonio ne s'accordaient à son univers. Mais elle sentait que, dans le manque d'amour, nous pouvions établir entre nous de profondes relations de haine. Elle sentait que je n'étais plus un enfant et, par conséquent, me trouvait parfaitement capable de saisir le labyrinthe de sa pensée. Elle y tenait. Et si elle avait accepté, à la demande de papa, de s'occuper plus sérieusement de mon éducation, ce n'était pas avec le dessein de me fournir un bagage pour l'avenir, comme on dit, mais pour m'approcher sans être pour autant obligée d'établir entre nous des relations normales de mère à fils. Dans ce contexte, don Pepe personnifiait, à la perfection, la cruauté physique dont elle n'était pas capable. Elle adorait se pencher sur l'abîme creusé entre mon professeur et moi pour y regarder les tourbillons qui se formaient au fond.

Elle, maman, n'était pas dupe de tout ce qui se passait entre mon frère Antonio et moi, et se foutait pas mal de nos relations sexuelles, mais elle ne pouvait pas supporter l'univers d'amour dans lequel mon frère m'abritait. Mon regard insolent lui disait clairement que je ne me considérais pas comme abandonné de Dieu, et que l'anathème de son désamour ne m'avait pas mis hors de la course. Qu'elle m'aime ou ne m'aime pas, je restais pourtant dans la vie. Mes pieds ne se déplaçaient pas à reculons. Elle avait donc choisi don Pepe comme prolongement de sa main justicière.

La preuve en est que, en dehors de mes quatre heures de guerre quotidienne avec mon professeur, elle ne s'informait jamais si je faisais ou non mes devoirs, et quand, ostensiblement, je m'installais dans le jardin avec mes livres, elle, maman, tirait d'un coup sec les rideaux, seul mouvement précis que je lui ai jamais vu faire. Je me promenais partout dans la maison en répétant mes leçons à haute voix et, à mon approche, j'entendais se refermer la porte de la pièce où elle se trouvait. Aucun doute : monsieur le spécialiste n'était pour elle qu'un autre châtiment auquel elle me soumettait. Pas la peine de chercher midi à quatorze heures.

Malgré sa foi en l'inoculation de la connaissance par la terreur, don Pepe se révélait un excellent professeur. Ses exposés étaient précis et on sentait couler les conclusions avec la souplesse de l'eau vive. Il réussissait à donner de l'intérêt à des trucs aussi mornes que l'histoire officielle de l'Espagne. En se bornant aux textes autorisés par le gouvernement, on aurait dit que notre pays avait été le berceau originel de la Gloire et que le régime actuel n'en était que l'inéluctable continuation historique. Les Espagnols y apparaissaient comme des conquérants, l'indéniable désintéressement du sabre et du goupillon étant leur symbole, tandis que les Anglais, par exemple, n'étaient que des pirates. Entre la reine Isabelle la Catholique et la reine Isabelle d'Angleterre, régnait le même écart qu'entre le Bon Dieu et le diable. Et les mêmes différences essentielles. Mais don Pepe, l'œil petit et brillant, la bouche ironique, éclaircissait devant moi tous ces concepts non seulement erronés, mais aussi périmés, et, à la fin de la leçon d'histoire, j'étais convaincu qu'il fallait plutôt choisir le camp du diable. Question de se rapprocher de la vérité. Et comme il se référait sans cesse, dans toutes les matières, à la situation actuelle du pays, « aussi stagnante et immobile qu'une mare entourée de roseaux », la conclusion s'imposait : la liberté s'installe là où le diable met le pied. Je ne connaissais pas mon pays — enfermé comme j'étais entre les murs de la maison — mais l'envie commençait à me prendre de foutre le camp pour respirer l'air salutaire au-delà de nos frontières.

Dans ces moments sublimes où ses explications atteignaient le sommet de la révolte, nos relations de maître à élève devenaient presque cordiales. Il le sentait et sa voix se teintait d'une lourde émotion, d'où le lyrisme était certainement absent. Tous mes sens s'aiguisaient et chacune de ses phrases me faisait grandir d'un siècle. Mais alors, il reprenait son rôle de despote absolu, il ressentait le besoin de constater ce que sa semence donnait dans ma mauvaise terre et me posait des questions. Ma fierté étant plus forte que ma vanité, je ne lui répondais jamais. A son insistance, j'opposais mon silence, à son bâton de palmier, mon regard ironique.

« Si tu échoues à ton examen, je te tue ! »

Je pensais, ravi, que j'avais trouvé, moi aussi, la façon de châtier maman par le biais du désespoir de monsieur le spécialiste en cas perdus.

Parfois, elle, maman, entourée du nuage de fumée qui, ces derniers temps, la suivait partout, sorte de plasma où elle devenait de plus en plus imprécise, apparaissait un moment dans le salon et demandait si le travail avançait. Sa voix était vide d'intérêt et elle ne cherchait nullement à le dissimuler. Tout au contraire, avant qu'une réponse lui ait été fournie, elle enchaînait avec une banalité sur le temps qu'il faisait (et qu'elle ne voyait jamais), redressait les œillets mal arrangés dans leur vase par Clara (Clara-maladroite), et sa robe noire, ornée de poignets et d'un col blanc jauni, disparaissait à nouveau dans la pénombre du hall, en laissant la porte ouverte.

Monsieur le spécialiste, qui, au bout d'un moment, ne prit plus la peine de lui répondre, refermait la porte d'un coup de pied. Je soupçonnais que c'était plutôt sur les fesses de maman qu'il aurait bien voulu appliquer son pied, mais, malgré son anticléricalisme *légendaire*, il ressentait envers le postérieur de son gagne-pain le même respect superstitieux que pour l'eucharistie. La foudre se retournait alors contre moi et le bâton de palmier se mettait à faire de très dangereuses arabesques autour de ma personne. L'œil méfiant, je ne bougeais pas d'un poil. Mon cœur accentuait le rythme de son tac-tac, horloge devenue soudain folle. Mais je faisais un grand effort pour que la peur qui frétillait en moi comme un poisson hors de l'eau ne se lise pas sur ma figure. J'y parvenais et continuais de m'enfermer dans le mutisme. C'est dans le silence que l'on bâtit sa force de caractère. Ça, je l'avais lu dans l'un des bouquins achetés par maman. Et le fait de pouvoir mettre en pratique un lieu commun aussi démesuré me remplissait de fierté.

Sa colère tonnait :

« Si tu échoues à ton examen, je t'arrache la peau ! Même si tu l'as plus dure que celle d'un crustacé, je te l'arrache ! »

Décortiqué comme une crevette. Voilà l'image qui me venait immédiatement à l'esprit. Mais monsieur mon professeur aurait dû être aussi malin que moi pour déceler mon état d'esprit à travers l'angélique indifférence de mon visage d'enfant blond.

Sans la guerre, à quoi ça servirait, la vie ?

Ce postulat qui n'admettait pas de discussion ne tombait jamais des lèvres de don Pepe. Faute de pouvoir démontrer sa vérité dans la nouvelle paix qui s'étendait comme une épidémie sur tout le pays, il cherchait sans relâche à la prouver à mes frais. Son acharnement belliqueux dans le cadre du salon de maman, inventé pour qu'y règne le calme, contredisait à tout instant la voix qui parlait de paix à la radio de papa, voix qui, elle non plus, ne se donnait pas une seconde de repos.

A l'intérieur de la maison et sans rien connaître de la situation actuelle du pays, il me semblait que ces deux présences — don Pepe et la radio — suffisaient largement à m'en donner une image. Cette maison, héritage de maman, n'était qu'un raccourci de l'Espagne, héritage des Espagnols. Toutes les classes sociales, toutes les tendances politiques y étaient représentées. Et, surtout, le silence. Ce silence énorme, oppressant, cultivé dans l'obscurité d'une champignonnière où le mot le plus simple se révélait un danger pour la langue. Ce silence coupable, oiseau de malheur qui couvrait de son ombre toute la *peau de taureau*[1].

De temps en temps, quand elle, maman, oubliait ses banalités et que don Pepe la devinait prête à écouter, il parlait des prisons. De nombreux amis à lui, disait-il, y étaient enfermés. Depuis quinze, vingt, vingt-cinq ans. Depuis que cette sérénade ininterrompue de paix et de victoire avait commencé. Et par on ne sait quels moyens, il en recevait des nouvelles. Des nouvelles pas gaies. (Des ondes de tristesse agitaient alors sa voix.)

« Ce n'est pas drôle du tout de passer toute sa vie en prison pour l'unique raison d'avoir perdu la guerre. Ce n'est pas juste. Apparemment, la perte des illusions ne suffit pas : il faut encore y perdre la vie. C'est, croit-on, la seule façon de ne plus avoir envie de recommencer. Vous savez qu'il y a des enfants qui n'ont jamais connu leur père ? Et, pourtant, ils ne sont pas morts, leurs pères. Ils sont enfermés. A vie. Vous et vos enfants avez eu de la chance, chère madame. Et votre mari aussi, il est chez lui. »

Elle, maman, ne répondait rien, mais regardait don Pepe avec une sorte de sourire angoissé, rares fois où j'ai vu sur son visage l'ombre d'un sentiment proche de l'humain.

---

1. *Peau de taureau :* Dans ce cas, l'Espagne, qu'on désigne ainsi parce qu'elle en a la forme.

(Ce n'est que plus tard que j'ai su que la liberté de papa lui avait coûté beaucoup d'argent.)

« L'argent fait des miracles, *señorito*. »

(Conclusion de Clara.)

Pour rien au monde, je n'aurais quitté le salon quand don Pepe et maman évoquaient leurs souvenirs de guerre. Des souvenirs endormis à force de silence, mais plus présents que jamais dès qu'on leur permettait de réapparaître. Une guerre qui avait eu lieu plus de dix ans avant ma naissance, mais qui fournissait les principales composantes de ma vie et de mon éducation. Et une grande partie de mes souvenirs.

En effet, rien de tout cela ne me concernait directement, mais je sentais que ma vie en serait à jamais contaminée. Tare héréditaire, transmise dans le sang, virus qui persistait à vivre en l'absence d'antibiotiques. Toujours la champignonnière.

Si l'on s'en remettait à l'amertume de don Pepe, on avait l'impression qu'une moitié de l'Espagne pourrissait en prison (de véritables prisons un peu partout dans le pays, à l'intérieur de cette énorme prison de silence qu'était le pays lui-même), et que l'autre moitié, narcisse, se contemplait dans le miroir de la victoire et employait la nouvelle paix pour mieux repousser les millions de vaincus dans les ténèbres. Les hymnes, les drapeaux, les messes solennelles, les discours glorieux, les inaugurations officielles, les visites de chefs d'Etat... de tout cela, don Pepe faisait un amer inventaire, tenu à jour.

« Tous ceux qui lui ont craché des mots injurieux, qui l'appelaient dictateur, viennent aujourd'hui lui rendre visite. Tandis que lui, il ne daigne pas mettre un pied hors de nos frontières. Peut-on imaginer triomphe plus absolu ? Il peut dormir tranquille, lui. Jamais le meurtre collectif n'a produit fruits plus doux et plus abondants. A partir du moment où l'on étrangle la liberté d'un peuple, tous les pouvoirs officiels du monde deviennent vos amis, vos alliés. Ma chère madame, nous devrions tous mourir d'amertume. C'est la seule obligation que nous n'avons pas accomplie. Je voudrais le voir, lui, gouverner un cimetière. Il se peut que, morts, nous aurions plus de courage pour nous soulever. (Il finissait d'un coup son verre de vin.) Mais pendant que je me soûle, il doit rigoler, lui. »

Qui était ce *lui* ? J'aurais dû poser la question à mon frère ou à Clara, mais j'avais le sentiment qu'il valait mieux, pour moi, tout ignorer. On parlait toujours d'une plaie ancienne, jamais guérie, et je sentais que, en la grattant avec les ongles de ma curiosité, je courrais un danger réel de contamination. Peut-être mortel.

Ce jour-là, elle, maman, a lancé à monsieur le spécialiste un regard aussi profond qu'imprévu, et ses yeux se sont remplis de larmes. Dans ce miroir aquatique, j'ai cru apercevoir l'image décomposée de Carlos et l'image réelle de papa confondues. Mais cela n'a duré que l'espace d'une seconde, et maman a séché ses larmes avant qu'elles ne coulent sur son visage. Miracle. Elle, maman, ne pouvait pas se permettre de faiblesse. Sa vie n'était qu'une mort, alors, pourquoi pleurer ?

Avare de mes connaissances, tout ce que j'apprenais, je le gardais pour moi. Ce n'était qu'au merle, posé, impassible, sur l'une des branches du marronnier des Indes, que je répétais mes leçons et communiquais mes idées, pour montrer à quelqu'un que, en ce qui me concernait, rien ne tombait dans l'oreille d'un sourd. Et quand j'arrêtais mon exploit de perroquet, le merle sifflait son contentement et hochait la tête, approbateur. On était de bons copains, le merle et moi.

Parfois, l'envie me prenait de faire une démonstration à mon frère Antonio, et je me lançais dans une dissertation sur les bienfaits de la colonisation arabe chez nous. Mon frère m'écoutait, bouche bée, l'œil surpris, un faux étonnement peint sur le visage.

« Eh ben dis donc, ça apprend vite !

— Je n'ai rien d'autre à faire, répondais-je, en prenant soin de prendre mon air le plus abattu.

— Dans peu de temps, tu seras capable de m'apprendre à moi des tas de trucs, tu vas voir !

— Il se peut, oui.

— Sûr !

— De toute façon, depuis que don Pepe est là, tu ne m'apprends rien de nouveau. »

L'étonnement de son visage devenait réel.

« Qu'est-ce que tu veux dire ?

— Tu m'as laissé tomber. »

Furieux, il me prenait dans ses bras et me jetait sur le lit. De tout son poids, il cherchait à m'étouffer.

« Ça va, ça va ! »

Il adoucissait son étreinte.

« Ecoute-moi bien, mon petit rigolo. Le monde entier pourrira dans la merde avant que je te laisse tomber. T'as compris ?

— Oui. »

Sa douceur forte et vorace envahissait alors tout le lit. Et moi avec. Je reprenais de l'assurance et le sentiment de ne faire qu'un avec mon frère m'habitait à nouveau.

Un soir, en sortant du bain, mon frère a aperçu un bleu sur l'une de mes fesses. Je le vis changer de couleur.

« D'où ça vient, ça ?

— Ouh ! je ne sais pas, moi. J'ai dû me cogner contre les marches de l'escalier en glissant sur la rampe. »

Il ne m'a même pas entendu.

« Qui t'a fait ça ? »

J'ai eu la certitude qu'il pensait que maman m'avait frappé, tellement il était bouleversé, et j'ai décidé de lui dire la vérité :

110

« Tu sais, don Pepe a un bâton de palmier, et comme je suis tête de mule... ça, tu le sais bien, hein?... eh bien, lui... il... il a cogné un peu fort, c'est tout, quoi! »

Mon frère Antonio était pâle, presque blanc. Je n'aurais jamais pensé qu'un fait aussi anodin qu'un excès d'humeur de mon professeur pouvait provoquer cette réaction.

« Il a osé, le salaud!

— Mais c'est pas grave, je te dis. C'est plutôt de ma faute. »

Il regardait mon bleu sans m'entendre. Sa main s'apprêtait à caresser ma fesse, mais, à la dernière seconde, la panique l'arrêta et il ne parvint même pas à effleurer ma peau tuméfiée.

« Mais où il se croit, celui-là? Au temps de l'esclavage? Je vais lui apprendre, moi! »

J'ai eu le sentiment qu'il fallait que j'essaie de minimiser l'affaire, mais la dureté qui s'était soudain imprimée sur son visage et que je n'avais jamais vue auparavant m'a pétrifié. Dans ses yeux luisait une lueur inquiétante, et derrière ses lèvres crispées, on apercevait ses dents serrées comme celles d'un fauve. Ce bleu infligé sur ma fesse par la main d'un autre lui faisait voir rouge. Et, pourtant, je ne sortais pas toujours tout à fait indemne de nos ébats à nous.

Une chaleur sauvage a brûlé d'un coup ma chair, et j'ai été fier d'avoir provoqué ce bleu qui avait le pouvoir magnifique de me révéler la puissance de la passion de mon frère. Passion pour moi. Ma peau est devenue translucide, prenant le soin de montrer à Antonio ma fragilité d'impubère.

Lui ne cessait de contempler ma chair meurtrie.

« Le salaud! Le salaud! »

La crispation qui s'était emparée de toute sa personne lui donnait soudain sa mesure d'homme. On aurait dit que ses muscles allaient faire éclater sa peau.

Il n'avait que dix-sept ans, mais il était déjà presque aussi grand et fort que papa. Moi, petit et frêle comme maman, je me perdais dans l'arc que son ventre et ses cuisses formaient toutes les nuits pour m'accueillir.

Cette nuit-là, mon frère était tendu. Ses yeux ne se sont pas laissé vaincre par le sommeil. Ils étaient grands ouverts comme deux trous dangereux dans l'obscurité de la chambre. Je me suis blotti contre lui et j'ai essayé mes astuces les plus hardies pour l'exciter, mais, sans m'infliger l'affront de me rejeter, son sexe est resté mou. Mes lèvres se posaient sur les siennes avec l'audace d'une petite bête assoiffée, mais sa langue était incapable de réagir et restait aride comme un caillou. Les yeux rivés aux miens, il ne voyait que la forme monstrueuse, reproduite à des milliers d'exemplaires, du petit hématome bleuâtre.

Finalement, un peu désabusé, j'ai mis son bras autour de mon cou et me suis endormi, mes boucles blondes lui chatouillant le menton, comme toujours. Dans le rituel de nos nuits, il me manquait ses sourires et ses coups de force. Et, évidemment, tout le reste.

Mais aucun cauchemar n'est venu troubler mon sommeil. J'ai dormi sur un nuage rose, plus assuré que jamais de mon installation définitive dans la vie de mon frère Antonio.

Le lendemain matin, quand je me suis réveillé, son regard avait la fixité que donne une nuit d'insomnie. Des cernes profonds s'étaient creusés sous ses yeux, et ses dents se serraient plus fortement encore que quelques heures auparavant. Sa main, crispée d'angoisse mais tendre, se collait comme un pansement sur le petit bleu de ma fesse qui avait provoqué tout ce drame.

Au cours de la journée, avant que ma classe ne se termine, mon frère Antonio a fait irruption dans le salon. Il ne s'est pas donné la peine de frapper avant d'entrer. Nous étions, don Pepe et moi, plongés dans l'analyse des guerres coloniales. (Je veux dire les nôtres, en Amérique. Don Pepe avait, comme toujours, son opinion particulière là-dessus.) Mon frère Antonio a cherché du regard le bâton de palmier poli au couteau, et j'ai compris qu'il allait se passer quelque chose.

Mon frère Antonio, très calme, a fermé la porte à clef et fixé à nouveau son regard sur monsieur le spécialiste.

Don Pepe a retrouvé enfin sa voix :

« Tu veux me dire quelque chose, Antonio ? Ne serait-il pas préférable de nous entretenir seul à seul ?

— Je vais vous montrer ce à quoi je tiens le plus au monde. »

(Sa voix semblait soudain chargée de cent ans d'expérience, au moins. Une nuit d'insomnie, ça travaille fort.)

Il m'a regardé :

« Déshabille-toi. »

J'ai compris tout de suite que ce n'était pas une blague de dortoir, mais un ordre, et qu'il ne fallait surtout pas discuter. Je me suis exécuté lentement, depuis ma chemise en soie jusqu'à mon slip en coton.

Mon frère continuait de parler tout en me montrant du doigt :

« Un corps, monsieur, si vous avez lu les Evangiles, est un temple. Et spécialement ce corps-là, le corps de mon frère, c'est mon temple à moi. Et c'est là que, depuis l'âge de dix ans, je fais toutes mes prières... Si vous voyez ce que je veux dire. »

Nu comme un ver, je n'ai pas considéré nécessaire d'adopter une attitude pudique. Le dos à la lumière qui entrait par les portes-fenêtres, j'ai présenté mon mètre quarante de minceur appétissante en face de ces deux types costauds qui me regardaient. Dans ma famille, au tempérament terriblement secret, on éprouve malgré tout le besoin spontané de faire des confessions publiques. Mon frère Antonio était en train de faire la sienne. Ma nudité décontractée était ma façon à moi de faire la mienne.

« Même pas à mes parents, je ne permettrais à présent de lever la main sur lui. Pensez-vous que je vais vous le permettre à vous ?

— Je suis son professeur, pas son...

— ... frère, a complété Antonio d'une voix sèche comme un coup de fouet. Je suis son frère, moi. »

Ils se sont regardés en silence. Pas besoin d'aller plus loin dans les explications. Mon frère s'est approché de moi, m'a fait pivoter et lui a montré le bleu sur ma fesse.

« C'est vous qui avez fait ça, et c'est un sacrilège. Voilà ma réponse... »

Le poing de mon frère est parti tout droit sur le visage de don Pepe qui s'est instantanément couvert de sang. Il est tombé par terre. C'est de là qu'il a entendu la dernière phrase de mon frère :

« Et si vous remettez ça, je vous massacre. »

C'était vraiment la grande scène sur le champ d'honneur. Il avait dû la préméditer pendant la nuit et lui donner sa forme définitive ce matin au lycée. J'ai adoré sa façon de la mettre en pratique. Jamais je n'oublierai ces mots dépourvus de sens, mais qui, dits par mon frère, ont eu la vertu de me remplir le cœur d'audace. Et je suis certain que don Pepe n'a pas songé à mettre en doute ses paroles. Il était aussi surpris que moi par la force de frappe de mon frère.

« Montons. »

Je n'ai pas pris la peine de me rhabiller. Toujours nu comme un ver, j'ai gagné le hall. Là, m'attendait un public : Clara, surprise jusqu'au chiffon qui enveloppait sa tête de ménagère. Maman, les mains chargées de coton hydrophile et d'un flacon d'alcool, sereine comme une infirmière de la Croix-Rouge au milieu d'une bataille (je me reporte là à un film vu quelques années après). Et papa, qui n'osait pas franchir cette frontière dressée entre sa vie et nous qu'était la porte de son bureau. (Etant donné son regard critique, il considérait certainement que, sa moustache et le gris de ses tempes mis à part, son fils Antonio était son portrait fidèle.)

Nu sur les marches de l'escalier, j'ai vu les regards qu'ils échangeaient tous et qui se croisaient dans le hall comme des lignes tracées sur un graphique de température.

Mon frère Antonio a dit :

« Le petit, c'est moi qui m'en occupe depuis toujours. Ce n'est pas maintenant que les choses vont changer. »

Plus de doute à présent. Dans la famille, on avait un penchant jamais négligé aux situations mélodramatiques. Personne ne s'en privait. Et l'âge de mon frère y ajoutait son insolence.

Antonio a dit à l'adresse de maman :

« Il faudra peut-être faire un pansement à monsieur le spécialiste en cas perdus. Je vois que tu es prête. » •

Après quoi, j'ai fini de monter l'escalier comme une vedette suivie par les projecteurs. Je ne voulais pas me priver, moi non plus, de ma sortie.

Derrière moi, je sentais que l'atmosphère était chargée d'électricité, mais il n'y a pas eu d'étincelle. Les conditions qui devaient provoquer le grand cataclysme (s'il se produisait un jour) n'étaient pas encore réunies.

Une fois dans notre chambre, je me suis étendu sur le lit. Pendant quelques secondes, je me suis étiré comme un chat, les quatre fers en l'air. Mon frère Antonio ne s'est pas fait attendre. Il m'a lancé ce regard spécial qu'il me réserve toujours, et n'a pas pris le soin de refermer la porte derrière lui, comme il faisait toujours jusqu'alors. En revanche, il a ouvert toute grande la fenêtre qui donnait sur le jardin. Et il a commencé à se déshabiller.

En le regardant faire, parfaitement sûr de ses mouvements, j'ai soudain compris ce jour-là que mon frère avait déjà franchi le cap de l'adolescence et s'était engagé, sans problèmes, sur la vaste route de la virilité complète. Son regard n'a pas quitté une seule seconde le mien, et il a pris son plaisir qui était toujours le mien sans me faire goûter la suprême expérience. Quand je lui ai demandé pourquoi, il m'a répondu en me mordillant le nez :

« T'inquiète pas, ça viendra. Tu és encore trop jeune. Et je ne pense pas que je pourrais ménager ma force. J'ai peur pour toi.

— Tu le fais avec d'autres ?

— Avant que je fasse ça, je me la coupe.

— C'est moi qui te la coupe, si j'apprends ça. »

Mon frère s'est mis à rigoler. Le besoin de silence s'était évanoui. Et il a remis la chose de plus belle. Ses fous rires et ses halètements se sont mélangés aux miens.

Il était trois heures de l'après-midi et le soleil venant du grand espace sans barrière du jardin inondait notre chambre. Soleil chaud qui a séché la sueur de nos corps. Et le sperme de mon frère.

Je suis presque certain que tous les habitants de la maison ont été, au moins avec leurs oreilles, les témoins de nos exploits. Mais aucune présence n'est venue s'immiscer entre nous. Seul le merle, posé, impavide, sur sa branche favorite du marronnier des Indes, ne s'est pas gêné pour jeter un coup d'œil.

Une heure après, mon frère a dit :

« Maintenant, nous pouvons redescendre pour le goûter. Sûrement qu'on va le prendre en famille. »

Ses yeux trop bleus jouaient les sémaphores. Nous n'avons mis sur nos corps que nos robes de chambre. De luxe. Cadeau de maman. Les occasions, il faut les prendre au vol.

CHAPITRE IX

Le goûter ne s'est pas passé tout à fait en famille, comme l'avait annoncé mon frère, mais presque. Malgré la commotion, « papa ne pouvait pas se permettre de ne pas recevoir le client qu'il attendait cet après-midi », a dit maman. L'entretien devait porter sur une affaire grave, puisqu'il a duré plus de deux heures.

Elle, maman, avait disposé son salon pour le plus grand confort de don Pepe, lui permettant de prendre la presque totalité du canapé pour s'allonger, et n'avait refermé que les rideaux en dentelle dont les dessins laissaient passer en filigrane la lumière du jardin. Le fond de la pièce restait dans la pénombre, seule ambiance dans laquelle maman se sentait capable d'entretenir un auditoire. L'air sentait l'alcool et la teinture d'iode.

Sur le canapé, monsieur le spécialiste en cas perdus tenait le rôle d'un Goliath qui l'aurait échappé belle après sa rencontre avec David. C'était bien sur ce sujet qu'il dissertait quand nous sommes entrés dans le salon, Antonio et moi. Puisque mon frère s'était référé le premier à la Bible, il en avait tout de suite repris le thème et se donnait un mal fou pour engager maman dans l'obscur labyrinthe. Naturellement, il s'agissait de bâtir une image morale et, aux yeux de maman, ce grand costaud qu'était mon frère ne pouvait effective-

117

ment passer pour un David que dans le contexte d'une *certaine* moralité. La discussion était byzantine, mais ils se sentaient, tous les deux, comme des poissons dans l'eau.

En nous voyant, don Pepe a arrêté pile son bavardage. Sa personne n'était pas jolie à voir : tonneau de graisse en manches de chemise, sale et opaque, qu'on venait d'éventrer sur le canapé. Sur son visage, maman avait collé un pansement parfaitement maladroit, qui lui prenait, sans aucune discrimination, un bout de nez, un bout de lèvre et un bout d'oreille, mais étant donné que l'heure du goûter approchait, elle avait pris soin de dégager la bouche.

Mon frère Antonio, après avoir dit bonjour, comme s'il rentrait du lycée, n'a pas cru nécessaire de demander à maman si nous pouvions nous installer dans son salon. Par son attitude, on pouvait déduire qu'il considérait que la maison nous appartenait à tous et qu'il ne fallait pas faire de manières. Il s'est borné à demander, en chef de famille :

« Le goûter est prêt, maman ?

— Oui, chéri, a répondu tout de suite la voix de maman, sans surprise abusive. Vous ne vous habillez pas ? »

Antonio :

« Il fait chaud. (Il s'est approché des portes-fenêtres et les a ouvertes toutes grandes, comme il venait de faire dans notre chambre.) Laissons entrer l'air et la lumière. Nous en avons tous besoin. C'est une belle journée. »

(J'ai soupçonné qu'il y avait un sens caché dans cette remarque sur le besoin de lumière et la beauté de cette journée, mais personne n'a fait de commentaire. Ou j'étais trop fin, ou les autres étaient trop lourds.)

L'odeur d'alcool et de teinture d'iode qui se dégageait du visage meurtri de don Pepe s'est dissipée à la minute, laissant place au parfum tiède du jasmin.

Maman a agité la clochette en argent et Clara est apparue comme une marionnette absurde dans l'encadrement de la porte du salon : elle se tenait sans doute dans le hall, prête à intervenir. Personnage : bonne à tout faire (Clara-nôtre).

« Clara, ma chère, apportez le goûter. Du jambon du pays en grosses tranches et de la salade de tomates pour monsieur le professeur et mon fils. Du chocolat léger et des madeleines pour le petit : il ne faut pas qu'il néglige son dîner. Du thé au citron pour moi. »

Et à don Pepe :

« J'ai mal au cœur, mais ça doit être à cause de la température. Quand le printemps s'alourdit comme aujourd'hui, mon métabolisme perd son équilibre. Cette pagaille de parfums... Je n'ai jamais pu supporter ça. » (Petit regard en biais sur mon frère, qui a fait comme s'il n'entendait pas.)

Avant que Clara ne disparaisse, monsieur mon professeur a réussi à placer :

« N'oubliez pas le vin, s'il vous plaît. »

Et à maman :

« Le cœur, madame, il faut le réchauffer chaque jour davantage. Je veux dire à mon âge.

— Et au mien ! »

Elle a sorti de son sac à main un paquet de cigarettes et en a offert une à mon frère qui a répondu :

« Non, merci, j'ai les miennes. »

Sans trop se presser, comme quelqu'un qui en a l'habitude et ne fait là qu'un geste machinal, il a cherché dans les poches de sa robe de chambre son paquet de brunes et son briquet, et, avant d'allumer sa cigarette, a donné du feu à maman. Les yeux de don Pepe essayaient de s'ouvrir de surprise.

Tout était tellement imprévu qu'elle, maman, a eu l'un de ses charmants gestes imprécis pour m'offrir à moi aussi une cigarette. Mais, malgré cette nouvelle révélation de mon frère-fumeur endurci, j'ai gardé mon sang-froid et j'ai fait non de la tête. Les yeux de monsieur le spécialiste sortaient déjà de leurs orbites, et je suis certain qu'ils seraient alors tombés sur le plancher si j'avais eu le culot d'accepter.

Pour mon frère Antonio, le fait de fumer d'un air décontracté en face de maman exprimait peut-être sa décision de contester, dès ce moment, l'autorité paternelle et le monde dérisoire où elle nous avait enfermés lui et moi. Sans aucun doute, il entendait, par là, ne plus se soumettre à leur loi aberrante du silence. Depuis que, une heure auparavant, il était inopinément rentré du lycée, son comportement dénotait une sûre escalade dans la révolte. Finie la soumission. La liberté qu'il avait établie dans ses relations avec moi, il l'étendait maintenant à toute la maison, et peut-être qu'il était déjà en train de faire le même genre d'expérience en dehors de nous. Il m'est venu à l'esprit que, au lycée, il était certainement le plus indiscipliné de tous les élèves, et le sentiment de l'aimer plus profondément encore m'a serré la gorge.

Mais j'ai arrêté là mes élucubrations. Le monde extérieur, que je ne connaissais pas pour l'instant, ce n'était pas mon domaine. Tout en considérant que la vie dans une maison n'est qu'un reflet de la vie à l'extérieur, je ne voulais pas m'angoisser davantage. Nécessairement, un jour, je traverserais la lourde porte de bois pour me rendre dans cet autre monde dont j'avais déjà entrevu l'image : des églises, des drapeaux, des curés, et des types minables — ou devenus minables, je veux dire — comme ce visiteur de papa à qui j'avais un jour ouvert la porte. Il me fallait donc conserver ma virginité d'esprit pour ne pas y jeter un regard conditionné d'avance.

La voix de mon frère a coupé court à mes réflexions :

120

« Mais non, monsieur le professeur, ne remettez pas votre veste. Il fait chaud et on est en famille. »

J'ai regardé don Pepe. Après un instant d'hésitation et avec un sourire qui n'était pas tout à fait gai, il a laissé à nouveau sa veste sur le coin du canapé :

« Tu as raison, il fait chaud.

— J'ai toujours détesté l'anarchie de notre climat », a placé maman.

Elle voulait dire par là qu'on n'était qu'à la fin janvier et qu'on pouvait déjà parler de chaleur et de printemps. Les jasmins s'étaient soudain mis à fleurir et à embaumer.

« Il me semble que ça va mieux, n'est-ce pas ? Vous saignez moins.

— En effet, ça va mieux. Il me faut reconnaître que tu as un poing de fer.

— Je fais un peu de boxe, vous savez. J'aime beaucoup le sport. Cela me détend.

— Tu étais détendu quand tu m'as frappé tout à l'heure ?

— Oui. Tout ce que je fais, j'essaie toujours de le faire calmement.

— Son père était comme ça, quand il était jeune. L'hérédité, c'est quelque chose de remarquable, a reconnu maman, et son sourire a avivé la lumière du salon.

— Il frappait dur, lui aussi ? a demandé don Pepe amèrement.

— Je veux dire qu'il allait droit où il voulait aller. Il ne faisait pas de manières. Seulement, il a changé avec le temps. »

Il y avait comme un avertissement dans la voix de maman, une certaine condamnation sans appel. A l'égard de mon frère. Ou peut-être de nous deux.

« Soyons juste. En ce qui concerne votre mari, ce n'est pas seulement la faute du temps, mais aussi les circonstances. Et vous savez, madame, que les circonstances font changer les hommes plus profondément que le temps.

— Ce ne sera pas mon cas, je vous assure. »

Mon frère venait de parler, et il me semble qu'il le faisait sans arrogance. (Je dois dire que mon opinion sur lui a toujours été partiale.)

« Tu es trop jeune pour avoir une opinion là-dessus. (Voilà monsieur le spécialiste qui resurgissait de ses cendres.)

— Vous vous trompez, monsieur le professeur. C'est précisément ma jeunesse qui m'autorise à avoir une opinion sans parti pris et sur vous et sur mes parents. Vous nous avez bâti un monde navrant et vous vous y accrochez. Le fait d'avoir été vaincu par le temps et les circonstances n'est pas une excuse. Regardez ce garçon-là, mon petit frère. Il a presque six ans de moins que moi. Ce n'est pas auprès de vous qu'il apprendra le goût de la liberté. Pourtant, je le veux libre, moi. C'est bien pour cela que je l'aime profondément : parce que je le veux libre. »

Sans regarder personne, et contemplant la fumée de sa cigarette, elle, maman, a questionné :

« C'est ton amour *profond* qui va lui donner la liberté ? »

Mon frère Antonio l'a regardée et a dit :

« Oui. »

Maman m'a regardé, moi :

« Tu en es sûr ? »

Mon frère encore :

« Oui.

— Ce n'est pas à toi que je pose la question », a coupé maman sans décoller son regard du mien.

Je n'ai pas baissé les yeux. J'ai dit :

« Oui, j'en suis sûr. »

Le silence s'est établi.

Maman et mon frère vomissaient de la fumée sans interruption. Par manque d'habitude, ils ne décollaient pas la cigarette de leur bouche. On sentait, dans cette façon locomotive de fumer, une certaine nervosité. On aurait dit deux sportifs juniors qui s'échauffent les muscles avant de commencer les épreuves.

Pourtant, et malgré les conditions un peu artificielles de ce goûter de famille, la guerre venait d'être déclarée. Mon frère en révolte prévoyait déjà ma future liberté : le silence et l'amertume ne gouverneraient plus mon monde intérieur, même s'ils continuaient à gouverner mon entourage et ma personne civile.

Cet après-midi, j'ai eu l'impression que la voix de mon frère avait vaincu la voix de la radio, et que celle-ci ne pourrait plus, dorénavant, s'infiltrer dans nos consciences comme elle l'avait fait jusqu'à présent.

Dans tout conflit, il y a toujours un moment précis où l'ennemi commence à être vaincu. On ne s'en rend pas compte, pas forcément, mais ce *moment précis* agit de façon spéciale sur nous : il déverrouille les portes de l'esprit et laisse échapper le tourbillon des pensées. Et, à partir de là, l'esclavage n'existe plus. Le regard devient critique, même s'il est encore soumis. Il se pose d'autre manière sur les droits et les obligations, et, quand il quitte un lieu, la pellicule corrosive qu'il y a laissée commence son travail de destruction. Plus de crédibilité. Plus de consentement intime. Seulement de l'obéissance. Pas assez pour faire vivre un système. Mais assez pour lui faire faire les tout premiers pas sur la longue route de son agonie.

Et c'est dans cette trouble agonie que j'allais commencer ma vie à moi, celle de la liberté de ma conscience.

« Saviez-vous que je rentre en octobre à l'Ecole d'ingénieurs industriels ? »

La question était adressée à don Pepe. Monsieur le

spécialiste a levé les yeux, surpris, et a posé une autre question :

« Tu n'es pas trop jeune pour des études aussi poussées ?

— Il faut bien que je me dépêche. Je voudrais terminer mes études avant que l'argent de maman ne vienne à manquer définitivement. Il doit bien me servir à quelque chose, l'argent de maman. »

Elle, maman, a eu un mouvement de stupeur. Les paroles de mon frère l'avaient touchée.

« Chéri, mon argent est à moi. Quoi que j'en fasse, c'est mon affaire. Cela ne regarde que moi.

— Ton argent, maman, tu ne l'as pas gagné. Tu l'as hérité. C'est donc une affaire qui nous regarde tous. De toute façon, le seul profit que je veux en tirer, c'est mon titre d'ingénieur.

— Dans quelle branche ? »

C'était encore don Pepe. Clara se faisait attendre avec le goûter et il ne voulait pas que la situation se détériore davantage. Dans le cas d'une querelle de famille, il serait obligé, par discrétion, de prendre congé. Autrement dit, de renoncer aux plaisirs de sa panse. Et il était prêt à faire n'importe quoi pour rétablir le calme. Mon frère a eu un sourire franc :

« Dans l'industrie, comme je viens de vous le dire.

— Dur, très dur.

— Je sais. J'ai déjà le programme.

— Tu penses que c'est une profession qui a de l'avenir chez nous ?

— Tout peut avoir de l'avenir chez nous... Le jour où la situation ne sera plus ce qu'elle est maintenant.

— Rien ne va changer.

— Evidemment. Ce n'est pas vous qui allez changer quoi que ce soit. Ni les uns ni les autres. Je veux dire ni les vainqueurs qui se sont emparés du pays ni les vaincus qui en font les frais. Vous avez tous besoin les uns

124

des autres pour vivre. Qu'est-ce que vous seriez, vous, sans ces bourreaux qui vous tiennent à l'écart de la vie? Rien. Tout simplement rien. Maintenant, vous êtes un vaincu, c'est-à-dire l'une des deux composantes du système. Et pour le système, mon cher professeur, vous êtes aussi nécessaire que les vainqueurs. Mais quelle est notre place à nous, dans tout cela? Nous n'avons pas participé au *grand affrontement.* Nous sommes nés après le *cataclysme.* Et nous ne voulons pas être les victimes de l'amertume des uns et du triomphe des autres.

— On attend de vous que vous ayez assez de couilles... excusez-moi, madame... (Je me rappelle avoir pensé : « Et vive l'Espagne! », profondément dégoûté. Une exposition logique des faits avait toujours comme conclusion des mots grossiers. J'ai pensé aussi que ce n'était pas de couilles dont mon frère manquait : je pouvais même dire leur poids sans trop de risque de me tromper.) ... Le mot n'est peut-être pas joli, mais il convient...

— Ne vous tracassez pas, mon cher, je sais ce que c'est.

— ... assez de couilles pour retourner l'omelette. On l'attend et on le craint, les uns comme les autres, comme tu le dis.

— Il ne s'agit plus de retourner l'omelette. Il s'agit d'en faire une autre.

— Avec quoi? (Dans la voix de maman, j'ai cru déceler un brin d'intérêt.)

— Avec de nouveaux ingrédients... inconnus, pour le moment. »

La franchise de mon frère Antonio a soulagé les esprits. Don Pepe et maman ont tout de suite compris que ce n'était pas pour demain et qu'ils ne seraient pas obligés de changer leurs habitudes du jour au lendemain. J'ai eu pitié d'eux. Ils étaient tellement à l'aise installés pour toujours dans leur ruine morale! Mon frère avait raison. Il ne s'agissait plus de bouleverser ces éléments. Il s'agissait plutôt de les anéantir.

Sans aucune pitié, cette fois-ci, et sans méchanceté non plus, j'ai imaginé leur enterrement définitif. Sans fleurs ni couronnes. Sans adieu et sans larmes. Sans joie non plus. Enterrement grignoté sur le quotidien, sans lendemain pénible. Et point final.

Elle, maman, remise de son intérêt, et peut-être aussi de sa peur, a demandé :

« C'est une carrière rentable ?

— Vous savez, de nos jours...

— Il faut bien qu'elle le soit. »

Mon frère regardait maman droit dans les yeux. Puis il a posé son regard sur monsieur le spécialiste :

« Regardez mon petit frère. Il n'a qu'une robe de chambre sur lui, mais elle est en soie. De la soie naturelle. Elle est très chère et elle vient d'Angleterre. Et pas par voie directe, mais par l'intermédiaire d'une boutique madrilène qui en a doublé le prix. N'est-ce pas, maman ? La forme de cette robe de chambre avait déjà coûté de l'argent. C'était l'époque où maman avait chargé son couturier de dessiner une garde-robe complète pour tous les âges de mon frère. Vous savez, maman croyait que mon frère était un monstre, aveugle et peut-être difforme, un de ces monstres qu'on promène un peu partout, comme au cirque, mais avec élégance. Et comme un symbole, ça va de soi. Si je ne me trompe pas — et je ne crois pas me tromper — ce devait être le long pèlerinage exemplaire d'une mère, conséquence directe de la débâcle. Edifiant. Célèbre comme un de ces miracles qu'on attend toujours et qui n'arrivent jamais; ce qui, malheureusement, est votre cas. Mais pas le sien ! (Il a fixé à nouveau les yeux de maman.) Ma carrière sera rentable, ici ou ailleurs, et cela par force. Quand ton argent sera épuisé, c'est moi qui m'occuperai de lui. Il ne sera pas le résultat de ta vie. Tu ne verras jamais son malheur, parce que le malheur ne l'atteindra pas. Promis. (Il a adouci sa voix jusqu'à la rendre presque tendre, comme lorsqu'il s'adresse à moi.) Tu sais, maman, je ne t'en veux pas, et ce n'est pas contre toi que je fais cela. Mais vous deux, mon père et toi, vous représentez un symbole très important pour moi. Je ne veux pas que mon frère soit la victime de ton échec, de l'échec de mon père. Et, de toute façon, ce n'est pas toi ou mon père que j'aime; c'est lui que j'aime.

— Pourtant, je t'aime, moi.

— Je sais. »

Le silence s'est encore installé parmi nous. Personne ne semblait pressé de le rompre. Il y avait sans doute, dans tous ces propos, matière à réflexion, des éléments pas forcément neufs, mais enfin exprimés. L'excès d'amour, comme l'excès de désamour, ne s'exprime pas par une abondance de paroles. La subtilité en est absente.

Au milieu de ce silence tranquille, détendu, que je goûtais pour la première fois de ma vie — silence qui naît naturellement quand tout a été dit — Clara est entrée dans le salon en poussant la petite table roulante, chargée de toutes les friandises du goûter : de grosses tranches de jambon du pays et de la salade de tomates assaisonnée à l'ail, des olives noires concassées et gardées pendant un an dans de l'eau avec du fenouil, des cœurs de laitue arrosés d'huile et de vinaigre, la théière et la tasse en porcelaine de Chine de maman, ma chocolatière en argent et ivoire et ma tasse en faïence, les verres de cristal taillé, les couverts avec nos initiales, le sucrier, les bouteilles de vin, soigneusement essuyées par Clara-propre. Et, en hommage à maman, une rose jaune, solitaire, aussi délicate que si elle avait été faite à la main par des nonnes, rose qui buvait son eau fraîche dans un calice ancien.

Elle, maman, a jeté un coup d'œil discret sur le tout, habitude à laquelle elle n'avait jamais renoncé, et a dit :

« Merci, ma chère. Retournez à vos besognes. Je servirai moi-même. »

Sans dire un mot, sans faire un geste, ma Clara-simple a quitté le salon. Le silence, pour moi, s'est alourdi de tristesse.

Elle, maman, a servi don Pepe en premier et moi en dernier. Ses mains, aussi douces que des lapins jaunis, ont perdu d'un coup leur imprécision et se sont montrées élégantes et audacieuses. (Je dis audacieuses parce qu'elles ont osé couvrir mes cuisses jusqu'à mes genoux avec la soie glissante de ma robe de chambre.)

« Même s'il faut absoudre toutes tes fautes, parce que tu es sous la totale protection de ton frère, les formes sont les formes, mon petit. Et il ne faut jamais les négliger. »

Elle a dit cela avec la lenteur et la difficulté de quelqu'un qui récite un texte répugnant. Je ne suis pas certain d'avoir compris, à ce moment-là, tous les mots qu'elle a employés. Mais l'intention en était évidente. Et ça, oui, je suis certain de l'avoir piquée.

Ostensiblement, en servant du vin à don Pepe, mon frère Antonio a ouvert ses jambes et, le temps d'un éclair, a montré son sexe, beau comme un gâteau fait par une vieille fille. Il a feint de s'en rendre compte trop tard et, d'un geste faussement maladroit, a replié sa robe de chambre sur ses genoux. Avec ce sourire qui ferait bander un châtré, il a dit :

« Excusez-moi. (Et puis :) Un peu de vin, maman ? »

Elle, maman, a pâli, et j'ai vu sa poitrine se creuser sous le poids physique d'un souvenir concret : Carlos. Et j'ai deviné, dans son regard un moment incendié, qu'elle avait vécu avec papa tout ce que j'étais en train de vivre avec mon frère. Sa main a perdu sa précision et, folle d'anxiété, n'a plus osé poursuivre son activité sur la table roulante. Elle est retombée maladroitement sur sa cuisse, elle s'est défaite comme de la cire chaude, etc., salissant de sperme les fines chaussures en chevreau où les pieds de maman cachaient leur beauté.

Dès l'instant où il a aperçu le sexe de mon frère, beau comme le plus beau fruit sur le plus bel arbre du plus bel été, monsieur le spécialiste a cessé de manger avec sa rapidité habituelle. Les grosses tranches de jambon qui, d'habitude, se volatilisaient dans sa bouche, comme un pois chiche dans la gueule d'un chien affamé, semblaient franchir difficilement sa gorge et former un nœud que don Pepe tentait de desserrer à l'aide de copieuses rasades de vin.

Je me suis mis à boire doucement mon chocolat léger. Je ne voulais pas que ce sourire qui me chatouillait partout intérieurement effleure mes lèvres. Cela aurait été plutôt impoli et, je ne savais pas pourquoi, je ne tenais pas à chagriner maman davantage. Mais je n'ai pas pu m'empêcher de me livrer à quelques réflexions. Il y avait quelque chose qui clochait. Au sujet du sexe ? Pourquoi ?

Il s'agissait sans doute d'un élément étranger à la maison, comme la voix qui parlait à la radio de papa. D'une façon ou d'une autre, don Pepe, maman et mon frère Antonio faisaient partie de ce monde à composantes troubles et inconnues que j'appelais « l'extérieur ». Je sentais qu'il y avait en eux quelque chose qui m'échappait, des réactions et des gestes qui formaient un langage secret, un rituel d'où l'on m'aurait exclu. C'était, bien sûr, une impression. Mais c'était aussi très physique. Le sexe de mon frère, découvert volontairement ou par hasard, avait déclenché une série de réactions qui n'étaient pas prévues dans le goûter de famille. Habitué depuis le plus jeune âge à considérer mon sexe — et celui de mon frère — comme faisant partie de ma vie quotidienne, les réactions de don Pepe et de maman, qui s'offraient toutes nues à ma curiosité, me déconcertaient. Je comprenais que, dorénavant, il me faudrait être sur mes gardes et ne pas étaler devant les autres ce sans-gêne naturel dont je faisais preuve avec mon frère. J'ai pris les paroles d'Antonio pour des professions de foi et me suis promis de réserver le temple de mon corps au seul culte de son amour. J'étais sûr que, dans notre religion à tous les deux, il y avait encore des rites ignorés, occultes, dont je désirais l'accomplissement immédiat. Mais, malgré mon désir, je savais que mon frère ne me dévoilerait tous ces secrets qu'en temps voulu et très, très douce-ment, comme il l'avait fait jusqu'à présent.

Bref, le jour où je mettrais les pieds dans le monde extérieur, il me faudrait le faire sagement, sans trop de bruit, comme on fait un détour pour prendre l'ennemi à revers. Don Pepe et maman, même si leurs activités ne ressemblaient guère à celles des autres gens, avaient sans aucun doute en commun avec eux cette *peur* inex-primée, mais évidente, si je m'en rapportais à leurs réactions insolites. Ils mangeaient, ils buvaient, ils accomplissaient les différents gestes qui accompagnent n'importe quelle occupation, mais ils *pensaient* à autre chose. Quelque chose les tracassait.

Et ce quelque chose, c'était bel et bien le sexe de mon frère.

« Je pense qu'en septembre, ce garçon sera en mesure de rentrer au lycée. »

Personnellement, j'ai été surpris de cette marque de confiance de la part de monsieur mon professeur, et j'ai pensé qu'il avait dit ça pour enrayer la vague de silence hostile qui commençait à nous submerger. Mais elle, maman, a mis tout son charme dans la petite ques-tion-réponse « Déjà ? », et a repris toute sa souplesse, comme si la possibilité de relancer la conversation la rendait aussi volubile qu'une branche d'eucalyptus exposée à la brise marine.

Les tranches de jambon, les tomates et le pain ont recommencé à disparaître dans la gueule de don Pepe à un rythme normal. Les pensées punitives qui avaient un moment hanté l'esprit de maman s'évanouissaient, chassées par le bruit de moulin à grains que faisaient les mâchoires de monsieur le spécialiste. D'innombrables verres de vin étaient ingurgités à vitesse maximale. On en aurait pu énoncer le problème de la manière suivante : étant donné deux mâchoires et une gorge humaine, travaillant à la vitesse de celles d'un loup des steppes, calculez le poids net de jambon et de pain, etc., et les proportions que peuvent atteindre le ventre où tout cela s'emmagasine. Résultat : monsieur mon professeur.

. Mais c'était mieux comme ça. L'œil de maman, ayant repris sa vivacité, regardait avec approbation comment une partie non négligeable de sa fortune disparaissait dans ce gouffre sans fond. Songeait-elle, maman, folle de cataclysmes, aux chiottes où tout cela irait se perdre ? Je l'en croyais bien capable. Et je me délectais en cherchant sur son visage n'importe quel signe révélateur de n'importe quel tourment. Mais le visage de maman est fait d'une matière incorruptible, comparable à la perfection du marbre. L'érosion ne s'y faisait pas voir. Et toute idée de décomposition lui était étrangère.

« Seulement, il sera nécessaire de lui donner quelques notions de religion et de lui faire faire sa première communion. Impossible de l'inscrire à l'examen de passage sans tous ces papiers.

— Quels papiers ? »

Elle, maman, parlait comme si elle venait de tomber d'une autre planète.

« Des papiers certifiant qu'il est en règle avec l'Eglise. »

131

Monsieur le spécialiste en cas perdus, devenu soudain terroriste professionnel, avait enfin lancé sa bombe.

« Il est baptisé, au moins ? (Il n'a pas ajouté *ce spécimen bizarre.*)

— Non. »

Et mon frère :

« On ne baptise pas un monstre. »

Sa voix était dure et crispée, et je le sentais disposé à demander sur-le-champ toutes sortes d'explications.

« Vous voulez dire par là qu'il faudra appeler un prêtre ?

— Oui. Mais je vous en prie, arrangez-vous pour qu'il vienne à des heures différentes des miennes. Je ne veux pas avoir de mauvaises rencontres. Ce n'est plus de mon âge. »

Antonio :

« Vous savez qu'un curé, d'habitude, c'est très occupé le matin. Il va falloir sûrement le faire venir à cette heure-ci. Je vois votre goûter quotidien s'évanouir dans le néant. Mais ce sera mieux pour vous. Vous allez maigrir. L'apoplexie ne vous atteindra que plus tard. Et vous enlèverez à maman un poids de la poitrine. Elle n'a pas l'habitude d'aller aux enterrements de ses amis. Et cela, à la longue, finit par la tracasser. »

Elle, maman, a éclaté de rire aussi soudainement qu'une averse d'été. Puis elle a dit, une certaine allégresse dans la voix :

« Ne vous inquiétez pas. J'ai mon confesseur, don Gonzalo. Il sera ravi de m'être utile. (Et, plus lentement, comme si elle savourait un plat spécial :) Il attend depuis très longtemps de nous ouvrir les portes du ciel, à moi et à ma famille. S'il ne s'est pas occupé avant de cet enfant, ni d'ailleurs de nous tous, c'est parce que je crois fermement que les portes du ciel et le ciel lui-même nous sont interdits à jamais. »

Mon frère Antonio a approuvé :

132

« Tu n'as pas tort.

— Je sais. »

Silence. Il ne restait presque plus rien sur la petite table roulante. Sans me presser, j'y ai posé ma tasse vide.

« A quoi ça ressemble, un curé ? »

Trois paires d'yeux se sont fixés sur moi.

Don Pepe s'est empressé de constater le miracle :

« On ne le croirait jamais ! Un enfant espagnol qui ne sait pas à quoi cela ressemble, un curé. Madame, vous êtes une héroïne. Vous avez réussi à sauvegarder cet enfant de la contamination !

— Je sais.

— Un curé, mon petit, ça ressemble au pire des péchés de l'humanité. Tout ce qui est blanc chez un être humain devient noir comme du charbon chez un curé.

— Soyez plus simple, mon cher. »

Elle, maman, se délectait.

« Un curé, c'est un malfaiteur social déguisé en mouton. »

Elle, maman, riait.

« Mais non, monsieur le professeur ! Peut-être que, de votre temps, ils se déguisaient en moutons. Mais, aujourd'hui, ils ne se déguisent plus.

— Là, tu as raison, jeune homme. De mon temps, ils tuaient. Maintenant, ils ne peuvent plus tuer, mais ils terrorisent, ils dénoncent. Ce qui revient au même.

— Racaille !

— Pègre ! »

Elle, maman, riait, et son rire remplissait le salon d'une joie de cristal qui résonnait aux quatre coins de la pièce, rebondissait gracieusement sur les fleurs, les tableaux, les bibelots et les rideaux, et, gagnant le jardin, se mêlait au sifflement du merle, au jet de la fontaine.

Soudain, de sa gorge, une voix plus ancienne, atavique, s'est débarrassée de sa geôle de silence pour
crier :

« Vive l'Espagne ! »

Nous en avons tous eu le souffle coupé et sommes
restés pétrifiés. Personne ne bougeait, personne ne parlait.

Puis mon frère Antonio a demandé :

« Quelle Espagne ? »

Et elle, maman :

« Celle qui est morte. »

Ses sourcils traçaient un arc de clarté lointaine sur
son visage.

« Puisque c'est l'heure de vérité, et que je n'aurai
certainement pas d'autres occasions dans ma vie, je
tiens à vous dire que j'ai aimé votre père, profondément, quand il représentait tout ce qui ne devait pas
mourir : c'est-à-dire mon contraire. Mais quand tout
cela est mort et que je suis restée morte-vivante dans le
monde qu'on avait construit exprès pour moi et que je
rejetais, mon amour est mort aussi. J'irai même plus
loin, puisque je pense que plus rien ne peut vous
choquer : toute ma vie, j'en ai eu plein le cul des choses
convenables, des idées convenables, et lui n'a pas été
capable de tout raser pour m'offrir un monde nouveau
où j'aurais eu envie que vous ayez une place. (Elle a fixé
mon frère Antonio :) Quand je t'ai conçu, toi, je savais
déjà que le monde où tu allais naître n'était qu'une
tombe, mais mon corps était vierge et il me restait
assez d'amour pour tenter l'aventure, espérer le miracle. Mais le miracle ne s'est pas produit. (Puis elle m'a
fixé, moi, et j'ai eu la certitude que j'allais enfin
savoir :) Pour toi, il n'y avait plus d'amour, plus d'espoir. Non seulement le monde où j'allais te faire entrer
était une tombe, mais mon corps aussi et à jamais.
Voilà pourquoi je voulais que tu sois un *monstre*,

134

comme vous dites, et que moi j'appelle *cataclysme*. Et je crois, maintenant, que je ne me suis pas trompée. La graine d'anarchie que j'espérais trouver en toi, tu l'as peut-être. Tu vas — je dis encore peut-être — détruire tout ce que je hais. L'ordre qui m'a bouffée. Tu n'es pas mon fils, tu es moi-même. L'amour que je te porte n'est pas commode ni pour toi ni pour moi. Mais il est plus grand que tout amour connu. Même si tu n'arrives pas à le comprendre. »

A ce moment, Clara est entrée dans le salon, nous a regardés tous avec des petits yeux aigus comme des pointes d'épingle et a posé sur la petite table roulante la corbeille de fruits. Maman la regardait faire, et je savais que son regard, rayon implacable, la transperçait. Même en débarrassant la table, les mains de Clara étaient aussi calmes que les eaux d'une lagune. Elle, maman, poussée par le même élan que le jour de sa confession dans le hall, les a touchées de ses propres mains le temps d'un éclair, contact ou caresse, je ne saurais dire. Clara est sortie tout de suite après, sans chercher le regard de maman.

« Elle aussi, elle a aimé Carlos. Elle aussi, elle a été déçue. Nous avons vécu toutes les deux la même mort. Seulement, son mari à elle est tombé pendant la guerre. Elle peut en garder un glorieux souvenir... si la fosse commune peut en fournir un. Le mien, mon mari, ou mon souvenir, comme vous voudrez, a été vaincu par la guerre. Je l'ai épousé après, en pleine paix, en pleine défaite. La nuit de mes noces, j'avais un goût de sable dans la bouche, et malgré l'amour et l'espoir, je n'ai pas eu l'impression d'avoir été prise par un homme, mais violée par un cadavre. Drôle de vie où l'on n'a pas le temps d'aimer les gens avant qu'ils meurent... ».

Don Pepe a hoché la tête. Enfoncé déjà dans l'ivresse, il n'avait plus la force de parler. Sur le luxueux canapé de maman, son corps sans harmonie, étalé comme un jeu de cartes après une partie, avait l'air d'une tache d'encre sur un plateau d'argent. Il illustrait mieux que quiconque l'histoire de maman. J'ai eu envie de demander si elle avait eu des professeurs comme celui-là. Mais quelque chose qui n'était pas tout à fait dans mon caractère m'a empêché de proférer une telle méchanceté. Toutefois, j'en ai tiré une leçon, puisque c'était le temps de mon apprentissage. Il me fallait surtout apprendre à rejeter. Je ne voulais pas devenir la bonne terre où l'on sème les échecs des autres. Chacun sa croix, comme disait Clara-non croyante. S'ils croyaient tous que, avec ces séances de terreur, ils allaient me mettre sur le dos toutes leurs misères, ils en seraient pour leurs frais. Votre vie, mes chers vieux, vous pouvez vous la foutre où je pense. Je n'en suis pas responsable. Je ne veux pas non plus en être la victime.

Bref, je faisais mienne la réaction de mon frère.

CHAPITRE X

Ce soir-là — et je m'attarde sur cette journée du goûter de famille parce qu'elle a été très révélatrice — nous avons commencé à réfléchir, mon frère Antonio et moi, sur notre situation dans la famille et dans la vie. Nous ne l'avons pas fait chacun de notre côté, ce qui aurait pu marquer un goût indéniable pour l'angoisse, mais ensemble, spirituellement et physiquement ensemble. On attendait de nous un comportement tout à fait opposé à celui qui était le nôtre, mais nous nous sommes rassurés l'un l'autre par des paroles et par des gestes, et nous avons conclu que nous devions nous montrer plus sages, ne pas faire trop de folies devant les autres, garder le secret de notre vie dans le cercle fermé à clé de l'intimité de notre chambre et ne plus en parler qu'entre nous.

« Alors, c'est bien pour toute la vie ?

— Pourquoi tu me poses la question ?

— Tu es plus âgé que moi. Tu dois le savoir.

— Oui, c'est pour toute la vie. »

Nous étions l'un en face de l'autre, assis sur le lit, sans nous toucher, mais nos mains et nos yeux se sont instinctivement cherchés.

« Seulement, j'ai peur pour toi. »

Là, il me surprenait.

« Peur pour moi ?

— Oui, tu es trop jeune et tu ne réfléchis pas assez. Tu n'as pas le sens de la mesure. Tu serais capable de te montrer nu dans la rue et de dire à tout le monde ce que nous faisons tous les deux.

— Ce n'est pas moi qui en ai parlé le premier. Tu m'as demandé de me déshabiller devant le professeur.

— Voilà! Tu n'as pas eu le moindre geste pour...

— J'ai pensé que c'était ce que tu voulais!

— Et je le voulais! Mais quand je t'ai vu nu devant cette grosse merde, j'étais fou de rage.

— Alors, c'est à cause de ça que tu l'as frappé? Je pensais que c'était par amour pour moi. »

J'ai retiré ma main de sa main et j'ai détourné mon regard.

« T'es jaloux?

— C'est toi qui es jaloux! Moi, je suis déçu. »

Mon frère est tombé sur moi comme une trombe d'eau brûlante, m'a submergé de sa force et de ses morsures. Quelques minutes plus tard, tout rentrait dans l'ordre.

A la fin de la semaine, Clara, toute bouleversée, est entrée dans notre chambre. J'étais en train de me débattre furieusement contre les mystères de la règle de trois. Pourquoi devait-il toujours y avoir un x dans la vie? Ce n'était pas drôle du tout. On avait déjà désintégré l'atome, on avait prouvé son efficacité à Hiroshima, et on m'emmerdait toujours avec ce pauvre x qui avait sûrement fait aussi le malheur de mon grand-père, dans son enfance. Si on le résolvait une putain de fois pour toutes et qu'on passait à autre chose?

« *Señorito*, votre mère vous prie de vous rendre au salon. »

Qu'elle était polie, Clara-sotte!

« Qu'est-ce qu'elle veut? Elle se rend pas compte que je travaille. »

Clara est devenue rouge.

« Assez de prétention, tu m'entends ? Il y a un curé en bas !

— Un curé ? Où ça ?

— Dans le salon, avec ta mère.

— Merde !

— Il ne manquait plus que ça ! Ce n'est pas la Toussaint ni Pâques. Ta mère va retourner sa veste, à présent ?

— T'inquiète pas. C'est pour moi qu'il vient.

— Pour toi ? Mais qu'est-ce qui t'arrive, mon petit ? T'as de mauvais rêves ?

— Je vais faire ma première communion.

— Sacré bon Dieu ! Personne n'y échappe ! »

J'ai quitté ma chambre et l'ai laissée là, sur le grand coffre de style, abasourdie. Mais avant que je ne gagne les premières marches de l'escalier, elle m'a appelé d'une voix étouffée. J'ai attendu qu'elle me rejoigne.

« Dis donc, mon petit, tu sais que Dieu n'existe pas, n'est-ce pas ?

— Oui, je le sais. »

Son visage s'est éclairé de tout le soleil de son sourire :

« Alors, vas-y. Je suis tranquille, maintenant. » (Clara-sainte.)

Dans le hall, j'ai senti quelque chose de nouveau dans l'atmosphère de la maison. Je n'ai pas pu décider si c'était une odeur inconnue ou de mauvaises vibrations. Je suis entré dans le salon et j'ai trouvé maman et le curé assis l'un en face de l'autre.

Ils m'ont regardé, mais ils n'ont pas bougé. Je me suis placé le dos à la lumière, même si la pénombre habituelle où maman se décomposait ne permettait pas de scruter un visage. Mais j'ai aperçu les yeux de lynx du curé et je n'ai pas voulu prendre trop de risques en ce premier jour de guerre sainte.

Elle, maman, a dit :

« Mon petit, profitant d'une visite inattendue de mon confesseur, j'ai voulu te le faire connaître. Il sait que ta maladie t'a empêché jusqu'à présent de recevoir une éducation religieuse appropriée. Mais puisque je ne crains plus rien pour ta santé et que tu dois passer ton examen d'entrée au lycée en septembre, j'ai décidé qu'il était temps de s'en occuper. Voici donc don Gonzalo.

— Bonjour, monsieur.

— Bonjour, mon fils.

— Désormais, il te faudra l'appeler *mon père.* Je regrette de ne pas t'avoir éduqué comme il le fallait, et devant vous, mon père, je m'excuse du traitement que vous venez de recevoir de la part de mon fils. Mais, en tout ce qui concerne le monde extérieur à la maison, c'est encore un enfant. Comme je vous l'ai déjà fait savoir dans toutes mes confessions, sa maladie a été la cause de ce retard que je ne saurais justifier autrement. Vous savez bien, mon père, que même l'herbe ne pousse pas comme elle devrait quand la terre est malade. »

Voilà une .découverte : à entendre le langage de maman, qui devait sortir directement de son bréviaire noir, vis-à-vis de l'Eglise, je passais pour un malade chronique. Ma surprise a été telle que j'ai même dû rouler les yeux, ce qui a certainement aidé la mise en scène préparée par maman. Rarement, dans la vie, je me suis senti enclin à admirer maman, mais, ce jour-là, elle est presque devenue mon héroïne. Quel culot ! Pas une ombre ne salissait son visage calme et respectueux, et l'humble autorité de sa voix disait largement les services qu'elle, représentante d'une classe sociale plus puissante que la puissance même, attendait de l'Eglise. Tout y était sous-entendu. Don Gonzalo a hoché la tête et s'est cru dans l'obligation de dire :

« Il n'est jamais trop tard pour récupérer les brebis égarées. »

Elle, maman, a rectifié sèchement :

« Mon fils n'est pas une brebis égarée. Il est tout simplement né hors du troupeau.

— Je comprends fort bien, ma fille.

— Je l'espère, mon père. Aujourd'hui, mon fils a besoin de s'intégrer dans le monde. Je ne fais que suivre ce que je crois être mon obligation de mère. Je le remets entre vos mains. Et je suis certaine que je ne me trompe pas. A travers vous, mon père, il aura l'image de notre sainte mère l'Eglise qui lui convient le mieux. »

Ces mots, ce n'était pas à *mon père* qu'ils étaient adressés, mais à moi. Elle me regardait intensément comme si elle voulait me transmettre leur véritable signification.

« Vous voudriez lui poser quelques questions, peut-être ? »

Don Gonzalo a saisi l'occasion au vol, chasseur endurci :

« Bien que tu aies grandi en dehors du sein de notre mère l'Eglise, j'espère que tu crois en Dieu, n'est-ce pas, mon fils ? »

Ma réponse était prête :

« Aveuglément, mon père. »

J'ai regardé maman. En elle, un sourire s'est épanoui comme une fleur d'écume, mais son visage calme ne s'est pas altéré. J'ai cru saisir alors ce qu'elle a appelé quelques jours auparavant son amour *profond* et *pas commode* pour moi. La dette était payée. Ni elle ni moi n'en traînerions plus le poids sur nos consciences.

« A partir de demain, don Gonzalo viendra chez nous trois fois par semaine, entre neuf et dix heures du matin. Maintenant, tu peux nous quitter. Tes devoirs t'attendent. »

Tout était tellement formel que je n'ai pas pu m'empêcher d'incliner la tête pour prendre congé. Et je me suis dirigé vers la porte.

« Un moment. »

J'ai fait demi-tour en me disant qu'il ne manquait là qu'une musique militaire.

« A un prêtre, mon fils, on embrasse toujours la main. C'est une sorte d'hommage, le symbole du respect que nous devons tous aux représentants de l'Eglise. »

Je me suis approché de don Gonzalo et lui ai embrassé la main. Un désagréable goût de cire s'est collé à mes lèvres et l'odeur du personnage a failli me faire tourner l'estomac. Je suis sorti. Une fois dans le hall, j'ai craché mon dégoût sur la petite peau d'agneau carnivore, caprice de maman.

Clara m'attendait. Elle m'a pris par la main et m'a traîné dans la cuisine.

« Ils se font toujours embrasser la main, les salauds ! »

Avec un torchon trempé dans du vinaigre, elle m'a frotté les lèvres jusqu'à m'en arracher la peau.

« Et voilà ! Tu connais déjà le remède. Avec du vinaigre, il n'y a jamais de contamination. Tu vas mieux ?

— Oui.

— Mais qu'est-ce qui lui prend, à ta mère ?

— Il faut que je rentre au lycée en septembre.

— Ah ! merde ! (Puis :) Ça va être dur, tu sais ?

— Eh oui !

— Quand est-ce qu'il commence ?

— Demain matin à neuf heures.

— Je recevrai des ordres ce soir, j'en suis sûre. Mais ne t'inquiète pas, mon petit lapin. Tu sais, pendant la République, on a failli en finir, avec tous ces sacrés curés. Mais on n'a pas eu le temps, malheureusement.

— T'en fais pas. Ça peut arriver encore une fois. Et qui sait, cette fois, on aura peut-être le temps de finir le boulot... »

Elle est restée rêveuse.

« Il m'a demandé si je croyais en Dieu. »

Clara m'a regardé, affolée :

« Et qu'est-ce que tu as répondu ?

— *Aveuglément, mon père.* »

Le rire de Clara a rempli un bon moment la cuisine, et le merle s'est empressé d'y répondre depuis le jardin. Une minute de fête.

Les yeux remplis de larmes de joie, Clara ne cessait pas de répéter :

« Que tu es sage, mon petit ! Que tu es sage ! »

Enveloppé d'une odeur de vinaigre, j'ai quitté la cuisine et j'ai regagné ma chambre, où m'attendait Pythagore. J'ai refermé la fenêtre pour ne pas entendre l'appel de mon copain le merle qui s'était définitivement réveillé de son sommeil matinal. Quand on est avec Pythagore, la solitude s'impose. Surtout si on n'éprouve pas pour lui un amour démesuré.

Le lendemain matin, très tôt, avant le petit déjeuner, Clara est apparue dans notre chambre, revêtue de son visage le plus solennel. On aurait dit qu'il y avait eu un décès subit dans la famille et qu'elle avait été chargée de nous l'annoncer. En tirant les rideaux, elle a ordonné :

« Levez-vous ! »

Mon frère Antonio a consulté sa montre et demandé :

« Mais quelle merde se passe-t-il ? Il n'est que cinq heures du matin.

— Exact. Madame votre mère est déjà habillée et vous attend en bas, *accompagnée.*

— Mais quelle merde se passe-t-il, veux-tu me dire ? a souligné mon frère dont la souplesse cérébrale ne se réveillait pas de si bonne heure.

— Et qu'est-ce que j'en sais, moi ? Personne ne me tient au courant de rien dans cette maison de damnés. »

Et à moi :

« Ton bain est prêt. Je vais te le donner. »

Mon frère, revêche :

« Mais qu'est-ce que tu chantes là ? Nous avons pris notre bain hier soir, comme d'habitude. Tu nous prends pour qui ?

— Pour Mgr l'évêque de la ville et son diacre. Regardez-moi ce personnage !

— Ecoute-moi, Clara, je ne veux pas me fâcher avec toi, mais...

— Tu vas me ficher la paix, oui ou non ? On a dit qu'on se lève, et on se lève !

— Ce n'est pas toi qui vas me tirer du lit !

— Essaie d'y rester, et tu vas voir ! »

Ça pouvait encore durer longtemps. Je connaissais la chanson. Alors, j'ai demandé :

« Et pour quoi faire, ce bain matinal ?

— Ta mère m'a dit hier soir : « Vous les réveillerez à cinq heures du matin, ma chère. Vous lui ferez prendre son bain et vous me l'amènerez pur comme un ange au salon. Il faut que tout soit fini avant la messe de l'aube. »

— Histoire d'église, mon petit », a enfin compris mon frère, et il s'est mis à rire.

Puis, les yeux pleins de malice, tout en regardant Clara me savonner dans la baignoire, Antonio a demandé :

« Qu'est-ce que ça veut dire, cette histoire de pureté ? Tu le sais ?

— Pur comme un ange, a rétorqué Clara sans perdre son calme ni son rythme de travail, ça veut dire sans péchés, selon le livre de méditation de madame votre mère. »

Quand Clara parlait comme ça, nous savions tous les deux qu'elle n'était pas contente. Mais mon frère Antonio n'a pas voulu lâcher sa proie :

« On dirait que t'es pas dans ton assiette ?

— On dirait. »

Là, elle m'a savonné un tout petit peu plus fort.

« Et quels sont les péchés dont mon frère doit être lavé, selon toi ? »

Clara a interrompu son travail :

« Ecoute, mon chou, ne dis pas *mon frère* comme si c'était ta propriété privée. (Elle s'est remise au boulot en maniant plus furieusement le savon et l'éponge.) Et puis, si tu ne sais pas de quels péchés elle veut parler, madame ta mère, tu n'as qu'à te taire et faire ta toilette. Si tu me cherches, tu vas me trouver.

— Bon, ça va. »

Mon frère est sorti de la salle de bain, puis il est revenu avec tous ses vêtements dans les bras. Il a enlevé sa robe de chambre et, complètement à poil, s'est mis à brosser ses cheveux noirs et bouclés. Clara ne s'est pas gênée pour l'examiner de la tête aux pieds.

« Ça te gêne, si je m'habille ici ? »

Clara n'a pas répondu. Elle a dit :

« Tu me rappelles quelqu'un.

— Qui ?

— Carlos. »

Un soupir. J'ai ouvert les oreilles.

« Quand ils étaient garçons, mon mari et lui, je me cachais derrière les ronces pour les regarder se baigner dans la rivière. Nus comme des vers. Le jour où je mourrai, je voudrais que cette image soit la dernière que j'emporterai.

— Ce sera ta dernière image si tu y tiens. »

J'ai jeté sur mon frère un regard angoissé, comme pour l'avertir. Quelquefois, il n'avait aucun tact, la brute ! Je sentais qu'il ne fallait pas prendre trop à la légère le cœur de ma pauvre Clara-écœurée. Sa vie, silencieuse et profonde comme un puits, s'éclairait parfois de ces toutes petites choses venues du passé. Clara en parlait très brièvement, mais assez pour faire sentir sa souffrance. C'était bien pour cela que je l'aimais, Clara-personne.

Après la toilette, aussi parfumé qu'un basilic un soir d'été, j'ai endossé, avec les soins de Clara, le dernier costume acheté par maman, en shantung bleu pâle, chemise, chaussettes et chaussures blanches. Dans la glace, j'ai vu le regard de mon frère fixé sur moi. Les yeux d'Antonio avaient la même lueur de gloutonnerie que ceux d'un enfant obèse devant la vitrine d'une pâtisserie. Il a dû tout de suite enfiler son slip et son pantalon, parce qu'il commençait déjà à bander. Il est devenu rouge et m'a fait un clin d'œil dans la glace. Ma bouche s'est remplie de salive, et j'ai souhaité que cette journée soit plus courte que les autres. En même temps, j'ai enregistré ce côté voyeur que je ne connaissais pas chez mon frère Antonio.

Nous sommes tous descendus dans le hall et Clara a dit :

« Entrez. Ils vous attendent.

— Tu ne viens pas ?

— J'ai rien à foutre de ce carnaval ! »

Et elle a disparu, furieuse, dans sa cuisine.

Dans le hall, mon frère m'a pris dans ses bras et sa bouche a cherché mon oreille. Un chuchotement :

« Ne prends pas trop au sérieux ce qui va se passer là-dedans. Promis ? »

Avant que je puisse le rassurer d'un oui convaincu, mes lèvres s'épanouissaient déjà dans sa bouche et sa langue trouvait la mienne. Nous sommes restés comme ça quelques instants, et j'ai senti que nos corps se rebellaient contre leurs vêtements. Conscients du danger — trois portes d'où l'on pouvait nous surprendre — nous avons goûté ce moment dans une frénésie inconnue. Je frémissais et mon frère me serrait fort contre lui. Finalement, il m'a décollé brusquement de lui et a dit :

146

« Il n'y a que toi et moi qui sommes vrais. Le reste, ce n'est qu'une farce. Compris ?

— Oui.

— Allons-y. Je veux savoir à quoi tout cela rime.

— J'ai peur.

— Peur ? Je suis avec toi.

— Je ne veux pas qu'il me touche.

— Sois tranquille. Je suis en pleine forme, ce matin. »

Mon frère Antonio a posé sa main grande et forte sur ma nuque, et, le visage composé, nous sommes entrés dans le salon.

J'ai eu la soudaine impression d'avoir traversé un espace imprévu et de me retrouver dans une chapelle. Les rideaux étaient tirés et, à travers leur épaisseur, on ne pouvait soupçonner l'existence du jardin ni celle de la rue, puisque les fenêtres qui y donnaient étaient condamnées depuis toujours par un énorme tapis moyenâgeux. On avait mis des bougies toutes neuves dans les chandeliers en argent et, toutes allumées, elles enveloppaient l'atmosphère, les meubles et les objets du salon dans un nuage de poussière phosphorescente. Sur le pick-up, maman avait mis, tout doucement, l'un de ses vieux trucs de Chopin qui, selon elle, plus que toute autre chose, redonnait à l'âme la paix perdue dont elle avait besoin. *Une jeune fille, ma chère...*

Elle se tenait raide à côté de son piano, vêtue d'une robe noire à pois blancs très espacés, portant boucles d'oreilles, collier et bracelet de perles, la tête orgueilleusement parée d'une mantille blanche en dentelle. S'étant composé un visage extasié comme l'ange de marbre qu'on place au-dessus d'une tombe, elle était aussi belle qu'absurde, et, l'espace d'une seconde, j'ai failli l'aimer. J'ai regardé mon frère et j'ai lu dans ses yeux un mélange d'admiration et de surprise. J'ai été profondément jaloux, et pour pouvoir tenir le coup sans foutre le camp à l'instant même, je me suis dit que c'était sans doute comme ça qu'elle comptait se rendre à Lourdes avec moi dans le rôle de monstre. Je ne savais pas si elle aurait attiré le miracle, mais j'ai eu la certitude qu'elle ne serait pas passée inaperçue.

Elle m'a fixé de son regard transfiguré et a réussi à percer le froid écran de mes yeux pour lire dans mes pensées. Elle a eu un de ces sourires auxquels les lèvres ne participent pas, qui a éclairé son visage comme si une torche de feu s'était allumée d'un coup à l'intérieur de sa tête, crâne fantastique de la Toussaint. J'ai eu l'impression qu'elle prenait un malin plaisir à me montrer le spectacle que j'avais raté en ouvrant les yeux le seizième jour après ma naissance.

Un peu plus loin, don Gonzalo se tenait, aussi raide que maman, une aube blanche recouvrant sa soutane noire, un livre de prières dans la main gauche, le sel et les saintes huiles, sur un petit guéridon, à portée de sa main droite. C'est là que se trouvait aussi, soigneusement pliée, l'étole blanche des cérémonies heureuses, dont les bords et la croix en passementerie dorée luisaient à la lueur des bougies.

Il paraissait encore plus grand et maigre, vêtu comme il l'était. De ses épaules étroites, jaillissait une tête d'oiseau de malheur, menton perdu vers le cou et moins proéminent que la pomme d'Adam, lèvres minces et joues creuses, bleuies de barbe, yeux brûlants, sourcils fuyant vers les tempes. On aurait dit un diable travesti.

« Approche-toi, mon fils. »

Sa voix avait le ton rassurant d'un comédien cabot qui commence le monologue. J'ai supposé que c'était à moi qu'il s'adressait, et, sans regarder personne, je me suis avancé vers lui. J'ai pris soin, malgré tout, de garder une certaine distance entre lui et moi; je me suis donc retrouvé au centre précis du triangle bizarre que formaient mon frère, maman et le curé. Si, par hasard, j'avais eu la possibilité d'exploser, tout ce petit monde aurait disparu avec moi. Beau symbole. A étudier.

Sans s'éclaircir la gorge, exploit qui m'a profondément choqué, monsieur le curé a commencé son discours :

« Mon fils, très longtemps, tu es resté à l'écart de notre mère l'Eglise. Trop longtemps, dirai-je. Mais la faute a déjà été confessée, la pécheresse est repentie, le péché est pardonné. Il ne nous manque plus, aujourd'hui, qu'à réintégrer l'agneau égaré au sein du troupeau.

— Le bon père veut dire par là que nous allons procéder à la cérémonie de ton baptême », a expliqué sèchement maman qui ne se sentait pas à l'aise qu'on lui ait appliqué l'épithète peu convenable de *pécheresse repentie*.

Ce ton d'autorité, parfaitement bourgeois, était certainement inscrit dans ses gènes depuis des siècles, depuis l'époque où sa famille régnait sur les gens d'Eglise. Sa voix laissait transpercer l'assurance que donne un arbre généalogique chargé d'évêques, de pères dominicains et de supérieures de couvent. Et si on la poussait trop, maman tirait de l'abondance de sa mémoire, comme un prestidigitateur de sa manche, une sainte poétesse assez trouble qui se régalait en plantant des banderilles sur le dos du Bon Dieu comme un matador.

Don Gonzalo s'est vu contraint de refréner son venin et a repris son discours d'un ton plus mesuré, sans pour cela desserrer trop les dents :

« Ton manque de connaissance, mon fils, ne te permet sans doute pas de comprendre ce que représente le baptême. Ce n'est pas un acte banal, le premier d'une série de rites, mais une porte qu'on ouvre, la seule porte par laquelle on peut entrer dans le cœur même de l'Eglise. Et tant que cette porte reste fermée, même si on est certain d'être un fils de Dieu, on n'appartient pas à sa famille. Et on risque de vivre pour toujours dans la zone vague de son indifférence, sinon de son Désamour. C'est bien pour cela qu'il faut se mettre en règle avec Lui. Tout au long de ta vie, tu trouveras des gens qui te diront que Dieu est amour et qu'il n'est donc pas nécessaire d'être en règle pour qu'Il vous pardonne. Mais Il est haine aussi. Sinon, Il serait imparfait et l'imperfection n'entre pas dans sa nature. Voilà pourquoi, dès aujourd'hui, je me sens dans l'obligation de te donner un conseil pratique : si un jour tu hésites entre chercher son amour ou éviter sa haine, évite sa haine. Et, pour cela, reste au sein de l'Eglise : c'est le seul moyen efficace d'y parvenir. J'ajouterai à ce propos que l'amour de Dieu est gratuit, mais que sa haine coûte cher. »

Bien que l'image de Dieu que me présentait don Gonzalo eût pu être celle de n'importe qui (pas besoin de cette mise en scène pour me présenter un être aussi résolument vulgaire), mes applaudissements enthousiastes ont rempli le salon. Trois paires d'yeux se sont fixés sur moi. Mon frère Antonio était si surpris qu'il restait la bouche ouverte, ne sachant pas s'il devait éclater de rire ou continuer sa chasse aux mouches.

Elle, maman, a dû faire un grand effort pour rester sereine, mais on voyait le rire contenu dans ses yeux à moitié clos.

Don Gonzalo, lui, ne s'est même pas préoccupé de se composer un visage scandalisé : sa rage était plus puissante que les convenances.

« Excusez-moi, mon père. J'ai été si profondément touché par vos paroles que, au lieu de vous écouter humblement comme c'était mon désir, je me suis laissé aller à mon enthousiasme. »

(Là, je me suis dit que j'y allais un peu fort dans l'hypocrisie.)

L'expression du curé a immédiatement changé. Ne pouvant pas adoucir les irrégularités de son visage, il a au moins souri :

« Je comprends, mon fils. Tu as soif de la sainte parole. »

Son regard plein de reproche s'est posé sur maman, qui a tapé du pied sur le tapis, impatiente.

« Abrégeons, mon père. J'ai peur que vous ne finissiez pas à temps pour célébrer la messe de l'aube.

— J'ai tout mon temps, ma fille.

— Je ne veux pas que nos besoins l'emportent sur vos obligations. Il y a encore des choses qui sont sacrées pour moi, mon père.

— Pour moi aussi, ma fille. Quand la présence de Dieu est plus nécessaire en dehors du temple qu'à l'intérieur, ses ministres ne doivent pas hésiter. Ça ne s'appelle pas négligence, mais *évangélisation*.

— On évangélise un sauvage, pas mon fils. Je suis dans l'Eglise, moi. Mon fils, on le baptise.

— Vous avez raison, ma fille. Soyons humbles et faisons notre devoir.

— Mon fils aîné est parfaitement d'accord pour être le parrain du petit. Et même plus, je dirai qu'il est ravi. Il a maintes fois exprimé son désir de protéger cet enfant quand il fera son entrée dans le monde, et je veux lui donner là une obligation inéluctable, une charge qui relève du contrat social et qui est plus forte que l'amour *familial*. »

Elle a prononcé ce dernier mot avec un sifflement de serpent. J'y ai discerné une allusion voilée à son fameux *sentir le soufre*, expression qu'elle n'employait plus depuis très longtemps.

Tout sérieux, mon frère a demandé :

« Je dois le prendre dans mes bras ? »

Aussi sérieusement que lui, elle, maman, a répondu :

« Il est trop lourd.

— Mais je suis parfaitement en forme. Je ne me suis pas dépensé ce matin. »

Maman et M. le curé l'ont fixé d'un regard dur. Don Gonzalo a commencé :

« Ce n'est pas le moment, mon fils...

— Je veux dire, mon père, que je n'ai pas fait ma gymnastique. »

(J'ai soupçonné que, dans ses confessions, maman avait dû laisser entendre certaines choses au sujet de nos relations.)

« Tu peux le prendre si tu veux, a dit maman. Faisons les choses en règle. »

Dans les yeux brûlants du curé, on lisait l'envie de nous exorciser tous, à coups de crucifix. Mon frère m'a pris dans ses bras et m'a présenté, comme un nouveau-né, au prêtre. Les jambes écartées pour tenir le coup sans faiblir, de son bras gauche, il soutenait mon dos, et son bras droit, sur lequel reposaient mes cuisses, il le tordit adroitement pour coller à mes fesses la paume de sa main ouverte.

Don Gonzalo, bon gré mal gré, s'est mis à égrener entre ses dents les paroles sacrées, m'a donné, pour me consacrer fils de Dieu, le nom du saint du jour, et maman lui a soufflé mon prénom, qu'il a ajouté mécaniquement pour me consacrer son fils à elle. Il a instruit mon frère sur ses obligations de bon chrétien et de bon parrain, dit à maman quelques mots chargés d'intention à propos du besoin des parents vraiment catholiques de ne pas écarter leurs rejetons du sein de notre sainte mère l'Eglise, puis il m'a solennellement administré le sel et les saintes huiles (je recevais en même temps baptême et confirmation) et a tracé sur mon front le signe de la croix de son pouce brûlant.

Tandis qu'il accomplissait tous ces rites, mon frère Antonio caressait doucement mes fesses, l'un de ses doigts cherchant avec application mon trou le plus secret. Je me sentais envahi par le feu du plaisir et je pense qu'une sorte d'extase a baigné mon visage, puisque M. le curé a dit :

« Je vois, mon fils, que tu commences à croire en Dieu. Tu deviens Sa créature. »

Mon frère Antonio a poussé plus fort avec son doigt, et j'ai murmuré un oui, presque évanoui, qui a rendu tout le monde heureux, chacun à sa manière. Puis mon frère m'a enfin posé par terre. Je suis resté quelques secondes encore, sans forces, appuyé contre lui, sentant toutes les palpitations de son corps. J'avais l'impression que nous venions d'accomplir un acte héroïque, l'un des tout premiers pas vers la subversion, sans que personne ne puisse nous montrer du doigt. C'était quelque chose de plus courageux et de plus doux que nos étreintes dans la solitude de notre chambre, et on pouvait interpréter de mille façons différentes la sueur froide qui inondait mon front; mais seulement mon frère et moi en connaissions la véritable raison.

« Maintenant, tu es un chrétien, mon fils. Dès demain, nous commencerons à faire de toi un bon catholique, seule possibilité de salut dans ce bas monde. »

La voix de don Gonzalo avait pris un ton un peu menaçant. C'était à prendre ou à laisser. Ou plutôt, à accepter de force.

Elle, maman, devait être déjà lasse de la cérémonie. Enlevant de sa tête le fantastique jardin de fleurs de dentelle blanche que formait sa mantille, sa voix soudain imprécise, comme de la cire chaude, etc. :

« Laissons donc le reste pour demain. Ce garçon a besoin de prendre son petit déjeuner. Son front est trempé de sueur. Il a l'estomac vide et n'a pas assez dormi. Vous êtes certain, mon père, de ne pas lui avoir fait avaler trop de sel ? »

Sans attendre une réponse, sa main — colombe qui

ne sait où son vol affolé va la mener — s'est posée sur
la clochette en argent. Le tilin-tilin inattendu a provoqué dans le salon l'un de ces cataclysmes qu'elle
affectionne : les flammes des bougies ont perdu d'un
coup leur immobilité obsédante, et une vague d'ombres
presque imperceptible a traversé la pièce.

Clara, cette fois-ci, s'est fait attendre une interminable minute. Quand elle est enfin entrée dans le salon, elle
n'a regardé que maman. Ses yeux étaient durs et précis.

« Vous me demandez, madame?

— Oui, ma chère, servez le petit déjeuner. »

Et à M. le curé :

« Nous avons du chocolat épais et du lait froid. Et,
naturellement, des gâteaux. Clara fait des merveilles...
même si elle n'est pas religieuse. Vous nous accompa-
gnez?

— Ma fille, je dois prendre la communion en célé-
brant la messe!

— Excusez-moi, *mon cher*. J'avais oublié cet usage.
Il y a tellement d'années que je ne fréquente plus le
monde! »

Elle lui a embrassé la main, nous en avons fait
autant, et don Gonzalo a compris qu'on lui donnait
congé. Il a devancé Clara qui le regardait avec des yeux
d'acier. Il n'a pas osé lui tendre la main pour recevoir
l'hommage.

Don Gonzalo parti, maman a éteint toutes les bougies et ouvert les portes-fenêtres du jardin pour permettre à la pesante odeur de mèche brûlée de s'échapper. La réalité est venue nous tenir compagnie.

Elle, maman, a distraitement enlevé ses bijoux, soigneusement plié sa mantille, et dit :

« Vous m'excuserez si je ne vous accompagne pas
dans ce petit déjeuner tout à fait spécial, mais je me
sens un peu fatiguée. Je pense que je vais aller me
reposer un peu. »

Avant de sortir, une sorte de doute auréolant ses mouvements imprécis, elle a ajouté :

« Je suis ravie de votre comportement. Vous commencez à faire de ma vie une aventure parfaitement insoupçonnable. Merci. »

Après son départ, mon frère Antonio et moi, nous nous sommes regardés, hébétés.

« Elle est aussi maligne que toi, a dit mon frère.

— Elle est méchante. Je ne veux pas qu'elle soit d'accord avec notre vie. Elle n'en a pas le droit.

— T'inquiète pas, elle est pas d'accord. Je crois qu'elle fait semblant.

— Et lui ? Est-ce que je devrai lui baiser la main tous les jours ?

— Si tu ne veux pas le faire, tu ne le fais pas. Un point c'est tout. Tu n'as qu'à dire que tu es allergique.

— Qu'est-ce qu'il a à voir avec Dieu, ce type ?

— Personne n'a rien à voir avec Dieu. Même pas moi. Même pas toi. Même pas Dieu lui-même. Dis, tu veux qu'on monte à la chambre et que je t'explique tout ça ? Je ne pourrai pas suivre mes cours si tu me laisses partir comme ça. »

Mais, à ce moment, j'avais d'autres préoccupations concernant mon état de chrétien, étape nouvelle dans ma vie. Et, de toute façon, alors que j'étais sur le point de succomber à la tentation, Clara est entrée avec le petit déjeuner.

Seulement, elle n'est pas repartie tout de suite après, selon son habitude. Elle a servi trois tasses de chocolat, trois verres de lait, s'est installée confortablement sur le canapé et a fait face à mon frère, qui faisait la gueule.

« Heureusement pour toi, mon costaud, tu ne vois pas la tête que tu te paies. »

Ça commençait mal. Clara venait en guerrière. Je suis intervenu :

« Tu sais que je viens d'être baptisé ? C'était ça, le mystère.

— Mais naturellement, mon petit. C'est pour cela que je me suis dit : « On ne peut pas laisser les gosses célébrer tout seuls l'événement. » Et me voilà. Il est assez sucré ? »

Mon frère n'a pas considéré qu'il était nécessaire de répondre.

« Il est très bon, ai-je dit.

— Je me suis levée à quatre heures du matin pour le préparer. Je me suis dit qu'il faudrait te régaler d'un bon petit chocolat pour te faire oublier le goût du sel. »

Là, elle a éclaté d'un rire sonore.

Antonio :

« Je ne vois pas ce qui te fait marrer comme ça ?

— Chacun son tour. Ce matin, c'était bien toi qui te marrais.

— Bon. Il se fait tard. Il faut que je parte. »

Et il m'a regardé avec des yeux suppliants.

« Un moment ! (La voix de Clara avait un ton d'autorité inconnu jusqu'alors.) Tu sais ce que j'étais en train de penser, dans la cuisine ? »

Mon frère se tenait sur ses gardes. Je le voyais moins courageux que d'habitude. Clara, il fallait se la farcir.

« Eh bien, j'ai pensé, et décidé d'ailleurs, que toi et moi, on allait faire un cadeau au petit. »

J'ai dressé l'oreille.

« Un cadeau ? a demandé mon frère méfiant.

— Une promenade en ville. Nous allons t'accompagner au lycée. »

Le visage de mon frère s'est brusquement éclairé. Il s'est jeté sur Clara pour l'embrasser.

« Tu es géniale ! »

J'ai demandé faiblement :

« Mais qu'est-ce qu'elle va dire, maman ? »

Et Clara :

« Elle dort. Dans deux heures, elle se réveillera, prendra le téléphone, et tout le monde apprendra que son petit est sorti de sa longue maladie et qu'il a été baptisé. Tu ne veux pas en finir une fois pour toutes avec cette histoire ? »

Facile à dire. Sans aucune conviction, j'ai répondu :
« Bon, si vous voulez... »

Antonio, énergique, a pris la parole :
« Bon Dieu, pas un mot de plus ! (Voilà qu'il blasphémait le jour de mon baptême.) J'ai décidé que tu allais sortir ce matin et tu vas sortir. Et si elle fait la tête, tant pis pour elle ! Tu te rends compte que tu vas avoir bientôt treize ans ? »

Treize ans. Les mots ont résonné dans le salon comme des coups de tonnerre. Treize ans enfermé dans un monde clos. Ça devait être épouvantable. Mais, pour moi, ça ne l'était pas. Ce monde, je le connaissais. Il y avait l'univers passionnant de maman, les bras de mon frère, l'absence de papa et la compagnie de Clara. Il y avait le jardin et le merle. Le vieux marronnier des Indes. Et don Pepe. Et cette nouvelle aventure qui s'ouvrait avec don Gonzalo.

Mais l'autre monde, *l'extérieur*, qui le connaissait ? Qu'est-ce qu'on y trouvait ?

Très gais, préparant la route à suivre, Clara et mon frère finissaient leur petit déjeuner. Quant à moi, le chocolat s'était transformé en brique qui me pesait sur l'estomac.

Nous nous sommes tous levés. J'ai regardé anxieusement le salon et je me suis dit que c'était la dernière fois que je le contemplais avec mon regard de toujours. Et, avec une avidité désespérée, j'ai essayé de me remplir les yeux de cette image haïe et aimée, la seule que je connaissais, la seule qui pouvait se reproduire avec précision dans mes rêves.

Puis, sans nous presser, les épaules fortement ser-

157

rées par le bras droit de mon frère, j'ai quitté le salon, traversé le hall et gagné la porte de sortie que Clara ouvrait toute grande sur la lumière de la rue, me regardant de ses yeux pleins de courage et avec la déférence qu'on accorde à un prince. Ou à un mort. Elle n'avait plus qu'à annoncer à haute voix : « Lazare quitte enfin le règne des ténèbres ! »

CHAPITRE XI

La ville. A sept heures du matin.

Toutes les cloches des églises appellent, impatientes, leurs fidèles. On se presse un peu partout : des silhouettes noires ou foncées qui sortent de tous les coins. Des vieilles femmes, des jeunes filles, la tête basse comme si elles avaient peur d'être reconnues ou interpellées, ou tout simplement arrêtées dans leur course. Et des jeunes hommes fiers, convenablement rasés et habillés, un livre de prières à la main.

Mais aucun d'eux n'a l'air de se rendre à une fête. Il ne me faut pas longtemps pour comprendre que, dans la ville, c'est dans le silence et la solitude que l'on se rend à l'église.

« Où vont-ils ?

— Ils vont à la messe avant de se rendre aux cours ou au travail.

— Les vieilles aussi doivent aller au boulot ?

— Non. Celles-là restent à l'église jusqu'à midi.

— Elles ont plus de prières à faire ?

— Faut croire. »

Clara n'est jamais prête à s'attarder sur ce qui touche à la religion. Mais elle m'observe du coin de l'œil et son regard suit le mien.

Il y a des tas de chiens dans la ville, tous en train de poursuivre au ras du sol une proie parfaitement invisible. Ils pissent tous sur le même tronc d'arbre, avec un indéniable sens civique. Et pas de maîtres en vue. Parfois, ils vous font la gentillesse de venir flairer vos chaussures ou vos mains, et si on essaie de les caresser, ils remuent furieusement la queue pendant trois secondes pour qu'on ne les prenne pas pour des ingrats. Puis, immédiatement, ils foutent le camp en trottinant de côté, comme s'ils n'avaient aucun sens de la ligne droite. Ils ne se donnent pas non plus la peine d'aboyer à cette heure matinale.

« On pourrait en prendre un avec nous, *peut-être*, s'ils n'ont pas de maître ?

— Pense à la tête que ferait ta mère et pose encore une fois la question. »

Je suis le conseil de Clara, je réfléchis et je ne pose plus la question. Elle, maman, est vague, imprécise, tout ce qu'on voudra, mais, en ce qui concerne les animaux domestiques, elle est aussi tranchante qu'un couteau bien aiguisé. Clara s'y connaît. Vingt ans déjà qu'elle est avec maman, jour et nuit, vingt ans qu'elle demande un canari en cage pour égayer sa cuisine, vingt ans que maman refuse avec énergie.

« Si tu veux un chien, je t'en achèterai un, décide soudain mon frère Antonio.

— Tu te prends pour qui, toi ? »

Le ton de Clara ne laisse aucune place au doute. Je n'aurai pas de chien.

Il y a aussi quelques chats en ville, mais on dirait des éclairs, blancs, noirs, gris ou jaunes, qui disparaissent en un clin d'œil par les portes des jardins ou les fenêtres ouvertes. Les chiens n'ont même pas le temps de se mettre à leur poursuite. Vu et pas vu. Les hirondelles sont les seules à s'apercevoir de leur présence, quand elles font le tour des coins de rue en frôlant le trottoir avec leur ventre, habitude qu'elles semblent chérir passionnément. Les chats s'y connaissent et les attendent là, sans bouger, aplatis, et leur sautent dessus à toute vitesse. Beaucoup tombent dans leur gueule. Excellent petit déjeuner quand on a le ventre vide, je suppose.

Des quantités de places. Petites ou grandes. Et toutes couvertes d'acacias et de parterres de géraniums rouge écarlate, quelques bancs peints en marron et une fontaine où se dresse (ou s'assied) un monsieur qui a presque toujours la tête de mon grand-père (je veux dire d'après le portrait accroché dans le hall).

Mais personne assis ou en train de se promener. Seulement des types qui s'occupent du jardinage, qui arrosent les parterres, les arbres, les bancs, le monsieur de pierre à la grande moustache, le trottoir, les chats, les hirondelles, la chaussée, les chiens, les voitures et les passants, dont nous faisons partie. La cigarette aux lèvres, ils semblent chanter quelque chose entre leurs dents; ou peut-être se parlent-ils tout seuls. Clara rigole de voir ses espadrilles et ses bas trempés.

La journée promet d'être chaude, le soleil brille déjà sur les terrasses des maisons et la cime des arbres, mais l'arrosage matinal de la ville dégage une agréable sensation de fraîcheur. Les mouches se tiennent tranquilles à cette heure, mais il se peut aussi qu'il n'y en ait pas en ville, qu'elles soient toutes prisonnières dans notre jardin.

Je pense qu'on est en train de suivre le chemin qui mène au lycée, chemin composé de rues étroites et insoupçonnées, au tracé anarchique. Mon frère Antonio a l'air pressé, mais il ne manque pas de me signaler certains endroits qui, selon lui, pourraient m'intéresser.

« C'est là que j'ai acheté ma règle à calcul. »

Ou :

« C'est là que maman a commandé ton bouquin d'histoire et tes cahiers. »

Et Clara :

« Et là, son livre de prières, quand la boutique était à la mode. »

« Librairie religieuse », peut-on lire encore en haut des volets métalliques. Evidemment, mon univers est trop restreint. L'histoire de la ville ne me concerne pas. J'ai vécu comme un poussin dans un œuf qui, inexplicablement, ne s'est jamais cassé. Alors, voilà : il y a mon œuf et la ville, deux éléments vivant côte à côte, mais tout à fait étrangers l'un à l'autre.

Je ne cherche pas à comprendre. De toute façon, personne ne me regarde comme si je venais de tomber d'une autre planète. Je peux vivre et mourir à la maison, prendre mon bain et mes repas avec mon frère, mes cours avec mon professeur, me lever et me coucher comme tout le monde, être habillé à la mode du jour grâce aux catalogues de maman, sans avoir aucune relation, même pas visuelle, avec les gens de l'extérieur, et personne n'en fera une histoire. Je pense que ma réputation de *monstre* ou de *malade incurable,* ce n'est qu'un truc téléphonique. Maman et ses amies connaissent ça en long et en large, mais pas les autres. Pas la ville.

Et puis, les drapeaux, rouge, jaune, rouge.

Il y en a partout. Sur les toits des bâtiments publics et au bout des longues hampes plantées aux carrefours. Et, ce qui est plus surprenant, sur les balcons des maisons particulières, cachant parfois le beau travail de fer forgé ou les pots de fleurs, et aussi tout en haut de la tour d'une église, confondus avec la croix, ou flottant aux fenêtres rondes des couvents comme des tapis exposés au soleil.

Je regarde, hébété, cette floraison inattendue de rouge, jaune, rouge qui donne à la ville un air médiéval et évoque l'image d'un campement de nomades qu'on va démonter le lendemain matin pour le transporter ailleurs. (Vu dans un livre.) Ce n'est pas possible qu'il

162

soit là pour toujours, ce revêtement absurde qui traves-
tit la ville et humilie la pierre et la chaux. Si j'étais un
oiseau, j'aurais déjà foutu le camp à la recherche d'un
paysage naturel. Mais non. Ils sont là, les oiseaux. Et
ils chient sur les hampes (symbole).

Nous arrivons sur la belle place aux arcades où se
trouve l'hôtel de ville. On a l'impression d'être entré,
soudain, dans un cloître. De hauts palmiers grimpent
jusque par-dessus les toits de tuiles rougeâtres, les
aiguilles et les coqs en fer qui surmontent les tours. On
dirait qu'ils cherchent un ciel immaculé pour s'envoler,
s'échapper. Ce ciel limpide, miroir de la mer, où personne n'a encore réussi à accrocher un drapeau rouge,
jaune, rouge. Ils sont si délicatement verts, ces palmiers, qui respirent l'air le plus pur, que la rouille de
leurs troncs semble être artificielle, du plastique pour
apprivoiser les racines trop amoureuses du ciel bleu.
Les oiseaux jouent à leur montrer le chemin de la
liberté, inconscients et méchants comme ces gens en
bonne santé qui rendent visite aux malades incurables
à l'hôpital.

Les arcades s'alignent autour de nous avec la discipline d'un défilé le Jour de la victoire (mais cela doit
être par hasard). Chacune d'entre elles porte des armes
et des symboles différents, mais tous encadrés dans le
même écu au dessin aristocratique. Sous les voûtes, la
lumière, déjà tamisée par l'absence presque totale de
soleil sur la place, se défait jusqu'à devenir ombre. Je
distingue à peine le visage de Clara et de mon frère.

La place est un jardin, mais sans gazon. Trois
énormes bandes de fleurs rouges, jaunes, rouges. Le
jardinier municipal doit être, lui aussi, un obsédé des
drapeaux. C'est sûrement lui qui s'occupe de la fontaine ronde, où des dizaines de poissons rouges,
jaunes, rouges évoluent parmi les nénuphars. Seulement, la discipline ne semble pas avoir atteint ces pe-

163

tits êtres paresseux qui remuent dans la plus complète anarchie, et il faut faire un grand effort pour les imaginer en rangées précises de rouge, jaune, rouge, image vivante d'un drapeau aquatique. On trouvera sans doute un jour le jardinier noyé dans les eaux troubles de son échec, et personne ne saura jamais pourquoi.

Au milieu de la fontaine, il y a un grand piédestal, et dessus un cheval, et dessus un militaire. Le tout forme une aberrante combinaison de bronze et de pierre.

« Qui est-ce ?

— C'est lui.

— Qui, lui ?

— Lui ! Celui qui parle toujours à la radio de ton père ! »

Merde ! Jamais je n'aurais cru le rencontrer comme ça, pétrifié sur un cheval de bronze. Fossilisé. Mais voilà, tout est possible. Le Commandeur, statue de pierre, parle. Pourquoi pas lui ?

Je le regarde attentivement. Il est petit, gros, paré de cordons, de médailles et d'épées, le visage sans noblesse, les yeux ronds et froids, une moustache petite et carrée de gigolo de quartier. Il me semble parfaitement minable sur son beau cheval. Il n'aurait jamais dû y monter. Sans le savoir, le sculpteur a fait un chef-d'œuvre. C'est du moins ce que dit mon frère, l'ironie aux lèvres.

On fait le tour de la place. Il y a quatre allées et chacune d'entre elles se caractérise par un monument. Sur l'allée principale se trouve l'hôtel de ville avec son grand balcon, d'où les grands personnages laissent tomber leurs discours comme une pluie malsaine sur le petit peuple. (Encore une remarque de mon frère.) Sur la droite, le couvent des clarisses. (De leur four, sortent les gâteaux les plus chers de la ville. C'est là que maman commande ses tartes pour les anniversaires de ses amies, la confrérie des invisibles.) Sur la gauche, le

164

monument aux morts de la guerre civile. (Clara : « Mon mari n'y est pas, évidemment. C'était un *rouge*. Il ne compte donc pas. ») Et face à l'hôtel de ville — cherchons le symbole — les toutes premières portes des maisons closes. Une vieille prostituée que les maladies vénériennes ont rendue chauve, les lèvres peintes d'un rouge vicieux, fait la réclame, assise sur une chaise de corde. Telle qu'elle est, on pourrait penser qu'elle est vouée à l'échec. Mais non. Un monsieur entre deux âges, convenablement habillé de gris, échange deux mots avec elle et disparaît dans l'ombre d'une porte. Le *vampire* aux lèvres saignantes le suit. Clara dit que c'est un peu tôt pour ce genre de *commerce*. Mais je ne vois pas pourquoi. Mon frère Antonio rigole et Clara me tire furieusement par la main. Je sens qu'elle veut me montrer quelque chose, mais qu'elle ne veut pas l'avouer. Nous faisons donc quelques détours architectoniques, jouons à l'épouvantail au milieu d'un cercle de pigeons et nous retrouvons soudain face au monument aux morts. Il est construit en trompe l'œil. Les arcades qui forment sa façade sont bien là, mais derrière, le corps de l'édifice n'existe plus.

« Les bombes, tu sais ?

— Quelles bombes ?

— Celles que jetaient les avions allemands, qu'on essayait pendant notre guerre, explique mon frère. Don Pepe ne t'a pas parlé de ça ? Ce n'est pas dans l'histoire officielle.

— Oui, il m'en a parlé. Il m'a raconté qu'on avait eu besoin de cette guerre, la nôtre, pour mesurer la force de frappe de Hitler.

— C'est juste. Mais sois sage et ne parle pas si fort de ces choses-là. Les pierres ont des oreilles. (Encore la loi du silence. J'ai baissé la voix.)

— Et vous, pourquoi avez-vous permis ça ? »

Je pose la question à Clara. Des deux, il n'y a qu'elle

165

qui puisse me répondre. Elle a vécu la guerre, Clara-blessée.

Elle me regarde longuement, une lueur de surprise dans les yeux.

« En vingt ans, c'est la première fois que j'entends quelqu'un me poser cette question. Je veux dire en dehors de moi-même. Parce que moi, oui, je me suis très souvent demandé pourquoi. Et tu sais, je n'ai jamais réussi à trouver la réponse. Evidemment, il y avait la foi. Mais aussi la candeur. Je pense que la foi ne nous perd jamais. La candeur, oui... »

Le soupir qu'elle laisse échapper me semble plus une conclusion qu'un regret. Elle change de sujet :

« Sous la République et pendant la guerre — maintenant, on dit toujours « à l'époque des rouges » — il y avait ici un grand édifice similaire à ceux qui entourent la place, qui était la Coopérative du Peuple. Tout le monde y venait pour acheter des choses beaucoup moins chères que dans les autres magasins de la ville. On y trouvait de l'alimentation, et puis du linge, des outils, du papier et des crayons pour les écoliers, des berceaux pour les bébés. A chaque fois que je venais pour faire des provisions en ville, je restais en contemplation devant un berceau bleu pâle... J'aurais bien voulu avoir un garçon. Je n'en ai pas eu le temps. »

Le ton de sa voix est au-delà de la tristesse; j'ai l'impression que, de ce souvenir, il ne lui reste plus qu'une image, un berceau bleu pâle, mais pas de sentiment. Vingt ans, c'est trop long pour éprouver encore du chagrin.

« Tiens! pour te donner un exemple, un jour, j'ai voulu acheter du rouge à lèvres à la coopérative. Il n'y en avait pas. Tu vois ? C'était plutôt du genre pratique. Et il y avait toujours un monde fou. Comme à une fête. »

Je trouve anormale cette ombre de tristesse qui passe un moment, comme un nuage, sur le visage de mon frère. Mais, lui aussi, il écoute attentivement Clara. Et son affection pour elle a cinq ans de plus que la mienne. C'est peut-être sur lui qu'elle a toujours cristallisé son amour maternel frustré.

« Regarde maintenant ce qu'est devenue cette fête. »

Les arcades, de l'autre côté, murs à moitié brunis, comme des ruines brûlées, sont presque entièrement recouvertes de lierre que l'arrosage matinal maintient d'un vert éclatant. L'esplanade semble avoir été frappée par le gigantisme : ni arbres, ni fontaine, ni statue équestre, mais un énorme drapeau de cailloux rouges, jaunes, rouges qui frappe l'œil comme une tache de sang sous le soleil déjà brûlant. Et c'est ce soleil qui me fait demander à mon frère, comme pour fuir la présence trop agressive du drapeau :

« Et tes cours ?

— J'irai plus tard. On fait du tourisme ! »

J'ai droit à un clin d'œil, pour me tranquilliser. Antonio voit trop clair en moi. Je regarde encore l'esplanade.

Dans cette orgie de victoire, le monument aux morts semble d'une simplicité étonnante : une croix en marbre gris, dont la silhouette se dessine sur la grande avenue, derrière. Les marches sont couvertes de couronnes. Le laurier prédomine.

« Peut-on lire ce qui est écrit sur les rubans ?

— Sur ces rubans est inscrite la haine envers près de deux millions de morts et quelques vivants. Il vaut mieux que tu ne les lises pas. »

Mon frère me fait pivoter et nous regagnons la place.

« Tu vois, c'est ici que commencent tous les défilés de la Victoire et toutes les processions. C'est le centre de la ville. »

Le temps de contempler le monument aux morts, la place s'est remplie de monde. Des gens qui vont et viennent, des nourrices qui traînent des poussettes où sont couchés des bébés gueulards, des domestiques qui promènent des chiens de luxe, des mendiants qui demandent à tout un chacun une pièce de monnaie « pour l'amour de Dieu », des agents de police qui empêchent les enfants d'abîmer le drapeau de fleurs rouges, jaunes, rouges. Je n'ai jamais vu autant de monde. Je serre fortement les mains de Clara et de mon frère.

Mais personne ne me regarde ni me demande d'où je sors. Tout au plus des yeux envieux se posent sur mes vêtements luxueux, sans même monter jusqu'à ma figure.

C'est mon premier bain de foule, et il est tout à fait différent de ce que j'en attendais... si j'en attendais quelque chose. Je me demande pourquoi cette foule me frappe de façon inattendue. Au bout d'un moment, je comprends : il n'y a pas de bruit. Je veux dire de bruit intérieur. Derrière les conversations de vieillards, les cris des enfants, les prières des mendiants et les ordres des policiers, il règne le silence. Comme si ces paroles, ces cris, ces prières et ces ordres n'étaient pas vrais. C'est le même phénomène qu'à la maison. Mon aventure dans le monde extérieur est ratée. Ce ne sont que des apparences. Pas un monde. Et surtout pas un univers.

C'est certainement pour cela que personne ne semble s'étonner de ma présence. Ni eux ni moi n'avons de réalité. Quelqu'un a construit l'apparence d'un monde où nous ne sommes nous-mêmes que des apparences. Et nous nous promenons là (inutile d'employer un mot plus terrifiant) à la merci d'une volonté inconnue qui n'a pas pris la peine de concevoir un autre avenir pour nous.

Autant rester à la maison. Quelle importance ?

Nous quittons la place et nous engageons dans les ruelles qui descendent en pente vers je ne sais où. Là, il n'y a plus de trottoir. Seulement des pavés énormes, bosselés par la pluie et le temps. Tous les quelques mètres, le miracle d'un patio fleuri, entrevu à travers un vieux portail plein d'ombres, surprend le regard et laisse échapper une bouffée d'air parfumé. Le sol, arrosé de frais, incite à s'attarder pour bavarder ou se livrer à quelque travail artisanal. Mais tout cela doit se passer — si cela se passe — à la tombée du jour, pas à dix heures du matin.

Je crois toujours que ces ruelles ne mènent nulle part, mais nous tombons, soudain, sur une place carrée, en pierre, et brûlée par le soleil. Pas d'arbres. Pas de fontaine. Pas de statue. Pas de drapeaux. Pas d'ombre. D'un côté, le palais de l'évêché, plus brodé qu'une robe de mariée, et tout le reste — mais vraiment tout le reste — est occupé par une énorme forteresse moyenâgeuse : la cathédrale.

« Il n'y a que deux cathédrales-forteresses dans toute l'Espagne ! Et voilà l'une d'elles », m'annonce mon frère avec une certaine fierté (je ne sais pas si c'est à cause de la cathédrale ou du fait d'être au courant de sa singularité).

La cathédrale est aussi belle que sinistre. A ras le sol, elle expose toute une série de fenêtres, basses et garnies de barreaux de fer, sans doute les cachots où l'on enfermait les hérétiques. Je ne vois pas l'utilité de ces barreaux, je trouve ça plutôt aberrant, étant donné que mon corps ne pourrait pas passer à travers l'une de ces fenêtres. (Mais à l'époque, quelle que soit cette époque, les hérétiques devaient être très maigres.) Même pour un chat, il serait difficile de s'enfuir.

Le long de la façade, on voit les carcans où l'on enchaînait les prisonniers et les poteaux où on les soumettait publiquement à la torture. Le foule devait remplir cet énorme square brûlé et, priant le Bon Dieu en goûtant la mort des renégats, se lécher les babines. On appelle cette époque la Reconquête. Selon don Pepe, l'époque où nous avons jeté par la fenêtre l'une des plus belles cultures qui soit : la culture arabe.

La cathédrale ne paraît pas s'inquiéter de mes réflexions. Ses remparts montent vers les cieux, si hauts qu'ils doivent savoir par cœur le langage des oiseaux. Et pas de filigrane. Ça finit soudain, ligne horizontale, sans tour ni clocher, aussi carré qu'un port de haute mer.

« Un jour, dit mon frère, nous y entrerons. Tu verras. On a l'impression qu'on se trouve sous terre, mais vraiment au fond même de la terre, et qu'il n'est pas possible qu'il suffise de quelques pas pour nous ramener à la surface.

— C'est parce qu'il n'y a pas de fenêtre », ajoute Clara, l'air savant.

Avant-dernière observation : par les gros trous ronds des corniches, on voit les bouches noires et rouillées des canons en fonte.

« Et ces canons ?

— Ça, c'est pour le décor. Ils n'ont jamais servi à rien. On les a mis là pour remplir les trous, je crois. Au lycée, tu auras droit à un cours mensuel d'histoire de la ville. »

Dernière observation : curieusement, il n'y a pas de drapeau rouge, jaune, rouge sur ce colosse de pierre.

« Pourquoi ?

— Parce que... »

Aucune explication ne m'est fournie. Sera-t-il possible d'en apprendre la raison aux cours mensuels d'histoire de la ville ?

Abandonnée, la place de pierre reste muette et presque vide derrière nous. Il faudra qu'un jour j'y revienne seul pour tâcher de chercher la cause de l'angoisse grandissante qui me serre le ventre à la vue de tant de sécheresse.

Encore des ruelles en pente. Et toujours pas d'arbres.

« Où mène cette rue ?

— A la mer. »

170

Il me semble que l'on sent déjà une odeur de sel et d'algues. Et j'entends tout à coup le cri des mouettes, comme si la seule annonce de la mer avait déclenché un concert de signes.

Mon frère me montre du doigt un beau bâtiment ancien dont il ne reste que la carcasse. Celui-là a bel et bien été brûlé par le feu.

« Le siège officiel de la Sainte Inquisition, incendié par le peuple révolté en 1810. Il n'a jamais été reconstruit. »

Je commence à avoir la science des mots, et leur prononciation provoque en moi des idées spontanées, dont l'effet est, très souvent, physique. Le mot « révolte », par exemple, fait bouillir mon sang et le précipite, brûlant, le long de mes veines. Ce feu mouvant atteint toutes les parties de mon corps et me donne la certitude que, un jour, je serai révolutionnaire. (A suivre ?) Le *peuple révolté*, ce sont les plus belles paroles que j'aie entendues ce matin. Et c'est mon frère Antonio qui les a prononcées. « Antonio, je t'aime. » (A constater.)

Après, ce sont les mouches. Elles font leur apparition sur un terrain vague où campent des gitans, entourés de poules, de porcs et d'ânes qui les suivent toujours. Clara dit que tout ce qui se trouve là-dedans est volé, mais je ne vois pas comment ils pourraient voler les paniers qu'ils sont en train de tresser avec des roseaux tendres découpés en quatre lanières flexibles.

« Le reste, c'est volé. Pas les roseaux. Ça pousse un peu partout au bord des rivières, et c'est à tout le monde.

— Ah ! bon. »

Alors, ce doit être vrai. C'est eux qui ont volé les mouches. Des essaims de mouches qui se décollent soudain d'un fumier pour se poser tout de suite après sur un autre. Il règne chez elles une discipline superbe. Toutes ensemble, nuage gris foncé, elles se déplacent

171

dans un bourdonnement soyeux. Les gitans sont de parfaits éleveurs de mouches. Là où ils vont, elles les suivent. Ce doit être pour cela que je n'en ai pas vu dans la ville.

En sortant du terrain vague, mon costume de baptême n'est plus aussi net qu'il l'était ce matin à cinq heures et demie. Clara commence à rouspéter. Je crois en déduire que ça va lui prendre quelques heures de lavage et de repassage. On gagne donc une rue parfaitement appropriée à mes chaussures et à mes habits, c'est-à-dire propre.

Et c'est au bout de cette rue que nous tombons sur la place où s'élèvent l'église de la sainte patronne de la ville et le lycée. Là encore, des drapeaux rouge, jaune, rouge (qui ne me surprennent plus), mais un nouvel aspect de la vie sociale s'offre à mes yeux : des groupes de garçons et de filles remplissent le jardin, les trottoirs et même la chaussée. Ils parlent tous à haute voix et de façon tellement naturelle que j'ai l'impression d'avoir enfin quitté le royaume du silence. Que c'est beau, la parole ! Ça me tracasse un peu, mais ça me plaît quand même. Mon frère Antonio dit bonjour à tout le monde, me prend par les épaules, et quand on lui demande pourquoi il a séché les cours ce matin, il répond qu'il a dû m'accompagner chez le docteur.

« Ça pousse, mon petit frère, hein ? On a peur qu'il attrape les oreillons. »

Et il rigole de moi, ce menteur.

Mais, malgré tout, c'est pour moi un excellent bain de foule. Je crois déceler, dans le tas, des regards trop attentifs à ma petite personne. Et je trouve que le lycée me convient. (Je sais à quoi je pense.)

Finalement, mon frère déclare qu'il ne doit pas rater ses autres cours, m'embrasse sur les lèvres (devant tout le monde, le salaud !) et nous quitte pour rejoindre ses copains, se dandinant comme un jeune bouleau qui

172

prend la brise pour un grand vent. (Façon de parler de Clara qui ressort de temps à autre son enfance paysanne et son imagerie andalouse.)

« Nous rentrons ?
— Et la mer ? »

Clara me regarde, étonnée :

« Mais c'est vrai, mon cœur, tu n'as jamais vu la mer ! »

Son regard devient fixe, profond, angoissé, comme si elle réalisait soudain mon enfance cloîtrée. Qu'est-ce qu'elle a, la mer, pour lui faire cet effet ?

Elle doit deviner ma pensée et répond :

« On s'en va par la mer. (Clara aussi prisonnière !) Allons y jeter un coup d'œil. »

Clara s'est animée à nouveau. Nous descendons une avenue bordée d'acacias, nous traversons les beaux jardins des quais (plus de drapeaux rouge, jaune, rouge miraculeusement), et avant de voir la mer, j'aperçois des voiles et des mâts, des cercles de mouettes dans l'air et d'autres drapeaux de couleurs différentes. C'est le port.

Des barques, des bateaux, des hommes qui travaillent en poussant des cris étranges, des grues et des hangars, des trains et des camions, chargés de caisses d'oranges, de tas de minerais. Un sifflement aigu signale le départ d'un bateau. Un autre lui répond apparemment dans le même langage. Les oiseaux marins s'affairent, affolés. Les chiens qui gardent les entrepôts aboient comme des obsédés. Et ce vent qui promène toutes sortes de parfums, de l'odeur du poisson jusqu'à celle de la myrrhe.

Les sensations s'enchaînent si rapidement que je n'arrive pas à en retenir les images. Quelqu'un se noie au milieu du port. Il crie.

« Mais non, il ne se noie pas !
— Alors, qu'est-ce qu'il fait ?

— Il nage. »

Il nage. Je reste un moment pensif. Moi, je ne sais pas nager.

Constatation : ce premier jour en ville m'a montré qu'il existe un tas de choses qu'il me reste à apprendre.

Nous rentrons à la maison. Elle, maman, nous attend dans le hall. On dirait qu'elle s'est réveillée en sursaut, ses yeux sont grands ouverts. Je vois dans son regard un cri sur le point d'exploser, mais elle se retient et dit sèchement :

« Préparez sans plus tarder le repas du petit. N'oubliez pas que ses classes commencent à une heure trente. Quant à nous, nous pouvons attendre. »

Elle n'a pas ajouté son habituel *ma chère*. Revêche, Clara soutient son regard. Elle, maman, nous tourne le dos et remonte l'escalier. Je m'en fous.

La seule pensée qui m'occupe maintenant, c'est que j'ai tout à apprendre sur *ma* ville. Je prends la décision de questionner don Pepe à ce sujet, même si les maths en souffrent. Plus tard, dans l'après-midi, monsieur mon professeur lancé dans une brillante explication de la racine carrée, j'en profite pour lui poser soudain ma première question à propos des drapeaux rouge, jaune, rouge.

Il jette la craie, me regarde, se regarde peut-être lui aussi, et je n'ai droit qu'à une réponse courte et méprisante :

« C'est le drapeau du franquisme. »

Il s'enferme dans le silence et ne reste pas pour le goûter. La racine carrée s'éloigne à toute vitesse de mon esprit, chat fouetté. « Qui s'informe trop finit par connaître son mal », dit Clara.

QUELQUEFOIS, aux heures où je savais que tout le monde était occupé à la maison et que personne ne remarquerait mon absence, j'ouvrais la petite porte du jardin et disparaissais dans le mystère de la ville. Lors de ces escapades, j'évitais soigneusement de me faire des amis. Je ne voulais pas que des copains éventuels viennent frapper à notre porte pour me demander de faire un tour ensemble. Je m'efforçais de séparer le monde de la ville de celui de la maison, ma famille du reste du monde. D'ailleurs, mon enfance m'avait accoutumé à ne pas mélanger les choses, à garder pour moi toutes mes expériences; bref, à mener une vie secrète. Comme lorsque j'étais tout petit, pour me cacher des autres ou pour réfléchir en toute tranquillité, j'avais mes coins spéciaux dans la maison, il m'arrivait aussi, maintenant, d'avoir des préférences pour certains coins de la ville. Je savais que Clara et mon frère Antonio n'y passeraient pas et que ce n'étaient pas des endroits où la confrérie des invisibles pourrait m'apercevoir et se dire que mon visage lui rappelait quelque chose. (Ma ressemblance avec maman s'accentuait chaque jour davantage.)

J'ai appris ainsi à connaître la ville par moi-même, sans guide et d'une manière presque illicite. Avec le temps, ce goût et ce besoin viscéral de tout ce qui est *illicite* deviendront un symbole pour moi. Dans ma ville, je pouvais regarder et observer sans être reconnu ni interpellé; j'étais pour ainsi dire assuré de l'impunité.

En même temps, mon instruction profane et religieuse (façon de parler de don Gonzalo) suivait son rythme, mais cela exigeait de moi plus d'heures d'étude et beaucoup plus de concentration. Don Pepe et don Gonzalo, se sachant tous deux les seuls maîtres de la presque totalité de mon temps, rivalisaient pour savoir lequel des deux m'obligerait à rester plus d'heures par jour dans la vieille salle à manger de l'étage que maman avait aménagée pour mes devoirs et les séances d'évangélisation de don Gonzalo. Celui-ci (conspiration parfaitement réussie, d'ailleurs, par maman) ne devait surtout pas se heurter à la maison à « ce compagnon du diable, ton professeur dans les autres matières ». Dans cette seule phrase, la haine et le mépris étaient en équilibre si précaire qu'on aurait pu décerner à don Gonzalo le titre de roi du mélodrame.

La guerre, à présent, se déroulait sur trois fronts. L'un était composé par monsieur le spécialiste et moi, ennemis déjà presque traditionnels; l'autre par le confesseur de maman et moi. Mais comme aucun de nous deux ne connaissait encore les règles du jeu de l'autre, on perdait beaucoup de temps en escarmouches. Enfin, le troisième front, celui qui nous concernait tous les trois en tant qu'entité sociale parfaitement définie, était composé, d'un côté, par moi tout seul, l'enseigné, et de l'autre, par eux deux, les enseignants. Jamais je ne suis arrivé à comprendre comment, se détestant comme ils se détestaient, ils arrivaient à un accord si parfait entre leurs méthodes de travail et leur application. Mais moi aussi j'avais ma méthode de vengeance. Quand ils faisaient par trop usage de méchanceté à mon égard, je constatais invariablement, l'air surpris :

« Oui, monsieur. C'est bien ça que dit don Gonzalo (ou don Pepe). Et vous devez avoir raison tous les deux, puisque vous vous accordez sans même vous connaître. Du moins, autant que je le sache. C'est drôle, quand même. Vous êtes comme les deux moitiés d'une même orange. Ce doit être de la télépathie. »

Je disais tout cela d'un trait, sans reprendre mon souffle (pour ne pas leur laisser le temps de répliquer). Je les voyais devenir rouge jusqu'à l'explosion finale. Alors, je quittais la pièce. Les tempêtes, il vaut mieux les fuir. Mais je pensais, plein d'amertume, que je n'avais pas encore trouvé la formule pour les faire éclater *vraiment*, jusqu'à l'apoplexie. Et je ne l'ai jamais trouvée : ils doivent être encore vivants, tous les deux, dans une église ou un salon ouaté, quelque part dans la ville ou le pays, en train de martyriser les garçons de *mon espèce* (formule de maman). A cette époque, je pensais que le comble du raffinement aurait été de provoquer leur mort sans avoir de sang sur les mains. La formule aurait certainement plu à maman. Je sentais parfois qu'elle en avait besoin, ne serait-ce que pour se détruire elle-même ou détruire Clara. Mais... enfin, rêve sans lendemain, comme tant d'autres dans ce monde imparfait.

Don Gonzalo se donnait à son boulot d'évangéliste, la fièvre aux yeux et à la bouche. En l'entendant m'assommer sans répit de prières et de commandements, de paroles de l'Evangile et de citations des Pères de l'Eglise, on aurait pu penser que la mort me guettait partout et à chaque instant et que les « portes rougeoyantes de l'enfer » étaient prêtes à m'accueillir si je n'étudiais pas pour « détourner de ma tête le malheur que les *circonstances* avaient placé dès ma première enfance ». Là, il en profitait pour parler des *rouges* comme d'une affreuse calamité (annoncée déjà dans la Bible, bien sûr, mais je ne me souviens plus dans quel passage), envoyée sur terre par le Bon Dieu pour nous punir de notre anarchie et nous montrer le chemin difficile et inviolable de la vertu. Tout y passait, depuis la perte des colonies (« quand Dieu quitta les Amériques ») jusqu'à la guerre civile, sans oublier les trois Républiques (assimilées sans vergogne aux trois reniements de saint Pierre). Les persécutions incessantes qui, pendant la guerre, avaient accablé églises et couvents (avec leur *personnel spécialisé*, selon l'expression de don Pepe, ce qui voulait dire les curés, nonnes et moines) avaient presque toujours droit à un chapitre spécial. La gloire que le fascisme régnant (appelé, par don Gonzalo, « l'ordre légitime ») tirait de tous ces événements n'était pas mesurable, les mots pour le qualifier pas assez dithyrambiques, bien que ce foutu curé sache le dictionnaire par cœur. Son *évangélisation* aurait pu facilement devenir lavage de cerveau si elle n'avait pas été à ce point exagérée. Sur moi, elle avait un effet contraire. Don Gonzalo sentait la cire et la transpiration, l'encens et l'humidité; le tout rappelait l'odeur de la mort. Et il avait un penchant dangereux à trop s'approcher de moi, considérant sûrement que mon *évangélisation* serait complète s'il y avait aussi communion de nos corps. Et comme je ne voulais pas moucharder ses avances à mon frère, par peur de voir le curé écrasé comme un cafard, je changeais de place toutes les deux minutes, et, un jour, lui ai fait remarquer, très poliment, que ce n'était pas sur mes fesses que se plaçait la troisième personne de la Sainte Trinité, comme, apparemment, sa main trop chaude cherchait à me le faire comprendre.

« Ne serait-ce pas le diable qui te dicte cette réflexion?

— Pas du tout, mon père. J'insiste sur le fait que cette réflexion m'est venue à l'esprit à cause de votre main. Peut-être que je me trompe, mais si nous avons à discuter de cela, je préférerais plutôt le faire en présence de mon frère, de ma mère et de don Pepe qu'en tête-à-tête avec vous. »

Il m'a fixé de son regard brûlant et a serré les dents. L'affaire était claire : il ne voulait pas discuter de *ça* avec personne, même pas avec moi. Il me soupçonnait d'avoir des pensées troubles et sa mission consistait à m'éclairer sur certains points, dont le péché. Il était fort possible que je n'aie aucune idée du concept de péché, étant donné mon enfance perdue dans les ténèbres, et il s'était imposé comme devoir d'éclaircir tout cela devant moi. Et sans retard. Donc, son comportement n'obéissait qu'à une règle : rattraper le temps perdu. Il ne fallait pas chercher midi à quatorze heures ni essayer de voir beaucoup plus loin que le bout de mon nez. La malice était un péché pas du tout négligeable, même si elle ne rentrait que dans la catégorie des péchés véniels.

Voilà comment j'ai appris que je pouvais, si je le voulais, m'amuser longuement avec ces pauvres types remplis de feu contenu et d'hypocrisie. (A suivre.)

Naturellement, le confesseur de maman n'a jamais réussi à me faire connaître Dieu, et je ne pense pas, non plus, que cela ait fait partie de ses préoccupations. Il s'y référait rarement (son Nom ne tombait presque jamais de sa bouche), mais je sentais qu'il parlait d'un inconnu et qu'il ne s'en rendait pas compte. L'Eglise était sa mission et aussi son souci. Quand nous nous sommes enfin séparés, c'est sur l'Eglise que j'en savais le plus. De lui, j'ai appris que, si on appartient vraiment à l'Eglise, on n'a plus besoin de Dieu pour vivre. Pour vivre — j'insiste sur ce point — il suffit d'avoir une doctrine, et l'Eglise catholique fournit la plus complète, la plus sophistiquée, la plus controversée. La plus éloignée de Dieu aussi. Mais c'est normal. Puisque ce truc est fait pour les besoins de l'homme, ses repentirs, ses angoisses, ses méchancetés, je ne vois pas pourquoi il y serait question de Dieu. J'ai été moi-même, pendant quelques années et en toute connaissance de cause, un catholique fervent. Et je remercie le catholicisme de m'avoir enfin fait comprendre que Dieu n'existe pas.

Quant à don Gonzalo, il était moins intéressé à m'apprendre le programme nécessaire pour passer l'examen d'entrée au lycée qu'à me préparer pour faire une confession générale dans les règles de l'art, et, tout de suite après, ma première communion.

Elle, maman, en avait déjà fixé la date : le 21 mars; premier jour du printemps.

« Je voudrais que ce soit pour lui comme la première éclosion d'un bouton de rose, avait-elle ajouté cyniquement devant *notre* confesseur.

— Ferez-vous une fête ?

— Je vais y penser », avait répondu maman, le visage éclairé comme une lune d'été, et, au ton de sa voix, on avait l'impression qu'elle trouvait l'idée tout à fait charmante.

Mais sa décision était prise d'avance : il n'y aurait pas de fête et je ferais ma première communion à la maison de campagne.

« Mais la première communion, ma fille, il faut la *célébrer* dans une église, pas en secret. Cela doit être un acte public, pas seulement placé sous le regard de Dieu, mais aussi sous celui des hommes. »

Il était évident que don Gonzalo voulait obliger maman, et peut-être papa, à se montrer publiquement dans une église. Pour lui, cela aurait été un triomphe, une manière éclatante de mettre en pratique ce qu'il racontait toujours à propos des brebis égarées. Il se peut qu'il rêvait même d'y emmener don Pepe et Clara pour arrondir le chiffre. Mais il comptait sans l'imprécision de maman et sa souveraine volonté de mort. Depuis que, quelques années plus tôt, j'avais entendu sa confession à Clara, je savais que rien ne pouvait l'atteindre. Elle n'acceptait que sa propre façon de détruire, et nous amener tous à l'église n'était pas pour elle un acte d'anarchie. Tout au contraire, elle voulait forcer don Gonzalo à me servir à domicile le corps et le sang du Christ.

« Vous savez, mon père, je pense que plus on fait preuve d'humilité, plus on se rapproche des portes du ciel. Et je compte bien les franchir. C'est pour cela que j'ai décidé que la première communion du petit aura lieu dans notre maison de campagne. Tout à côté, sur mes terres, il y a une petite chapelle qui date du temps de ma grand-mère et que nos employés utilisent depuis longtemps comme débarras. Vous savez, pour les outils et aussi pour élever ma race préférée de poules. Enfin, j'ai déjà donné l'ordre qu'elle soit nettoyée et prête pour la cérémonie. A la maison, il y a tout ce qu'il faut : des crucifix, des draps d'autel, des chandeliers, et même un grand bénitier en marbre, très beau, que l'on utilisait jusqu'à présent pour faire pousser la *siempreviva*.

— Vous me parlez là de toute une série de sacrilèges, ma fille !

— Ne faites pas l'enfant, mon père. Votre ministère vous permet d'effacer tout sacrilège d'une simple bénédiction. Et qui sait, peut-être qu'à partir de la première communion du petit, la chapelle ne servira plus de débarras ou de poulailler ? De nos jours, il faut s'attendre à tout. Est-ce que je peux compter sur vous ?

— Si c'est à ma condition de ministre de l'Eglise que vous faites appel...

— Mais évidemment, mon père.

— Dans ce cas, comptez sur moi.

— Je vous remercie de tout cœur. Une voiture est déjà louée, qui viendra vous prendre la veille du 21. Le voyage ne vous occupera que quelques heures. Vous passerez la nuit là-bas. J'ai donné l'ordre qu'on vous prépare une chambre. Je pense que vous amènerez tout ce qui est nécessaire pour la cérémonie. Ou préférez-vous que je m'en occupe ? »

La réponse de don Gonzalo ne pouvait être plus sèche :

« Non, ma fille. Je m'en occuperai moi-même. (Il avait certainement peur qu'elle, maman, ne prenne en charge aussi la consécration des hosties.)

C'est de cette façon que j'ai su que nous allions quitter la maison pour nous rendre, pendant une semaine et pour la première fois de ma vie, à la campagne, où mon frère Antonio allait de temps en temps passer quelques jours de vacances. « Non, tu n'emmènes pas ton petit frère. Sa santé ne lui permet pas un tel changement de vie. Il reste à la maison. » Cette phrase, j'avais entendu maman la répéter des années durant, sans jamais changer un seul mot. Je m'étais fait à l'idée que la campagne était certainement un endroit à courants d'air, où un truc comme ça.

Les jours suivants, j'ai vu défiler dans le hall une nuée de garçons de course. Clara rouspétait toute la journée à cause de la poussière qu'ils laissaient sur les tapis.

« Il ne manquait plus que ça. Comme si j'avais pas assez de travail ! »

Elle me lançait un regard de coq en colère comme si j'étais le responsable de tout ce va-et-vient.

« Mais qu'est-ce que j'en ai à foutre, de tout ça, moi ?

— Il s'agit de ta première communion, non ? C'est pas moi qui vais être reçue au sein de l'Eglise, comme dit madame ta mère !

— Tu n'es qu'une athée, ma pauvre Clara !

— Je ne suis qu'une putain, moi ! Une putain de mule qui ne fait que travailler et travailler de toute ma putain de vie ! »

Là, il ne me restait plus qu'à déguerpir.

De toute manière, j'avais trop de boulot, moi aussi, submergé comme je l'étais par la furie éducatrice de mes deux professeurs. Autrement, j'aurais compris l'angoisse de ma *pauvre Clara*. Pour elle, l'Eglise n'était qu'une source incessante de malheurs. Mon frère Antonio, qui devenait de plus en plus brute, se mettait à rire comme un damné quand Clara, en apercevant don Gonzalo traverser le hall pour monter à l'étage, prenait son gros atomiseur à tuer les mouches et vaporisait la maison tout en disant les dents serrées :

« Ça sent le curé, ici. C'est comme sentir l'enfer ! »

Don Gonzalo montait l'escalier au plus vite.

Le travail, les colis qui arrivaient tous les jours et dont j'avais hâte de connaître le contenu — elle, maman, ne permettait pas qu'on les ouvre jusqu'à nouvel ordre (formule rapportée par Clara) —, le téléphone qui ne cessait pas de sonner quand maman n'y était pas suspendue pour apprendre à la confrérie des invisibles la *bonne nouvelle* (c'est comme ça qu'elle appelait ma première communion) et expliquer les subtiles raisons pour lesquelles on allait fêter cette cérémonie dans l'intimité familiale... (non, il n'y aurait pas de banquet, donc pas besoin d'envoyer des cadeaux)... les clients de papa qui entraient et sortaient furtivement pensant que la maisonnée était prise de folie, mon frère Antonio qui devenait, la nuit, de plus en plus insatiable depuis le jour où j'avais éjaculé pour la première fois à cause de ses caresses de plus en plus savantes, moi qui me collais à son corps, plus conscient que jamais de le mettre à vif, ma guerre sans répit avec don Pepe et don Gonzalo, mon sans-gêne pour me présenter presque nu devant eux et me comporter comme si j'étais convenablement habillé, les questions que je leur posais, l'air innocent, sur les poils qui commençaient déjà à pousser autour de mon sexe, qui, d'ailleurs, grossissait soudain plusieurs fois par jour...

Don Pepe :

— Tu sauras tout cela en temps voulu. Maintenant, au travail ! »

Don Gonzalo :

« Cela ne se demande pas, nom de Dieu ! C'est un péché ! Tu te touches, toi ? »

Moi, je m'enveloppais d'hébétement pour dire :

« Mais si ce n'est pas vous qui m'expliquez toutes ces choses-là, qui va le faire, alors ? Je n'ai pas de copains.

— Les copains ! Les copains ! Je parlerai à ton père. »

Tous les deux, invariablement, me donnaient cette réponse, mais la porte du bureau de papa ne s'est jamais ouverte pour me fournir l'explication nécessaire sur les *mystères de la nature.* (Etait-ce les mots de don Pepe ou de don Gonzalo ?)

... Bref, je suis arrivé à la veille du jour de ma première communion dans un état d'excitation qui frisait la folie.

Très tôt, le matin, nous avons quitté la maison et la ville dans deux voitures louées, la première pour maman, Antonio et moi, et l'autre pour Clara et une absurde quantité de bagages. On aurait dit qu'on se rendait au bout du monde, et que le retour n'était pas prévu dans une semaine, mais dans quelques années. Dans la voiture de Clara, on a même entassé deux coqs, les pattes liées, qu'il fallait croiser avec les poules de la campagne pour obtenir des œufs à deux jaunes (!?!). Pendant une partie non négligeable du voyage, maman et Antonio se sont lancés dans une savante discussion sur le sujet. Le chauffeur, un vieux bonhomme pas très malin, ne cessait pas de s'exclamer que le monde courait à sa perte (je crois qu'il ne comprenait pas le besoin d'obtenir des œufs à deux jaunes et qu'il pensait que rien ne valait une bonne paire d'œufs tradition-nels), et que ces Américains, avec leurs bombes et leurs inventions, etc. Il s'est mis à raconter en détail un fait

184

divers qui s'était passé à Madrid : une pute (une femme de mauvaise vie, selon son expression) avait été trouvée dans un hôtel de passe, ligotée, les seins dévorés par un soldat noir américain. Elle était morte à l'hôpital. Elle, maman, n'avait pas l'air de s'intéresser beaucoup à cette histoire, mais mon frère et le chauffeur se sont perdus peu à peu dans une vague discussion politique sur les bases américaines dans le pays. Aucun des deux n'avait l'air très au courant de l'affaire. Le chauffeur disait que cela ne servait qu'à remplir les poches de certains. Mon frère n'a pas contesté cette thèse, mais il a ajouté qu'il y avait là-dedans des raisons politiques :

« Vous savez, l'Espagne, c'est la porte de l'Afrique.

— Ne me parlez surtout pas de l'Afrique ! C'est de là qu'il est venu, le gros cochon ! »

Elle, maman, a coupé court en disant qu'elle n'acceptait pas de discussion politique en l'absence de son mari. (Je n'ai absolument pas compris pourquoi.)

« Comment ça se fait qu'il ne vous accompagne pas ?

— Les affaires.

— Et ce n'est pas facile de mettre mon père en présence d'un curé. Vous savez comment il est.

— Oui, je sais. Un type comme ça ! »

Ils se connaissaient tous, apparemment. Le fait est que papa n'avait pas consenti à assister à mon *initiation spirituelle*. (Paroles de don Gonzalo.)

« Surtout, soyez gentil, mon père, et ne cherchez pas, maintenant que vous allez fréquenter la maison pour quelque temps, à vous rendre dans le bureau de mon mari pour lui donner votre bénédiction. Célébrons la cérémonie tranquillement. » (Recommandation de maman quand il a été décidé que son confesseur s'occuperait de mon éducation religieuse.)

La campagne, pour moi, c'est l'aventure. La terre, l'eau, la pierre. Un air, une lumière différents. Des arbres à l'état naturel, des animaux. Plus de ces arbres taillés (on avait l'impression, en les voyant, qu'ils sortaient de chez le coiffeur) qui peuplaient, disciplinés comme des soldats, rues et places de la ville; branches sans caprice et feuilles décapitées pour ne pas envahir l'espace sacré de la perspective, oiseaux profondément ennuyés. Plus de juments qui, oreilles aplaties, traînaient, angoissées comme des esclaves, les quelques voitures à chevaux qui restaient dans la ville et qui lui donnaient cet air sale et archaïque d'un marché aux puces. Lors de mes escapades solitaires, j'avais entendu quelqu'un dire que c'était cela qui faisait le charme de la ville.

Et, surtout, la campagne représentait un nouvel espace pour vivre. Des chambres, des salons, des escaliers, des portes qu'il faudrait découvrir et presque inventer, adapter à mon regard et à mes mouvements, ne pas vexer ou irriter de ma présence. Il faudrait plutôt chercher à me faufiler en douceur parmi ces courants d'amour et de haine qu'on trouve toujours dans les vieilles maisons.

Première surprise, quelques minutes après notre arrivée : la maison de campagne était une copie exacte de la maison en ville, ou vice versa. Seuls quelques détails, meubles, tableaux, objets épars, étaient différents. J'avais l'impression d'être en présence du négatif d'une photo déjà vue. L'angoisse m'a serré la poitrine. N'y aurait-il jamais de véritable changement dans ma vie ? Pourquoi devrait-on retrouver partout la copie maladroite d'un éternel original ? Ou l'original presque effacé d'une série de copies distribuées sans discrimination à droite et à gauche ? Etait-ce une maladie de famille, de la ville, du pays tout entier ? A toutes ces questions, jamais je n'ai trouvé de réponse. Mais depuis que je suis tout petit, j'ai conçu le soupçon que le pays, la vie étaient l'œuvre d'un photocopieur qui ne tombe jamais en panne.

Les deux seules choses originales qui se trouvaient à la maison de campagne, c'était le fauteuil de paille tressée et le rosier jaune de maman. Et, évidemment, les paysans qui allaient et venaient un peu partout, et qui — miracle! — ne tapaient pas sur les nerfs de maman avec leurs voix dissonantes. Tout au contraire, elle se montrait charmante avec eux et avait amené des cadeaux pour tout le monde. On la sentait au centre névralgique de son domaine, distribuant les dons à pleines mains, un sourire aux lèvres. Le seul inconvénient, c'est que personne ne savait que foutre d'une lampe de chevet en satin transparent alors qu'il n'y avait pas d'électricité dans les baraques; ni d'une douche-téléphone, dernier cri en matière sanitaire, quand il n'y avait pas l'eau courante.

Elle, maman, tombait anéantie, dans son fauteuil de paille tressée, après de pareilles journées, et, les mains agrippées aux deux colombes jumelles qui ornaient les bras du fauteuil, se défaisait comme de la cire chaude, etc. Mais ce n'était pas sa faute. Il fallait encore parler de *circonstances*.

Moi, j'étais supposé passer deux jours en méditation et effacer de ma conscience toute image étrangère à mon nouveau statut de chrétien, tout cela pour ouvrir la voie à cette autre éventualité, à la grandeur insoupçonnée (paroles de don Gonzalo) : devenir un catholique actif et consentant. Il ne me restait donc que ces deux jours pour faire un examen approfondi de toutes mes fautes — je devais en avoir tout un tas, mon confesseur en était certain — et, cela fait, me présenter à la confession générale, la veille de ma première communion, à l'heure du dernier angélus. Comme la seule église à trente kilomètres à la ronde n'était pas très respectueuse de l'ordre de la journée, don Gonzalo m'a expliqué, bon gré mal gré, que le dernier angélus voulait dire exactement sept heures du soir.

Elle, maman, a apparemment pris tout cela au sérieux et a énergiquement interdit à mon frère de me faire faire le tour de *nos terres.*

« Moins tu l'embêtes pendant ces deux jours, mieux cela vaudra pour lui et sa conscience. Vous aurez tout le temps *après.* »

Contrairement à mon attente, mon frère Antonio a aussitôt disparu de la maison. On ne le voyait plus qu'aux heures de repas, et encore. On m'a assigné la chambre qui correspondait à notre chambre dans la maison en ville, mais Clara a préparé le lit de mon frère dans la pièce jumelle du bureau de papa. Cette brutale amputation de mon frère m'a mis au cœur un désir de vengeance. Le lit où j'ai failli me noyer dans ma sueur de solitaire me paraissait énorme et énormément vide. (Ce lit que j'ai préparé soigneusement à cinq heures et une minute vendredi dernier et dont je ne sais s'il marquera, après ton arrivée, mon arrêt de vie ou de mort.) Mes mains se posaient sur les endroits où j'avais l'habitude de sentir les mains de mon frère et n'y trouvaient qu'un désir mou. Alors, elles se crispaient d'angoisse, comme des queues de lézard, tranchées d'un coup de bâton. Mon dos cherchait en vain la poitrine, le ventre et les cuisses de mon frère, l'appui dont il avait toujours usé. J'ai eu la certitude que mon corps, la nuit, ne pourrait plus fonctionner, coupé ainsi du corps de mon frère. La sueur coulait sur ma peau, comme si je n'étais qu'un vieux tuyau; par mes pores dilatés, mon corps se vidait dans une lente hémorragie. Mais pas de larmes. Seulement cette sueur. Je me suis levé, pâle et maigre, fantôme de moi-même. Mes vêtements s'étaient agrandis, ou bien c'est moi qui avais rétréci. Tout le monde a pensé que je prenais très au sérieux mon examen de conscience. Elle, maman, m'a regardé, ravie, et j'ai cru voir dans ses yeux un soupçon d'admiration pour ma capacité à jouer si bien la comé-

die. Seule Clara m'a demandé, préoccupée, si j'avais
bien dormi.

« Oui.

— Tu sais, mon petit... Enfin, tu ne penses quand
même pas que *tout*, dans ce monde, est un péché ?

— Non.

— Alors, ne te tracasse pas. Moi, ta Clara-propre, je
pense que toi aussi tu es propre comme le linge que je
lave.

— Sûr. »

Je répondais à ses questions, mais mon regard cherchait mon frère. Il n'était nulle part. Ni dans les pièces
que j'apercevais à travers les portes ouvertes, ni dans
le jardin quand je regardais par la fenêtre. Son lit était
défait et vide. Il avait donc dormi, lui.

L'après-midi, une voiture contenant la tache noire de
don Gonzalo est arrivée à la maison. Rien d'autre à
signaler. Seulement le désespoir du temps qui ne passe
pas et l'absence. *Son* absence.

A sept heures du soir, comme prévu, avant le dîner,
don Gonzalo m'a reçu dans un coin de la bibliothèque
que maman avait transformé en confessionnal, avec
des velours bordeaux, un fauteuil de moine et un prie-
Dieu. Et là, après m'avoir donné sa bénédiction, il a
commencé l'interrogatoire.

Tout au début, les questions étaient d'une banalité
surprenante. Les petits mensonges, les petits vols (mon
confesseur ne réalisait peut-être pas que nous, les
enfants des riches, on ne volait pas de pièces de monnaie), les coups d'œil sur certains livres sans la permission de mes aînés, les entêtements envers maman, les
actes de désobéissance envers tout le monde, Clara
exclue. Tout cela risquait de ne pas être terrible et je
sentais que la lassitude et l'ennui me gagnaient peu à
peu. Mais, soudain, on a abordé le chapitre de la
nudité :

« Je crois savoir que, depuis que tu es tout petit, tu dors avec ton frère. (Maman-moucharde.)

— Oui, mon père.

— Ce n'est pas excessivement grave, étant donné les liens qui vous unissent. Mais... à travers vos pyjamas, tu n'as jamais senti un contact quelconque, peut-être bizarre, entre ton corps et le sien ?

— Nous dormons sans pyjama, mon père. Nous en avons, en soie, avec nos initiales brodées et faits sur mesure. Mais nous ne nous en servons pas. Voilà un péché de vanité et de luxe inutile que je voulais vous confesser.

— Ce n'est pas très grave pour la santé de l'âme, mon fils. A travers le slip... quelque chose qui t'a probablement choqué, ou, qui sait, dégoûté ? Ton frère est beaucoup plus grand et développé que toi.

— Pas de slip, mon père.

— Nus ?

— Oui.

— Tous les deux ?

— Oui, et depuis toujours. Voulez-vous que je vous raconte le surprenant développement de mon frère à travers mes yeux d'enfant ?

— Non ! Il... t'aime beaucoup ?

— Oui, mon père. C'est un péché ?

— Il se peut, mon fils. Il se peut. Tout dépend de la façon de dormir. Les actes les plus innocents, apparemment, peuvent être dictés par le diable. Ce coquin !

— Alors, je vais vous expliquer, mon père. Et vous en déciderez. Je suis très peureux. Depuis que je suis tout petit. Et très frileux. Mon frère a dû comprendre tout cela quand j'étais bébé et m'a pris dans son lit. Et il ne m'a plus jamais ramené dans mon berceau. De toute façon, je criais si, parfois, pour me taquiner, il essayait.

— Il essayait quoi, mon fils ?

— De me ramener dans mon berceau.

190

— Ah! Des petits péchés d'enfant gâté sans importance. Et... de temps en temps, il s'opère des transformations chez ton frère?

— Pas de temps en temps, mon père. Tous les soirs.

— Explique-toi, mon fils.

— Je ne sais pas au juste ce que vous voulez savoir.

— Tout, mon fils. Quand on fait une confession générale, on doit *tout* dire.

— Les péchés, mon père?

— Mon fils, il y a très peu de choses dans ce bas monde qui ne soient pas un péché. Mais il n'y a surtout pas de jugement objectif du côté du pécheur. Le jugement objectif se trouve, grâce à Dieu, du côté du confesseur.

— Touché, mon père. *Mea culpa*. Parfois, je n'en ai pas envie.

— Envie de quoi, mon fils?

— D'avoir peur ou froid deux fois par nuit.

— Deux fois?

— Ou trois.

— Mais tu t'en rends compte?

— Je me rends compte de quoi, mon père?

— De la façon dont il te réchauffe, mon fils!

— Ah! oui. Ça oui, mon père! Dix minutes après, environ, je transpire. J'étouffe même. C'est mieux que la gymnastique qu'il fait tout seul. Au moins, il transpire plus que quand il fait ses exercices. Je le lui ai toujours dit.

— Tu connais, par hasard, le mot « fornication », mon fils?

— Non, mon père. Désolé. Je connais, par contre, le mot « amour ». C'est mon frère qui me l'a appris. A propos, mon père : est-ce que vous portez un pantalon, ou au moins une culotte, sous votre soutane?

— Pourquoi me poses-tu cette question, mon fils?

— Parce que vous bandez, comme mon frère quand je suis tout près de lui.

— Tu veux le vérifier par toi-même?

— Non, mon père. Je suis placé dans une très mauvaise position, agenouillé comme je le suis. J'ai mon nez presque dessus et *ça* sent mauvais. Vous ne vous lavez pas. Mon frère, lui, il se lave. Et il sent bon... partout.

— Voudrais-tu que j'aille, bien lavé, continuer cette confession dans ta chambre, cette nuit?

— Non, mon père. Je veux tout simplement que vous me donniez l'absolution de mes péchés. J'ai faim.

— Pas si vite que ça, mon petit. J'ai encore quelques questions à te poser concernant le péché. Dis-moi, ton père, il reçoit des visites?

— Demandez-le-lui.

— Il écoute la radio.

— Oui.

— Qu'est-ce qu'il écoute?

— Un truc assez connu sur la victoire et la paix. Ça passe presque tous les jours.

— Tu l'as entendu, toi?

— Parfois.

— Tu aimes?

— C'est très, très, très beau.

— Voilà une belle façon d'avoir l'absolution de tes péchés. Ou presque. Mais lui, qu'est-ce qu'il en dit?

— Je ne parle pas avec mon père.

— Mais lui, il parle avec les autres. Ton frère, la bonne, ta mère...

— Posez donc la question à ma mère.

— Une sainte!

— Une sainte.

— Tu as entendu dans le bureau de ton père, tard dans la nuit, Radio-Pirenaiça ou Radio-Moscou?

— Pas entendu. La nuit, j'ai froid ou peur. Je suis dans mon lit avec mon frère. *Mea culpa.*

— Il parle au téléphone avec ses amis?

— Qui, mon père?

— Oui, ton père.

— Le téléphone est l'exclusivité de maman.

— Il organise des réunions avec quelques amis, le soir, pour jouer aux cartes ?

— Le soir, je prends mon bain avec mon frère, mon père. *Mea culpa.* Ou je dors.

— Mettons ! Est-ce que tu l'aurais jamais entendu parler d'un monsieur qui s'appelle Franco ?

— Tiens ! je l'ai vu une fois, pétrifié sur un cheval. Il est assez connu, il me semble ?

— ... en disant que c'est un assassin ou un fils de pute, par exemple ?

— Non, mon père. C'est de votre bouche que j'entends dire cela pour la première fois. Est-ce que je pourrais le raconter dans ma prochaine confession, si je ne la fais pas avec vous ?

— Non ! Et la bonne non plus, tu ne l'as pas entendue tenir de pareils propos ?

— La bonne, mon père, s'appelle Clara. Et elle est morte. Vous comprenez ? Morte ! De chagrin, de solitude et de dégoût. Et aussi de la défaite. Morte ! Maintenant, mon père, donnez-moi l'absolution de mes péchés ou je crie au secours. Maman ne doit pas être très loin.

— Ta mère, une sainte !

— Une sainte garce, oui. Et je suis son fils, ne l'oubliez pas.

— C'est don Pepe, ce minable, qui t'apprend à t'exprimer comme ça ?

— Pourquoi n'allez-vous pas lui poser la question et toutes les autres ? Peut-être qu'il sait quelque chose ?

— *Ego te absolvo...* »

J'ai fait pieusement le signe de la croix.

A l'heure du dîner, maman a dit :

« Mon fils Antonio vous aidera demain à célébrer la messe. Il pourra même vous répondre en latin, ce qui sera plus dans la note.

— *Miserere nobis* », a répondu mon frère, très, très calme, un petit sourire aux lèvres. (Sans me regarder.)

Encore une nuit de solitude, les yeux et les pores ouverts. Le lendemain matin, Clara, décoiffée, le visage sale et plein de sommeil, a fait couler l'eau dans la baignoire, puis est entrée dans ma chambre en me disant de sortir du lit, parce que le gros machin allait commencer. Elle m'a aidé à prendre mon bain.

« Ça s'appelle pas un bain, mon chou. Dans les occasions comme celles-ci, on appelle ça des « ablutions ». J'ai entendu Madame ta mère et M. le curé qui en parlaient tout à l'heure. »

Clara a changé l'eau, y a versé le contenu d'un flacon.

« Qu'est-ce que c'est que ça ?

— De l'eau de rose. Recommandée par ton confesseur. Il ne peut célébrer la messe qu'enveloppé dans ce parfum.

— Si tu savais comme il pue !

— Je le sais parfaitement bien. Ce sont tous des cochons. C'est pas toi qui vas me l'apprendre. »

Elle a encore vidé un autre flacon.

« Et ça ?

— De l'eau bénite. Recommandée par ta mère. A la guerre comme à la guerre, qu'elle a dit, il me semble. »

J'ai plongé encore une fois dans la baignoire. Clara a consulté une montre qu'elle avait mise dans la poche de son tablier.

« Sept minutes. Elle a dit que c'est un chiffre magique. Porte-bonheur, je crois. »

J'ai commencé à grelotter. Clara a dû enlever deux minutes au moins au temps magique. Après un bon massage avec la serviette, mes cheveux blonds peignés au séchoir, nous sommes rentrés dans ma chambre, où Clara s'est mise à défaire des paquets. Petit à petit sont apparus devant mes yeux des sous-vêtements en fil d'Ecosse, une chemise blanche en dentelle, un costume blanc en alpaga, un nœud papillon en velours blanc, des chaussettes blanches en soie, des chaussures blanches en vernis, des gants blancs en chevreau. J'étais habillé comme une meringue (plus beau qu'un fromage frais, selon Clara). Elle m'a placé devant la glace et a longuement contemplé mon image, sans dire un mot. Il y avait une sorte de froideur dans son regard. Elle m'a poussé vers la porte et nous sommes descendus dans le salon où je suis passé entre les mains de maman pour les derniers détails. Nœud en satin blanc avec des colombes et des calices brodés au fil d'or qu'elle a accroché sur la manche gauche de ma veste avec une épingle en or et des perles; livre de prières en nacre où il y avait encore des colombes et des calices en or, et enfin, chapelet en nacre et or. Maman m'a mis aussi au poignet une montre-bracelet en or et, je ne sais pas pourquoi, elle m'a enveloppé dans un nuage de déodorant et d'eau de Cologne.

« La journée s'annonce chaude. Je ne veux pas voir de mouches sur tes vêtements. »

J'ai tout compris. Puis, avec ses doigts, colombes pas encore gantées, elle a étendu sous mes yeux une crème spéciale.

« Tu es trop pâle. Tu n'es pourtant pas une fiancée, mais un garçon. »

Je l'ai regardée sans rien dire.

Elle, maman, s'était surpassée. Toujours vêtue de noir, elle s'était parsemée de perles : boucles d'oreilles, collier, bagues et bracelet, et s'était coiffée d'une longue mantille noire en dentelle s'étalant autour de son peigne d'écaille comme une fleur de deuil dont le pistil était figuré par des épingles à chapeau terminées par une perle. Ses gants étaient noirs avec des colombes et des calices en relief; elle avait un missel et un chapelet en jais.

Nous nous sommes mis, elle et moi, en chemin pour

195

gagner la chapelle, suivis de Clara qui n'avait pas consenti à s'habiller ni même à enlever son tablier de cuisine. Ni mon frère ni mon confesseur n'étaient dans les parages. Marchant sur le sentier de pierres que les paysans avaient balayé et arrosé pendant des heures pour éviter qu'un reste d'herbes sèches ou de poussière ne salissent mes chaussures, j'étais convaincu d'être tombé dans un monde de schizophrènes. Clara rouspétait derrière nous que c'était vraiment une belle journée pour aller en pique-nique, mais pas pour se foutre à jeun, pendant deux heures, dans une chapelle qui sentait encore la fiente de poules.

« Et, pourtant, j'ai dépensé deux bidons d'eau de Javel.

— A propos, vous avez pris mon atomiseur ?

— Oui.

— Dieu soit loué, vous pensez à tout. »

Clara a fait une réflexion de très mauvais goût sur l'habitude que nous avions tous prise, depuis quelques mois, d'invoquer Dieu à tout propos.

« On se croirait dans un couvent. »

Elle, maman, a fait la sourde oreille.

Au bout de dix minutes de marche, nous sommes arrivés à un enclos d'apparence assez bizarre.

« C'est le cimetière de famille, a expliqué maman. Mes parents, mes grands-parents et tous leurs ancêtres y sont enterrés. Un jour, tu auras peut-être l'occasion de lire leurs noms, leurs âges et la cause de leur mort sur les pierres tombales. C'est du bon marbre. Les inscriptions ne sont pas effacées. »

J'étais surpris par la loquacité de maman, et aussi par le fait qu'elle considérait ses arrière-grands-parents comme les ancêtres de ses parents et de ses grands-parents, mais pas les siens. J'ai pensé que cela devait être à cause des maladies qui avaient entraîné leur mort, et qu'elle ne considérait pas comme des maladies dignes de *sa* famille. On ne sait jamais ce qu'on peut piquer dans les ports de Singapour ou de Macao !

Et nous voilà enfin devant la chapelle, devant laquelle un cortège de paysans s'était rassemblé. Ça n'avait pas l'air d'être une cérémonie privée, comme maman l'avait fait croire à la confrérie des invisibles, et ce que Clara avait dit à propos de la fiente de poules se révélait exact. Mais l'on sentait encore d'autres odeurs d'excréments : de vache, de mulet, de porc, ce qui donnait à l'ensemble l'odeur d'un fumier.

Les expressions des visages des paysans, qui devaient être habitués aux excentricités de maman, n'étaient pas à dédaigner. Dans leurs yeux, on lisait l'étonnement, et sur leurs lèvres, un sourire de fête.

Bref, il y avait quelque chose de trop, d'excessif, sous ce soleil doux du premier matin de printemps : ou c'était eux, ou bien c'était nous, mais mon idée de l'harmonie n'y trouvait pas sa mesure.

Elle, maman, a commencé à tout atomiser, la douceur du printemps ne suffisant plus à embaumer l'atmosphère campagnarde. La brise ne nous apportait que des odeurs pourries où l'on distinguait surtout la lourde odeur de paille lentement brûlée.

A l'intérieur de la chapelle, c'était encore pire. Une couche de peinture à la chaux, des tonnes de fleurs sucrées andalouses et un encensoir qui brûlait alourdissaient l'air jusqu'à le rendre irrespirable. Et la cire des bougies allumées par douzaines y ajoutait le dernier coup de pouce.

D'après ce qu'on pouvait apercevoir, c'était une chapelle de cimetière typique, aussi nue qu'un monument funéraire. Aucune main d'artiste n'y avait peint de fresques sur les murs, le plafond ne rappelait pas la clarté des cieux, mais la noirceur des enfers, et seulement une petite fenêtre en œil-de-bœuf laissait passer un rayon de soleil et de lune qui devait toujours tomber sur la dalle froide où repose la vieille couronne de fleurs noires artificielles. Les bougies n'arrivaient pas à y dégager de perspectives, d'espace, de mystère, de lagunes de calme. Il était évident qu'on n'avait pas pensé à y mettre l'éternelle veilleuse à huile.

L'autel, aussi plat et carré qu'un sarcophage, était recouvert de riches draps en fil blanc, brodés, qui tombaient en lourde cascade jusqu'au sol. De magnifiques vases en céramique décorée contenaient d'anciennes fleurs artificielles que maman conservait enveloppées dans du papier de soie quelque part dans les armoires de la maison de campagne. Des fleurs faites à la main en organdi ciré par des nonnes anonymes. Des chandeliers en laiton et argent, aussi travaillés que des coiffures de négresses, luisaient dans l'obscurité, grâce à l'acharnement de mains paysannes. Un missel grand et orné avec des miniatures de couleurs vives que don Gonzalo avait certainement apporté de la ville. Un crucifix en ivoire dont le regard semblait vivre et nous fixer. Une belle et grande boîte chinoise aux incrustations de nacre (des oiseaux exotiques lancés dans un vol impossible parmi les bambous et des demoiselles dont le regard bridé cherchait à s'abriter sous une ombrelle), boîte que don Gonzalo avait dû, bon gré mal gré, accepter pour mettre le ciboire où le corps du Christ était resté toute la nuit. Comment se faisait-il qu'un Dieu aussi énorme, qui remplissait à Lui tout seul l'univers (description de don Gonzalo, et peut-être exagérée), pût être enfermé dans une boîte chinoise pas plus grande qu'une cage de canaris ? Mystère. Voilà une réponse digne d'un catholique, me suis-je dit.

Deux prie-Dieu en acajou et velours écarlate avaient été disposés devant l'autel pour que maman et moi puissions nous agenouiller. Et pour éviter que la faiblesse ne nous gagne pendant la longue cérémonie, on y avait ajouté deux coussins moelleux en satin jaune dans lesquels nos genoux s'enfonçaient mollement.

J'étais horrifié de voir, dans l'assemblage de ces deux couleurs, l'image sournoise du drapeau national, composée peut-être par don Gonzalo pour bien souligner l'édifiante parabole du fils d'un républicain connu en train de faire sa première communion sous les auspices de la victoire et de la paix. Mais j'ai décidé d'accepter le tout comme un délire liturgique exprimé avec les moyens du bord. J'ai fait comme maman : j'ai trempé mes doigts dans l'eau bénite et j'ai fait un très large signe de croix. (L'opulence du geste — je l'ai su quelque temps après — est un trait d'élégance qui distingue la haute bourgeoisie catholique du bas peuple. Et cette expression de *bas peuple*, je la tiens de quelqu'un qui ne sortait pas pour autant tout droit du xv\ :superscript{e} siècle, mais qui faisait la plonge avec moi dans un restaurant à Londres. C'était un pédé asturien, fils d'une *très bonne* famille dont les revers économiques avaient forcé l'héritier à émigrer au-delà des mers. On trouve de tout dans les vignes du Seigneur.)

Nous nous sommes assis, maman et moi, très calmes, très sereins, et, en ce qui me concerne, très en dehors du *machin*, sur les deux fauteuils qui s'accordaient avec les prie-Dieu.

Don Gonzalo, blanc et or comme un tison travesti en étincelle, est sorti de derrière l'autel, sans aucun signal préalable. Les mains collées l'une contre l'autre en signe de piété, les yeux baissés, les sourcils plus fuyants que jamais vers les tempes. Mon frère Antonio le suivait de près, portant un encensoir qui n'en finissait pas de fumer. Aucune musique ne les accompagnait.

Alors, le voilà, mon frère! Deux jours après sa presque totale disparition et sa totale absence de mon lit. Dédaignant le regard en biais que maman m'a lancé, je l'ai examiné longuement. Je ne voulais pas y mettre autre chose que la froideur de l'analyse, mais sa beauté m'a étourdi et j'ai failli laisser tomber mon petit livre nacré, ouvert à la page de l'introït.

Il était vêtu d'un costume bleu marine, d'une chemise bleu foncé et d'une cravate crème. Il paraissait plus grand et plus costaud et ses yeux trop bleus se cachaient derrière ses paupières à moitié closes. C'était la première fois que je voyais qu'il était devenu un homme. Réincarnation de Carlos-jeune, d'après la photo de mariage de mes parents posée sur la commode de la chambre de Clara. Il avait un air très spécial : cet air de maturité qui se dégage d'une personne qui a pris une décision définitive. J'aurais bien voulu savoir laquelle.

J'ai senti que maman, à mon côté, perdait son calme habituel. Elle n'a pourtant pas bougé. Mais j'ai senti son émoi. J'ai cessé de regarder mon frère pour la regarder, elle, et j'ai vu son sourire, ce sourire dont les vibrations passionnées et lumineuses éclipsaient tout. Elle, maman, aimait son fils, mon frère Antonio, dont la présence ravivait chez elle le souvenir de Carlos-jeune appuyé contre le tronc d'un orme, attendant passionnément la jeune fille qui venait le rejoindre dans l'obscurité de la nuit. Malgré moi, je me suis senti son fils.

La messe a commencé. Le latin a dévoilé son pouvoir magique et m'a envoûté, démolissant toute ma résistance. Je ne pouvais, nulle part dans la chapelle, déceler la présence de Dieu, mais l'Eglise jouait avec ses doigts de velours sur ma sensibilité au mystère et aux rites. La présence de mon frère encourageait en moi un désir d'apocalypse. Les mots latins qui sortaient en douceur de sa bouche venaient chatouiller les recoins les plus secrets de mon corps comme s'ils s'adressaient directement à moi et non à Dieu. Et quand nous, maman et moi, nous sommes approchés de l'autel, ses yeux se sont soudain ouverts pour me dévisager, et je suis pratiquement tombé à genoux sur mon prie-Dieu, tant la tempête de mon désir me laissait sans forces. Sa langue humide s'est promenée sur ses lèvres et, inconsciemment, j'ai fait la même chose. Il donnait des signes de vie, lui, et moi, je donnais des signes de mort. Mais la vie et la mort, c'était peut-être ce que nous devrions affronter dans les temps à venir : la vie et la mort de l'amour. Cette pensée m'a donné froid dans le dos.

Même quand il s'est retourné vers l'autel, cérémonieux au cœur de la cérémonie, je sentais que son regard ne me quittait pas et qu'il me voyait au-delà de toutes les apparences. Il avait mon image dans les yeux et ni les objets, ni les autres personnes, ni même mon absence ne pouvaient l'effacer de sa rétine. J'étais en lui. Confondu en lui. Mon bonheur était plus grand que celui de Dieu, au cas où le bonheur de Dieu est vraiment infini, comme on le prétend.

La clochette d'argent, que mon frère maniait magistralement, nous a annoncé que l'élévation était proche. Don Gonzalo a consacré le vin et élevé le calice, consacré l'hostie et élevé le Dieu-rond au-dessus de sa tête. Dans le silence absolu, je n'ai pas cherché à comprendre le mystère de la transsubstantiation et me suis laissé bercer par les vagues d'une certaine inquiétude. Mon frère s'est agenouillé à côté de l'autel pour recevoir la communion. Il regardait fixement don Gonzalo dont j'ai cru apercevoir la main trembler légèrement. J'en ai déduit que, le matin même, mon frère avait dû se confesser à lui et qu'il avait été certainement question de nos relations. Le curé ne se sentait pas dans son assiette. La confession de mon frère n'avait pas dû être très calme. J'ai eu envie de consoler le prêtre en lui disant que, de toute façon, le péché était son univers, et qu'il serait plus pesant pour lui d'évoluer dans un univers de grâce, poisson d'eau vive jeté dans un bassin de boue. Mais je ne suis pas arrivé jusqu'au bout de mon envie.

Puis ils se sont tous les deux approchés de maman et moi agenouillés. Don Gonzalo a eu le courage de mettre dans son regard l'expression d'une extase sans limites. Il a lentement et clairement formulé ses phrases en latin et a fait communier maman. Puis il s'est mis en face de moi, mon frère Antonio sur sa droite, soutenant sous mon menton le petit plateau en argent à gravures dorées, pour le cas où l'hostie tomberait d'une bouche maladroite. A l'instant même, j'ai imaginé cette éventualité et ai entendu le Bon Dieu pousser un cri d'épouvante. De ma bouche au sol, il n'y avait pas grande distance, mais c'était quand même le vide. Malgré tout, je me suis demandé comment il se faisait que le Bon Dieu ait cette peur incontrôlable du vide. Lui qui habitait le vide depuis des siècles et des siècles, amen. Ma bouche s'est ouverte et le corps du Christ s'est couché mollement sur ma langue. Des vagues de salive recouvraient mes dents. La veille, j'avais été averti, par mon confesseur, que je ne devais sous aucun prétexte avaler l'hostie avant qu'elle ne fonde complètement dans ma bouche, et surtout de ne pas y planter les dents, de peur qu'une gorgée du sang du Rédempteur ne m'étouffe à jamais; mais, maintenant, j'avais peur qu'Il ne se noie dans la cataracte de salive qui s'était déclenchée dans ma bouche. Mon frère Antonio, à la stupeur de Don Gonzalo, s'est agenouillé en face de moi et, très lentement, m'a embrassé sur les lèvres en disant :

« Doucement, mon petit. » (Tout bas.)

Elle, maman, a souri et a levé la tête. Elle n'avait pas mis au monde un cataclysme, mais deux. Et elle en était fière.

C'est certainement à cause de ce regard de fierté que don Gonzalo a fini la messe à toute vitesse, comme s'il

202

s'était soudain rendu compte qu'il était trop tard pour faire des manières. Et nous sommes rentrés tous à la maison pour prendre le petit déjeuner du jour de ma première communion.

Le hall, le salon et la cuisine étaient garnis de longues tables sur lesquelles on avait posé des hors-d'œuvre salés, les gâteaux les plus fins et quelques-uns de ces gros récipients en céramique où l'on garde d'habitude les olives toute l'année, remplis d'une sangria de luxe, au champagne et aux fruits. Maman avait sans doute mis à travailler en secret toutes les nonnes cuisinières et pâtissières des alentours. Je me suis demandé comment, à cinq, nous serions capables de bouffer tout cela. Mais une longue procession de paysans qui travaillaient sur les terres de maman est apparue dans l'allée centrale du jardin, Clara en tête. Elle prenait une voix de sergent-major pour faire régner l'ordre. Tant bien que mal, elle a réussi — Clara-républicaine — à les faire tous défiler devant moi pour m'offrir la pièce de monnaie traditionnelle, signe d'une joie plutôt profane. Après quoi, ils se sont tous jetés sur les friandises comme des corbeaux affamés. Elle, maman, riait, extasiée, ne cessait de prodiguer des conseils pour éviter les indigestions.

« Dans des occasions comme celles-ci, je me sens plus à l'aise parmi eux que parmi mes propres amis, a-t-elle confié à don Gonzalo. Je ne supporte plus les gens qui mangent du bout des lèvres.

— Ils sont aussi les fils du Seigneur, ma fille.

— Je sais parfaitement que tous mes amis sont les fils du Seigneur, mon père.

— Je ne parlais pas d'eux, ma fille.

— De qui, alors ?

— De vos travailleurs.

— Mais jamais je n'ai mis cela en doute, mon père », a répondu maman, un sourire élégant aux lèvres.

Et Clara, qui passait par là comme par hasard, a ajouté son grain de sel :

« Seulement des fils oubliés.

— Tu te sens, toi, oubliée du Seigneur, ma fille ? » a questionné le curé en montrant ses dents de cannibale.

Et Clara, plus profonde et obscure qu'un puits selon son habitude, mais en souriant, a coupé :

« Je ne me sens oubliée de personne. Je suis morte, et les morts n'ont pas besoin qu'on se souvienne d'eux. »

Elle est venue m'embrasser sur les joues :

« Mais celui-ci, il est bien vivant ! »

Son rire a éclaté parmi les applaudissements des paysans, bouches et poches pleines. Dans le brouhaha, j'ai entendu notre confesseur demander à maman :

« Etes-vous sûre, ma fille, que vous vous occupez suffisamment des devoirs religieux de votre personnel ? J'espère que vous avez enfin compris que, après une guerre civile, il faut surtout remettre de l'ordre dans la foi et dans la pratique de la foi. »

Elle, maman, n'a pas daigné répondre à une observation aussi indélicate.

Le défilé terminé, mon frère Antonio s'est approché de moi, a pris ma main et a passé à l'un de mes doigts une bague en or finement ciselée ; il y avait un cœur gravé sur la pierre et, à l'intérieur, mes initiales, les siennes et la date de ce jour.

« C'est la date de ma première communion. Tu y tiens vraiment ?

— Oui.

— On ne dirait pas. Je ne t'ai pas vu depuis deux jours.

— Tu sauras plus tard pourquoi je tiens à cette date. On va faire un tour, maintenant. Je vais te montrer nos terres. »

Nos terres. J'ai trouvé l'expression assez bizarre. Rien

de ce qui appartenait à maman, je ne l'avais jamais considéré comme mien. Mais mon frère pensait autrement.

Nous avons quitté la maison, suivis des regards de maman et de don Gonzalo, qui n'ont pas fait de commentaire. Les choses paraissaient donc rentrer dans l'ordre. J'occupais à nouveau ma place dans le monde de mon frère, qui me tenait sous sa coupe.

Dehors, sur la grande terrasse, Antonio m'a montré les limites de *nos terres* et m'a demandé de choisir moi-même la direction à prendre.

« Montre-moi ce que tu voudras. C'est toi qui sais. »

Il m'a pris par la main et m'a emmené vers une colline sèche et brûlée par le soleil depuis le commencement des temps. J'avais l'impression de me trouver sur une planète morte, j'étais entouré de rochers et enveloppé de poussière. C'était beau et angoissant. Un couple de corbeaux particulièrement hardis sautait d'un rocher à l'autre.

« Qu'est-ce qu'ils font là ?
— Ils sont à l'affût des serpents.
— Il y a des serpents ici ? »

Ma voix devait être un peu tremblante. Mon frère s'est mis à rigoler.

« Oui, gros comme des cordes. Mais ils ne sont pas venimeux. N'aie pas peur.
— Je n'ai pas peur.
— Bon. Tu vois là-bas la montagne ? C'est là que se trouve la source. Je vais te la montrer.
— Tu crois qu'on pourra y arriver aujourd'hui ?
— Une heure de marche. Tu ne t'en sens pas capable ?
— Bien sûr que si.
— Eh bien, allons-y ! »

Par un chemin tortueux, nous nous sommes éloignés de la colline aux serpents et nous avons marché longtemps sous les oliviers et les amandiers chargés d'amandes tendres. Là, la marche était moins pénible. Un petit vent léger essayait de montrer qu'on était au printemps, qu'il faisait frais, mais il n'y parvenait pas vraiment. Les cigales chantaient et s'arrêtaient brusquement à notre passage. Mon frère en a attrapé une dans le creux de sa main et me l'a offerte. Je l'ai prise avec un certain respect. J'avais la sensation d'avoir dans la main un morceau de bois vivant. Elle s'est mise à battre des ailes et je l'ai laissée échapper. Mais mon frère Antonio ne s'est pas mis à rire comme c'était son habitude. Il avait l'air de penser à autre chose. Je me suis dit que ce n'était pas gai du tout, la traversée de *nos terres*. J'ai consulté ma montre en or, très ostensiblement.

« Ça fait déjà plus d'une heure qu'on marche.

— Nous devons marcher encore. C'est un peu plus loin, tu sais. Je t'ai dit une heure pour ne pas t'affoler. »

Je me suis tu.

« Tu veux monter sur mes épaules si tu es fatigué ?

— Je ne suis pas fatigué. Et je n'ai plus cinq ans pour monter sur tes épaules.

— C'est bien ce que je pensais. »

Mais, au bout d'une demi-heure de marche à travers les vignobles et prenant soin de ne pas abîmer mes vêtements de luxe, j'ai dû m'accrocher au bras de mon frère. Il a pris ma main dans la sienne et, se tournant vers moi, m'a donné le premier baiser passionné depuis ces deux jours qui m'avaient semblé une éternité. Cela a produit un effet sexuel immédiat sur lui et j'ai commencé à revivre. Je suis devenu plus loquace et n'ai pas laissé échapper un seul détail des incidents de notre promenade.

Vers onze heures du matin, nous avons enfin atteint le sommet de la montagne. Celle-ci était aussi caillouteuse que la colline aux serpents, mais le bleu parfait du ciel y ajoutait une beauté sereine. Deux aigles planaient si lentement qu'on aurait dit qu'ils se promenaient.

Essoufflés — moi en tout cas —, nous nous sommes arrêtés à l'entrée d'une vieille mine, entourée de jonquilles, de moustiques et de libellules. L'herbe fraîche y poussait comme un prodige de tendresse, et un lapin gris a pris la fuite en nous apercevant. On entendait un bruit d'eau. Il y avait en effet un ruisseau canalisé qui descendait vers *nos terres.*

Mon frère Antonio a sorti de sa poche une torche électrique et m'a dit que nous allions entrer dans la mine.

« C'est pas trop noir, là-dedans ?

— Tu es avec moi, non ? »

Il semblait fâché ou impatient. Il n'était pas dans son état normal.

Agrippé à sa main, je l'ai suivi pendant environ trois cents mètres dans le noir et l'humidité, le dos courbé. Collées contre les murs de maçonnerie, les chauves-souris s'agitaient à l'approche du rayon de lumière et me faisaient frémir. Soudain, j'ai aperçu une lueur, puis, bientôt, un soleil aveuglant au bout de l'obscurité. J'ai pensé que c'était une deuxième sortie de la mine. Je me trompais. Quand nous sommes arrivés, je me suis rendu compte que nous étions dans un énorme puits, large d'environ cinq mètres et haut d'au moins quinze. Au milieu, la source prenait naissance : le fond du puits était tapissé de sable fin, et toute la cavité n'était qu'un épais nuage de papillons blancs.

Bouche bée, je regardais cette espèce de miracle au cœur même de la pierre. Là-haut, le soleil était de plomb, mais, ici, sa chaleur était atténuée par l'ombre douce des figuiers sylvestres qui entouraient les bords du puits. Et l'essaim de papillons remplissait l'air d'une transparence dorée.

207

« Tu es fatigué ?

— Oui.

— Etends-toi sur le sable. Il est très propre. »

Je me suis exécuté. La source donnait au sable gris foncé une fraîcheur tiède.

« Tu as soif ?

— Oui. »

Mon frère m'a fait boire de l'eau dans le creux de ses mains.

« Chaud ?

— Oui. »

Mon frère a commencé à me déshabiller et à empiler dans un coin, soigneusement pliés, mes vêtements. Le livre de prières, le chapelet et les chaussures ont pris leur place à côté.

L'opération dura quelques minutes pendant lesquelles mon frère ne me quittait pas des yeux, et ses mains caressaient savamment toutes les parties de mon corps au fur et à mesure qu'il les dénudait. Petit à petit, je me suis aperçu que la nature de ses caresses avait changé et que ses mains cherchaient à me faire prendre conscience de leur activité et des réactions de mon propre corps. J'étais en présence de quelqu'un de nouveau, un homme dont le vrai désir, contrôlé depuis toujours, allait enfin s'accomplir en moi.

Et moi aussi, j'étais quelqu'un d'autre, tout en étant le même. Les sensations très connues que j'expérimentais au contact de mon frère s'accompagnaient à présent d'une force sauvage et d'une lassitude extrême. Le goût du corps du Christ n'avait pas encore disparu de ma gorge que la langue de mon frère s'y introduisait avec toute son avidité pour n'en plus laisser de traces. J'étais effrayé et exalté. Je frémissais, perdu à jamais dans cette nouvelle rencontre. Il me semblait que, sous le soleil tamisé et le tourbillon blanc des papillons, mon frère n'allait jamais se déshabiller. Le fait de me serrer tout nu contre ses vêtements suffisait à me rendre fou. Il gardait encore cachés tous ses secrets d'homme, et c'était peut-être pour cela que ma chair lui devenait de plus en plus précieuse.

Finalement, il n'a pas pu retenir plus longtemps son désir. Il a moitié baissé son pantalon et m'a pris d'un coup de reins. Mon cri a fait frémir l'air rempli de papillons et une pluie de molécules dorées s'est abattue sur nous.

« Crie! Crie plus fort! N'aie pas peur! »

Mon frère était toujours dans moi, ses bras tremblants me serraient avec toute sa force et ses dents mordaient mes cheveux.

Ce fut le moment le plus long et le plus court de ma vie. J'ai senti que c'était *vraiment* le jour de ma première communion et que mon frère Antonio l'avait calmement décidé comme ça. Je savais, à présent, que je n'avais pas été absent de sa pensée pendant ces deux jours où il avait déserté mon lit. Tout au contraire, sa volonté d'amoureux avait planifié en détail mon retrait définitif du monde des autres et ma définitive insertion dans son monde à lui.

« Je t'ai fait mal?
— ... Oui... Non...
— Tu veux que je sorte?
— Non! Reste! Reste!
— Oui! (Encore ce cri où la joie et la douleur se mêlaient, et la pluie dorée des papillons.) Tonio!
— Quoi, mon petit?
— Tu m'aimes?
— Je t'aime! »

Mon frère a aimé si profondément ces mots, « je t'aime », qu'il les a répétés à l'infini, et, à chaque fois, il s'enfonçait un peu plus en moi, s'appropriait la folle découverte de mon corps, mêlant dans sa bouche son cri aux miens.

J'ai eu mon premier vrai orgasme dans l'endroit le plus beau du monde, que mon frère avait choisi pour moi. L'eau de la source murmurait à mes oreilles et mes yeux se perdaient dans un kaléidoscope de papillons. Tout cela dominé par le visage-dieu de mon frère.

« Tu sais que tu es mon dieu ?

— Je sais que tu es mon dieu. »

Qui a questionné ? Qui a répondu ? Impossible de dire. Les mots de chacun se formaient dans la bouche de l'autre. Nous les prononcions et nous les entendions de l'intérieur.

Nous sommes restés là pendant des heures. Mon frère m'a pris trois fois et j'ai bravement supporté son poids tout le temps qu'il a fallu. J'aimais la douleur impitoyable que mon frère m'imposait et qui m'amenait au bord du délire. Mais j'avais conscience que ce délire était l'univers qu'il m'avait préparé pendant des années, et qu'il y était entraîné aussi inéluctablement que moi.

Quand il n'y eut plus de soleil dans le trou aux papillons, mon frère Antonio a décidé que nous devions partir. Son pantalon était maculé de sang et je n'ai pas été capable de me tenir sur mes jambes tout de suite. Il a lavé dans l'eau de la source la partie de ma personne qu'il *aimait le plus* et que nous devions soigner comme il fallait *pour ne pas tomber en panne*. Il a trouvé que son cynisme était drôle et s'est mis à rigoler comme un fou, selon son habitude.

Je le regardais de mon visage le plus sérieux.

« Tu penses que ce n'est pas vrai ? »

Je n'ai rien répondu et me suis accroché à lui pendant qu'il m'aidait à me rhabiller. Nous avons quitté le trou aux papillons, la mine, et repris le chemin de la maison. Je marchais comme un invalide, soutenu par le bras de mon frère dont le regard commençait à s'assombrir.

« Tu ne te sens pas mal, n'est-ce pas ?

— Mais non. »

Peu à peu, j'ai récupéré mes forces; j'ai levé la tête et l'ai embrassé sur les lèvres. Son visage s'est rempli de joie et il m'a mordu le nez.

« Ça va, maintenant ?

— Oui, ça va. Si tu veux, on remet ça tout de suite. » Mon frère m'a serré le cou.

« Cette nuit.

— O.K. »

Nous sommes arrivés à la maison avec les derniers rayons de soleil. Affamés. Antonio a demandé à Clara si le dîner était prêt. Oui, qu'elle a répondu. Maman et don Gonzalo nous regardaient au milieu du monstrueux champ de bataille que formait le hall après la fête. Monsieur notre confesseur a demandé :

« Vous avez fait une bonne promenade ?

— Oui, merci.

— Je lui ai fait faire le tour du propriétaire. Il n'est plus un enfant depuis aujourd'hui. »

Tous les deux, maman et le curé, ont jeté inconsciemment un regard sur la braguette de mon frère, où il restait certaines taches douteuses. Je n'ai pas eu de peine à suivre le cours de leur pensée.

Quelques minutes après, nous nous sommes mis à table et, à la fin du repas, mon frère Antonio et moi sommes montés dans notre chambre. Clara avait mis des draps propres parfumés aux coings et deux oreillers. Elle avait aussi déplié nos pyjamas... pour la forme. (Clara-sage.)

CHAPITRE XIV

Monsieur le spécialiste en cas perdus a décidé que je serais prêt en septembre pour me présenter aux examens d'entrée au lycée. J'ai remarqué qu'il n'a pas dit que je serais prêt pour les *réussir*, mais c'était sous-entendu. Il avait appris à me connaître et savait que mon apparente indifférence masquait toujours une curiosité vorace.

Cet été, donc, pendant que mon frère étudiait comme un forcené ses énormes livres de mathématiques, de physique et de chimie pour son entrée à l'école d'ingénieurs, maman a failli devenir folle en préparant mon *trousseau* pour l'année scolaire. Ses mains étaient sans cesse occupées à téléphoner ou remplies d'échantillons de tissus qu'elle examinait méticuleusement à la lumière presque inexistante des portes-fenêtres du salon; elles signaient continuellement des factures et des chèques ou jouaient d'un air distrait avec une paire de lunettes à monture d'or que je n'avais jamais vue auparavant et qui donnait à maman le charme respectable d'une femme d'affaires; sans doute dues à un caprice momentané, ces lunettes n'avaient jamais orné jusqu'à présent le nez de maman. Clara considérait que tout cela était un peu exagéré, et j'ai entendu son commentaire au moment où je me rendais au jardin :

« On dirait que tu n'as rien à te mettre sur le dos,

mon pauvre. Si un jour tu te maries, il faudra louer une maison rien que pour les préparatifs. »

Je l'ai regardée sans daigner lui répondre. Et elle a rougi. Nous sentions tous les deux que cette allusion à un mariage possible était parfaitement déplacée. Il ne fallait pas tomber si vite dans les lieux communs. D'ailleurs, j'étais déjà marié. Avec mon frère Antonio. Point. Altier, j'ai gagné le jardin et j'ai dit au merle :

« Mais tu te rends compte ? Elle n'a pas le sens de la réalité ! »

Le merle s'est mis à se chercher des poux sous les ailes, sans rien répondre, et moi, un peu vexé, je me suis dit qu'il vieillissait. D'un jour à l'autre, il pouvait tomber sous la patte d'un chat, et adieu mon copain.

Le tailleur venait deux fois par semaine prendre et reprendre mes mesures, me faire essayer des vestes, des pantalons, des chemises et des manteaux. Et maman a eu la fantaisie de lui commander aussi une cape pour *les jours venteux*. Je ne me voyais pas du tout habillé comme ça, mais j'ai dû me résigner. Le jour du dernier essayage de la cape, dans le miroir de l'entrée, j'avais l'air d'un canari déguisé en fossoyeur. Pour me venger, j'ai demandé :

« Tonio n'a besoin de rien, pour son école d'ingénieurs ? »

Elle, maman, a répondu fièrement :

« Il a son propre tailleur et son propre chemisier. Et ses goûts à lui. Ton goût, par contre, il faut encore l'éduquer.

— Je ne l'ai jamais vu avec une cape.

— Ça ne lui irait pas du tout. Il est assez grand et assez fort pour ne pas passer inaperçu. Toi, c'est autre chose. Si on n'arrive pas à te donner une *certaine* allure, on te confondra dans la masse. Ce serait affreux. »

Là, je me suis remémoré la confession générale de

maman devant Clara : *Une jeune fille, ma chère...* Et sans savoir pourquoi, puisqu'il n'y avait aucune raison que je pense à cela, j'ai décidé que maman avait voulu dire qu'une femme comme il faut ne pouvait pas se balader en ville et se faire siffler par les soldats ou les ouvriers du bâtiment; que cela n'entrait pas dans son univers. Elle m'assimilait à sa propre éducation et, très à l'aise, s'occupait de tous les détails de ma première sortie officielle dans le monde. Peu importait que je ne sois pas une jeune fille mais un jeune garçon. Pour elle, il y avait déjà un homme dans mon entourage. C'était suffisant.

Elle se doutait pourtant que je connaissais assez bien la ville et que je ne me privais pas d'y faire un petit tour de temps à autre, et elle savait aussi que mon frère Antonio m'emmenait au cinéma presque tous les dimanches soir et que nous nous étions assis plusieurs fois à la terrasse du café Colón pour prendre une glace. Mais elle s'en foutait pas mal. Ce n'était pas elle qui avait décidé ces sorties. Ma *vraie* sortie se ferait en septembre, à mon entrée au lycée.

Ces sorties hors programme m'avaient aidé à comprendre que la ville n'était pas ma vie. Je m'y sentais un étranger. Les gens saluaient mon frère, lui demandaient des nouvelles de maman et de papa, et parfois ses copains s'asseyaient à notre table, mais ma personne n'éveillait aucune curiosité. Cela me lassait. Mon frère Antonio avait pris l'habitude de se montrer avec moi partout, le bras autour de mes épaules, et ne se gênait pas pour m'embrasser en public — quand cela lui chantait, même s'il y avait du monde. Nous faisions des paris pour savoir jusqu'où il oserait aller. Un dimanche, à la sortie de la messe d'une heure de l'après-midi où se trouvaient tous les gens chic de la ville, mon frère m'a montré deux pigeons qui se becquetaient sur la corniche de l'église et, devant tout le monde, m'a embrassé sur la bouche. Sans se presser. Puis il m'a pris très calmement le bras et nous nous sommes dirigés tranquillement vers la terrasse du café.

Cela m'excitait terriblement et me faisait apprécier le monde extérieur plus que lorsque j'étais petit. Mais, surtout, l'apprécier comme un endroit parfaitement organisé où l'on pouvait foutre la pagaille sans que personne n'ose nous dire quoi que ce soit. Antonio et moi étions *frères*, tout le monde savait que j'avais été *très malade* et que mon frère aîné s'était toujours occupé de moi. Quoi de plus naturel, alors, que le tendre amour qu'il me portait et qu'il ne pouvait s'empêcher d'exprimer en public ?

Mais je surprenais de temps en temps des regards qui me piquaient au vif ! Combien de fois ai-je vu des gens prêts à cracher le mot « pédé » avec mépris, alors qu'il aurait dû leur pourrir entre les dents, ce mot, parce qu'ils n'avaient pas le droit de le prononcer, étant donné que tout ce qui se passait entre mon frère et moi se passait en famille et que la famille est sacrée.

Je devenais pourpre, non pas de honte, mais de rage. Et je me rendais compte, furieux, que les dissertations de don Gonzalo sur le péché n'étaient pas tombées dans le vide. Je me disais alors que, s'il me fallait, pour étaler ma révolte en toute impunité devant les autres, pratiquer la religion catholique, je saurais toujours m'interdire de *sentir* en catholique. (Je me trompais. Contre mon gré, je me suis laissé avoir pendant que j'étais au lycée, et il m'est même arrivé de refuser mon corps à mon frère qui devenait fou de rage et me prenait de force. Mais ce n'était qu'à des moments de mysticisme aigu, et pas souvent. Alors, les défoulements de mon frère sur mon corps passif me remplissaient de tristesse et de bonheur. Quand on est vraiment catholique, on ne refuse jamais de vivre avec le péché.)

Je me suis fait à la ville et à ses drapeaux sans pouvoir jamais séparer les deux choses l'une de l'autre. Et, au bout d'un certain temps, je n'ai plus fait attention à leur présence. Je me suis retiré en moi-même et me suis dit que mon monde à moi était fait d'une matière distincte qui ne devait en aucun cas être contaminée par les aberrations du monde des autres.

Il est neuf heures du soir et je n'ai pas sommeil. Clara m'a servi le dîner dans le jardin, sous le marronnier, et, cinq minutes après, j'étais envahi par les mouches et les fourmis. Je me suis mis à les observer : elles sont petites et blondes, les mouches et les fourmis, comme moi. Je les laisse faire, sans un mot, sans un geste. Sinon, Clara va venir avec son atomiseur géant et faire un massacre. Ce n'est jamais gai quand mon frère est invité chez des copains et que je dois dîner tout seul. Voilà pourquoi j'ai expédié mon repas à toute vitesse, et j'ai semé le sol et la nappe de miettes : pour sentir la présence de quelqu'un, ne serait-ce que ces insectes.

Tout à l'heure, j'ai vu Clara dresser la table pour deux dans le salon. Façon chic. Je lui ai demandé si maman *recevait*, mais elle m'a dit que non. A force de la questionner, j'ai appris que, aujourd'hui, on célébrait l'anniversaire de mariage de papa et de maman. Je ne pense pas que Clara soit très contente de cette célébration. Elle n'a pas l'air d'être tout à fait dans son assiette. Ses réponses brusques dénotent une certaine tristesse, chez elle qui ne se confie jamais. Ou elle pense à Carlos, ou bien elle est triste parce qu'elle ne peut pas célébrer son propre anniversaire de mariage. Elle est veuve depuis la guerre. Je l'ai toujours connue veuve, Clara-seule, Clara à nous. Mais jamais nous n'avons été à Clara. Enfin, ni envie d'étudier ni envie de dormir. Je monte dans la chambre, mais en redescends tout de suite et vais dans le jardin. L'été est trop chaud et, sous le vieux marronnier, je trouverai peut-être un peu de fraîcheur venue de la mer.

217

Incroyable : maman a osé ouvrir toutes grandes les portes-fenêtres du salon. Ou bien c'est Clara qui les a ouvertes, et elle, maman, ne les a pas refermées. Voilà une excellente occasion pour assister sans être vu au dîner d'anniversaire de mes parents. Je cherche un coin obscur sous le marronnier des Indes. Quelque part parmi les fleurs, un grillon remplace, sans trop de succès, les sifflements du merle qui dort à cette heure-ci. On entend mieux le petit jet de la fontaine, qu'on n'entend que la nuit, quand tout se tait.

Elle, maman, arrive en premier et allume ses éternelles bougies jaunes. Je ne veux pas insister sur la jaunisse totale de la table : c'est, depuis toujours, la maladie imaginaire de maman. Ce soir, elle se reproduit en toute beauté et artifice dans le jeu de topazes que maman arbore pour l'occasion. Elle est très belle, maman. Elle arrange de ses mains imprécises, qui n'en finissent jamais de se poser nulle part, des petits détails sur la table et embrasse passionnément les deux roses rouges que Clara y a placées. J'ai un choc. Pourquoi rouges ? Il faudra que je demande plus tard à Clara. Mais j'oublie le décor à cause de la lumière soudaine qui a envahi le visage de maman. Putain ! qu'elle est belle ! Elle caresse la chaise où papa va certainement s'asseoir. Et je comprends : elle attend Carlos. Normalement, si la vie avait été pour eux quelque chose de plus ou de moins que ce qu'elle est, en cet instant précis, Carlos devrait être en train de mettre un soupçon de parfum sur sa moustache, de planter un œillet rouge à sa boutonnière. Il affirmerait, devant son miroir, la force de ses jambes pour recevoir le poids des cuisses pleines de maman. Il se sentirait aussi jeune et vigoureux que vingt ans auparavant, quand ils se sont mariés. Normalement. Mais il me semble que la réalité est aussi dépourvue de sens que la beauté soudaine de maman.

218

Et, effectivement, c'est la réalité qui arrive : papa. Costume noir habillant la vieillesse. Pas d'œillet rouge. Des jambes qui ne voudraient pas traîner, mais qui se traînent.

« Bonsoir, chérie.

— Bonsoir, mon amour. »

C'est inconcevable de les entendre se parler comme ça. Leur baiser se défait dans la lumière jaune et laisse autour de leurs bouches une mollesse cotonneuse. Le salon se décompose dans une sorte de misère physique. Inutile attente. Carlos n'est pas venu.

Mais comment se fait-il qu'elle, maman, soit toujours capable de se rendre agonisante de beauté à ce rendez-vous sans espoir ?

« Tu aurais dû mettre un œillet rouge à ta boutonnière, mon chéri. C'est l'image de toi que je préfère. »

Papa sourit :

« Quand nous étions jeunes, tu trouvais mon œillet décidément bien ordinaire.

— Pas ordinaire. Barbare. C'est différent. Pourquoi es-tu si négligent ?

— C'est vrai. Je me néglige trop. Mais je ne suis plus ce que j'étais.

— Ça alors, mon chéri ! On ne fête pas un anniversaire pour prendre conscience de la réalité, mais pour se souvenir. Pour ressusciter. »

Papa sourit encore. Comment étaient leurs étreintes, à l'époque où la fleur de leur langage n'était pas fanée ?

— Tu vois, Matilde, il y a une réalité que je ne peux jamais ignorer : tu es la femme la plus belle du monde, la plus définitive. Il en a toujours été ainsi et il en sera toujours ainsi. Quand j'étais jeune et que j'étais parfaitement capable de t'aimer et de t'analyser en même temps, je pensais que tu étais la femme à abattre. Dans le monde que je voulais bâtir, il n'y avait pas de place pour une femme comme toi. Mais voilà, je t'aimais. Je me disais qu'il me faudrait changer le monde et te conserver... même déguisée. Drôle de contradiction : je n'ai réussi ni l'un ni l'autre. Je n'ai pas changé le monde et je ne t'ai pas conservée.

— Chéri...

— Tu es restée avec moi. C'est différent. »

L'anniversaire ne s'annonce pas gai. C'est plutôt la fête des morts. Je ne serais pas du tout étonné si, à la fin de ce dîner, il ne restait que deux squelettes jaunâtres, chacun assis sur sa chaise et se tenant les mains avec une tendresse grotesque.

L'apparition de Clara met fin à mes réflexions. Elle entre avec deux verres de xérès.

« Bonsoir, monsieur.

— Bonsoir, Clara.

— Ma chère, je vous avais dit d'apporter trois verres. Je tiens à votre compagnie pour nos vœux de bonheur. Parfois, vous êtes méchante. Vous m'attristez. »

Clara s'est tue. Elle est sortie pour revenir quelques secondes plus tard avec un troisième verre de xérès.

« Je vous demande pardon, madame. J'oublie toujours les choses que je ne dois pas oublier.

— Clara, vous vous souvenez quand nous étions enfants tous les trois ?

— Je me souviens quand nous étions enfants tous les quatre.

— Ah ! oui... tous les quatre. Il appartient, lui aussi, à mes souvenirs. Mon cheval était toujours le plus beau, le plus propre de la région, parce qu'il aimait me voir sur le plus beau cheval du monde, disait-il.

— Vous, toujours habillée en organdi, toujours transparente. Moi, à la cuisine. Carlos, à l'école. Et *lui*, à l'étable. S'il n'y avait pas eu la guerre, chacun de nous aurait certainement gardé sa place.

— Vous regrettez la guerre, Clara ? »

C'est papa qui pose la question. Et il me semble que

sa voix révèle l'angoisse de celui qui veut et ne veut pas savoir.

« Non. Seulement, Madame et moi sommes toujours restées à notre place. Moi à la cuisine et elle...

— Je ne suis plus transparente. Je suis obscure, maintenant.

— Mais *lui*...

— ...et Carlos... Buvons ! Buvons ! Le jour de la résurrection ne nous sied pas. »

Ils boivent, tous les trois. Sans une larme. Le temps pétrifie tout. Même le regard. Comment doit-il se sentir, Carlos, en entendant parler de sa mort, survenue vingt-cinq ans plus tôt ? Personne ne lui pose la question.

Ce n'est qu'à la fin du repas que papa et maman ont parlé de nous, leurs deux fils. Vaguement au début, mais les propos sont devenus plus clairs par la suite. Papa s'est montré inquiet au sujet de ce qu'il a appelé *une certaine dégradation de nos mœurs*. (Langage de maman. Contagion.)

« Ils sont trop liés, tu ne trouves pas ?

— Chéri, que veux-tu dire au juste, par *trop liés* ? »

Papa a rougi (absurde réaction qui n'allait surtout pas avec le salon de maman) et, finalement, d'un ton brusque, il a dit :

« Il me semble que Tonio est en train de sodomiser le petit. »

(Merde !)

« Et cela t'étonne ? C'est ton fils, ton portrait. »

(Merde !)

« Matilde ! Tu ne vas pas m'accuser, moi... ! »

— Chéri, je t'en prie ! Ne sois pas ridicule. Si je dis qu'il est ton portrait, c'est parce qu'il est ton portrait, un point c'est tout. (Papa allait dire quelque chose, mais il a choisi de vider son verre de vin d'un seul coup. Elle, maman, a contrôlé sa voix qui avait failli, un moment, devenir tout à fait étrangère à son salon.) J'en connais quelque chose, moi, sur la sodomie. C'est le propre des hommes. Je me rappelle quand j'avais seize ans, moi. Pas toi? (Papa n'a pas cru opportun de répondre.) Le garçon qui suivait mes pas depuis que j'étais petite fille, un beau costaud de dix-neuf ans , appelé Carlos, qui s'était toujours placé, comme par hasard, entre mon regard et le reste du monde, fils de l'administrateur de ma famille, et qui devait, d'ailleurs, m'épouser — décision que j'avais prise moi-même —, ce garçon-là était fougueux. Mais il ne voulait pas me mettre enceinte avant le mariage. Pourtant, il avait un très gros besoin de s'exprimer *en moi* — je n'invente rien, ce sont ses propres paroles —, et cela, chaque jour davantage. Carlos, te rappelles-tu la première fois que tu m'as sodomisée? Tu t'es faufilé dans ma chambre par le balcon, tu as enlevé ton pantalon, pas tes vêtements, ton pantalon, slip y compris, devant moi, pour que je voie de mes propres yeux ce qui t'arrivait quand tu pensais à moi, et tu m'as dit qu'il fallait faire quelque chose si je t'aimais. Sinon, tu as menacé de te tuer. Evidemment, je t'aimais. Et j'ai consenti. Je te voulais vivant, cheval cabré, pas mort. Et j'en avais envie, moi aussi. Heureusement que, étant déjà femme, j'ai pu justifier le lendemain les taches de sang sur mon lit de vierge. Pendant nos années de fiançailles, tu m'as fait verser plus de sang par-derrière que tu ne m'en as fait verser, après notre mariage, par-devant. Et quand nous nous sommes mariés, tu n'as pas renoncé pour autant à ton goût spécial pour la sodomie. Tu me disais toujours que tu *adorais* me ramener à mon premier cri d'amour. »

En vidant un autre verre, papa a commencé à sourire :

« Cette fois-là, la première fois — je m'en souviens comme si c'était hier —, tu m'as demandé de me déshabiller complètement. J'étais un peu gêné.

222

« — Je sais. Mais je n'allais pas laisser passer l'occasion. Tu as toujours été l'homme le plus beau du monde. Ça, je ne te l'ai jamais dit.

— Non. »

Tous les deux se sont perdus dans un sourire d'un autre temps et leurs mains n'ont pas eu besoin de se toucher. Je n'ai pas du tout été choqué par ces révélations. Ce qui m'étourdissait, c'était plutôt le courage de maman pour mettre les choses au clair, et la certitude que, finalement, et malgré la vieille ritournelle de l'odeur du soufre, elle, maman, nous voulait comme ça, mon frère et moi.

— Tu ne penses donc pas qu'on devrait leur parler ?

— Pour leur dire quoi ? Evite-moi la vulgarité de me répondre que ce n'est pas bien ce qu'ils font. Toi et moi, nous l'avons fait pendant des années. Et nous étions heureux, parce que c'était notre affaire. Alors, pour leur dire quoi ?

— Tu ne te sens pas frustrée ?

— Non, au contraire. Je comprends, maintenant, même si cela te paraît prétentieux, que j'ai mis au monde, en eux, un besoin de vivre en marge des normes, contre nature, si tu veux. Et que c'est toi qui as engendré en moi cette rage d'exister. Nous n'avons pas pu changer le monde, et la guerre que tu as faite n'a servi qu'à nous installer pour toujours dans l'absence d'espoir, ce qui est pire que le désespoir. Mais nous, toi et moi, nous avons fait quelque chose d'autre : deux fils contre nature, comme diraient mes amies. C'est beau, ça. Toute une œuvre. Et j'en suis fière. Tu regrettes de ne pas avoir la possibilité de bercer dans tes bras un petit-fils ? »

Papa regardait maman, l'étonnement figé sur le visage, puis il a éclaté de rire. Maman et son salon ont assisté, bouleversés, à cette véritable résurrection d'un type appelé Carlos. Les deux roses rouges, qui tout à l'heure se mouraient d'angoisse, semblèrent soudain s'effeuiller en milliers de pétales rouges qui se sont envolés en tourbillonnant dans la pièce comme des oiseaux en folie. Et Clara, épouvantée, est entrée dans le salon avec la bouteille d'eau-de-vie. Mais le rire de maman avait déjà joint celui de papa, et Clara, sans savoir pourquoi ni comment, s'est mise elle aussi à se tordre de rire.

Je suis monté me coucher pour attendre, au lit, mon frère Antonio. Elle, maman, me faisait peur. Je ne voyais plus mon amour pour mon frère seulement comme de l'amour, mais comme... comme quoi, au juste? Des années durant, je me suis posé la même question, mais je n'ai jamais trouvé de réponse.

Maintenant, je te demande : « M'amèrerais-tu la réponse, en ce début de printemps? »

Soudain, en septembre, j'ai été jeté dans une classe au lycée, parmi une centaine de garçons de mon âge. Ils étaient tous bruyants, décontractés, comme s'ils avaient l'habitude de commencer tous les jours leurs études.

Evidemment, ils venaient pour la plupart d'écoles primaires ou préparatoires, et leur caractère s'était endurci dans la lutte journalière contre les ennemis de tout poil. C'est-à-dire les enseignants, les camarades et les parents, sans oublier les éternels concierges de ce genre d'établissement. Moi, je tombais là comme un cheveu sur la soupe. Discret, poli et réservé, je faisais preuve de ces trois merveilleuses qualités tant vantées par la dame ronde et âgée qui était notre professeur de français. Mais qui m'ont attiré beaucoup d'ennuis vis-à-vis de mes camarades, et surtout de mes professeurs : elles me mettaient à la portée de leur tendance innée au sadomasochisme. Pour ces individus hurlants, à la blague facile, que j'appelle mes camarades, j'étais « la fleur », et pour ces autres au sourire méphistophélique, à l'œil soupçonneux que j'appelle « mes professeurs », je devenais *cet enfant modèle*. De toute façon, je préférais l'ironie de mes camarades à la hargne sinistre de mes professeurs qui m'obligeaient à monter sur l'estrade et, me désignant aux fauves comme l'exemple à suivre, m'exposaient à toutes sortes de dangers inédits. Je n'avais jamais vu de trucs plus mobiles que les yeux des lycéens dans ces occasions-là. Mais, petit à petit, à force de ténacité et de mépris, je me suis fait respecter de tous. Pas une seule *manifestation artistique* où je ne sois mêlé. Dans les tableaux vivants, on me distribuait d'habitude le rôle de l'ange annonciateur — en général de malheurs — ou du Bien, qui est toujours en train de se plaindre de l'attirance et du pouvoir du Mal, mais qui ne fait jamais quoi que ce soit pour y apporter remède. J'ai été choisi à l'unanimité pour jouer le petit malade dans *Le Facteur du roi* de Tagore. On m'a foutu sur la tête un turban, une plume d'autruche et une fausse émeraude, et, comme personne ne savait comment était habillé un enfant indien, pauvre et malade chronique, et que les photos qu'on nous a apportées du Centre de Mission pour l'Orient ne montraient que des petits Indiens squelettiques et nus cherchant quelques grains de riz dans la boue, entre les pattes des vaches, et qu'il n'était pas question de me foutre à poil sur scène, on m'a enveloppé dans un rideau de velours et on m'a jeté sur un vieux sofa Récamier. Tous les autres jouaient en pyjama. L'image que nous avons donnée de l'Inde ne pouvait pas être plus exotique : on aurait dit un bal costumé dans une prison modèle, avec danseuse orientale pour corser la scène. (La danseuse, c'était moi.)

Mon frère Antonio avait fait ses études dans le vieux lycée. Un ancien couvent aménagé, avec un beau cloître au milieu où poussaient quelques palmiers, pourrissait l'eau d'une fontaine, et où quelques oiseaux s'égaraient de temps en temps. Mais moi, j'ai eu l'honneur, avec tous mes *collègues,* d'inaugurer le nouveau lycée, bâtiment en béton qui avait l'air d'une caserne et dont le régime était bien celui d'une caserne. Le directeur et prof de maths était un ancien capitaine des troupes franquistes, et le gardien-concierge-homme-à-tout-faire, un garde civil en retraite qui avait légèrement modifié son vieil uniforme, mais n'avait pas eu le temps, apparemment, d'enlever sa moustache prussienne. Aucun d'eux n'avait oublié son passé, et nous en faisions les frais. L'heure de gymnastique hebdomadaire, par exemple, était un cours d'instruction militaire, et le dernier cours de maths de la semaine, samedi à une heure de l'après-midi, se terminait par l'hymne de la Phalange, le *Cara al sol,* que nous chantions tous à gorge déployée debout, le bras droit levé, les sourcils froncés, l'œil paranoïaque. Après quoi, le directeur criait :

« *Arriba España !* »

Et nous tous :

« *Arriba !* »

Lui :

« *Viva Franco !* »

Et nous tous :

« *Viva !* »

Aucun ne pensait à ce qu'il disait — même pas le directeur, j'imagine —, il n'y avait donc pas de quoi se tracasser. Moi, personnellement, je n'étais jamais sincère quand je souhaitais une longue vie au petit bonhomme que j'avais vu pétrifié sur son cheval de bronze lors de ma première sortie en ville. Les rituels finissent toujours par ne plus vouloir rien dire.

Ma vie était plutôt mouvementée et je n'avais plus le temps de rester à la maison. Mon frère Antonio étudiait comme un damné et, en dehors du lit, nous n'avions presque pas l'occasion de nous voir. Notre amour en souffrait, et je me suis replié sur moi-même, en me disant qu'un jour l'amertume arriverait comme vient la mort : par la force de l'habitude. Pour mon frère, le besoin sexuel se faisait plus pressant chaque jour et le poussait à me prendre en plein jour dans le jardin, sous le temple de jasmin. Je n'étais pas content du tout, même si, presque en pleurant, il me retenait dans ses bras, très longtemps, bien serré contre lui. Mais il ne me regardait pas. C'est à cette époque qu'il a commencé à traverser péniblement sa crise de conscience et à mettre un pyjama pour dormir. Au lieu de calmer ses ardeurs, comme il le croyait, cela ne fit que les exacerber, et je me suis mis, moi-même, à fréquenter, plus que je n'aurais dû, les confessionnaux. Mais jamais le même prêtre. Je me faisais un plaisir de passer de l'un à l'autre, et, peu à peu, j'ai réussi à mettre toute l'Eglise de la ville au courant de notre affaire. J'ai récolté pas mal de conseils, pas mal de menaces, pas mal de propositions. Chacun voulant m'avoir dans son confessionnal, ils me priaient tous d'être plus assidu dans mes confessions et de ne pas laisser le diable, non pas me tenter, mais m'induire au silence. Je suis devenu un expert en confessions, et n'étais pas avare de détails qui, je le savais, intéressaient spécialement les curés. J'ai réussi à les faire bander presque tous, et celui qui ne marchait pas la première fois, me voyait deux ou trois jours de suite, de plus en plus parfumé, de plus en plus victime des circonstances et de plus en plus mordu par le *sinistre* péché. Finalement, la main du réfractaire se posait sur ma tête, sa crispation me disait que le travail d'érosion s'amorçait, et je commençais à pleurer sur ses genoux. Ses jambes s'ouvraient, tendues par le désir d'accueillir ma figure. Là, je m'arrêtais. Je demandais l'absolution. Et n'y retournais plus. Mais, en dehors des confession-

227

naux, j'étais toujours pour eux *mon fils (mon petit* pour les plus osés). On ne m'offrait pas de bonbons, on ne m'emmenait pas dans les buissons parce que ce n'était plus de mon âge. Mais je connaissais par cœur toutes les portes dérobées de toutes les églises de la ville, et j'ai très souvent fait mon goûter d'hosties accompagnées d'un verre de vin de messe. (Question d'entretenir mes petits caprices d'enfant gâté.)

C'est au lycée que j'ai connu Galdeano : deux ans, dix centimètres et quinze kilos de plus que moi. C'était un gars qui faisait tout ce qu'on doit faire pour être solide. Il étudiait, mais pas assez pour passer dans la classe supérieure. Il jouait bien au foot, mais son travail sur le petit bateau de pêche de son père l'empêchait de s'entraîner convenablement et il n'était pas toujours en forme. Il n'appartenait donc pas à l'équipe officielle du lycée qui rencontrait tous les ans l'équipe des Salésiens, nos rivaux, traditionnellement plus forts que nous. Et, surtout, il se masturbait. Il faisait ça aux toilettes où tout le monde se cachait pour fumer un bout de cigarette, ou en classe. Il se plaçait toujours dans les derniers rangs. Il sortait de sa poche une photo porno, la posait devant lui, la regardait, la regardait, et voilà, son activité de singe commençait. Il faisait l'admiration d'un groupe de fidèles qui racontaient partout qu'il éjaculait comme un grand et un peu plus chaque jour.

Galdeano était l'un des plus acharnés à m'appeler « fleur », mais il le faisait surtout pour rigoler et pas méchamment. Tout au début, il m'effrayait. J'évitais son regard et sa présence, et me disais que, un jour, je l'aurais. Au milieu de sa séance de masturbation, il me faisait des signes m'invitant à m'asseoir à côté de lui. Je lui jetais un regard froid, et alors, lui, je ne sais pas pourquoi, cessait son exhibitionnisme. Mais jamais je ne l'approchais. On ne me voyait jamais dans les toilettes et, en classe, je me précipitais toujours dans les premiers rangs. Mais je sentais ses yeux collés à ma nuque.

Le troisième trimestre de l'année scolaire, on nous offrit la possibilité de laver nos âmes de tous leurs péchés, c'est-à-dire de faire dix jours de retraite et de méditation. J'ai eu la surprise de voir que cette retraite était dirigée par monsieur le confesseur de madame ma mère et de moi-même : don Gonzalo. Comme je ne voulais pas tomber sous son regard, j'ai choisi une place au fond de la chapelle et je me suis retrouvé à côté de Galdeano, qui affectionnait toujours les derniers rangs.

J'ai eu un mouvement de recul, mais il m'a pris par le bras, avec toute la force que je lui soupçonnais, et m'a forcé à m'asseoir à côté de lui. Il a mis sa jambe sur la mienne pour m'empêcher de m'échapper. Il ne sentait pas l'eau de Cologne, mais il sentait bon, le salaud ! Taurillon de plein air.

« Reste là. »

Je l'ai regardé sans rien dire.

« T'as peur de moi ? »

Aucune réponse. J'ai senti alors que la pression de sa main se faisait plus douce.

« C'est parce que je t'appelle « fleur » ? Je m'excuse.

— Ça, je m'en fous. J'aime pas ton comportement, c'est tout.

— D'accord, je me comporterai autrement. Promis.

— Je ne vois pas pourquoi...

— Dis donc, tu sais nager ?

— Non.

— Je vais t'apprendre, si tu veux. On ira se baigner ensemble. Promis ?

— Je vais y penser.

— D'accord. Je connais un coin où on sera tout seuls. »

Il a enlevé sa jambe de la mienne. Je n'ai pas foutu le camp.

Don Gonzalo était déjà en chaire. Son regard d'aigle balaya l'assemblée comme un coup de vent sur un champ de blé, cherchant à voir si quelqu'un oserait lui tenir tête. Mais, à cet âge-là, notre sens de l'hypocrisie prenait le pas sur notre courage. Sa furie n'a rencontré que des têtes humblement baissées, des yeux fixés sur les dalles froides de la chapelle.

Soudain, sa voix :

« Espagnols ! »

J'ai relevé la tête. Je n'aurais jamais cru qu'une retraite pouvait commencer par un appel au nationalisme.

« Espagnols, nous avons la fierté d'être catholiques ! Ce qui veut dire que nous sommes placés, par notre volonté propre, à la droite de Dieu Notre Seigneur. Ecoutez-moi bien : quand on s'engage dans une retraite spirituelle, on s'engage aussi dans une réflexion sur l'histoire de l'âme, et l'histoire de l'âme espagnole est avant tout une histoire politique. Nous avons toujours eu Dieu Notre Seigneur de notre côté. Cela veut dire que Dieu Notre Seigneur est notre chef politique. »

A présent, ses yeux brûlants fouillaient nos regards, essayant de déceler parmi nous un visage contestataire. Il n'y a pas réussi.

« La plupart d'entre vous appartiennent à des familles saines qui ont fait et mené à bien notre Croisade. Mais il y en a quelques-uns qui, sans que cela soit leur faute, sont issus de cette tumeur hérétique que nous avons définitivement extirpée du corps national en 1939. Eh bien, c'est à ceux-là que je m'adresse tout spécialement. Je ne voudrais pas que leur jeunesse soit empoisonnée par la défaite familiale. Tout au contraire, la victoire de toute l'Espagne — et j'entends par là la vraie Espagne — doit être leur source de salut. La paix que nous avons construite avec effort de nos mains est pour tous, puisque nous nous retrouvons *tous* maintenant rangés du côté de la vérité et de la justice. Ceux qui ne voulaient pas de cette paix sont déjà morts. Et morts sans gloire. Oubliés. Les rouges ne sont plus dans nos mémoires. »

J'étais peut-être le seul qui le fixais dans les yeux. Je pensais à Carlos et je réalisais que les paroles de ce sale type creusaient plus profondément la tombe dans laquelle mon père mort-vivant se décomposait. Quand il a prononcé le mot « rouge », comme on crache du venin, j'ai senti que je ne voulais pas d'autre couleur que le rouge pour définir ma vie. Et je me suis dit que, un jour ou l'autre, le jaune de maman et le jaune des drapeaux nationaux finiraient par mourir. (Plus tard, j'ai entendu dire que le rouge des drapeaux représentait leur sang à eux, le sang de leurs morts, ces morts qui étaient les seuls à avoir droit à un monument.)

Voilà donc les échos obsédants de la voix qui parlait paix et victoire à la radio de papa. Personne n'y échappait.

Pendant cette putain de retraite, tandis que les paroles du prêtre essayaient de m'engloutir, j'ai ressenti le besoin de faire quelque chose d'illicite, d'interdit. J'ai collé ma jambe à celle de Galdeano, et j'ai senti que la température de son corps montait d'un coup. Piètre vengeance. J'aurais bien voulu l'induire à se masturber en pleine diatribe, mais ce con au gros cœur s'est borné à me prendre la main avec tendresse. Il se sentait tout à fait exclu du cercle de feu que don Gonzalo traçait autour de nous, et dont la lueur aveuglante cherchait à nous brûler la cervelle et nous empêcher de penser. J'ai eu envie de lui dire : « Espèce de con, cela te concerne. Plus que mon cul ! » Mais j'ai vu son regard où il n'y avait que moi, et j'ai décidé que tout était inutile. En conséquence, je lui ai permis de me peloter un peu.

Mais il me restait dans la gorge le goût amer de l'échec. Et je me suis appliqué, petit à petit, à attiser le feu du désir de Galdeano. Un jour, il a failli me violer dans un couloir. J'en ai profité pour l'entraîner à la chapelle. Là, j'ai fermé la porte à clef derrière nous.

« Tu me veux ? »

Il s'est littéralement jeté sur moi. Je me suis dégagé :

« Du calme. »

Je me suis placé devant l'autel :

« Je veux que tu pisses là. »

Il ne savait pas à quel saint se vouer, mais il a ouvert sa braguette, sorti son pénis et s'est mis à pisser.

« Un peu partout. »

Il m'a obéi en rigolant, énervé.

« Encore !

— Je n'ai plus envie ! Je ne peux plus rien faire ! »

Plus une goutte.

Je regardais son sexe, mou comme un morceau de tripe. L'énervement l'empêchait de bander. Il m'a supplié :

« Nous allons faire l'amour, hein ? Il n'y a personne dans les toilettes.

— Pas l'amour ! Et pas dans les toilettes ! Nous allons forniquer ! Et ici !

— Tout ce que tu voudras. »

Sa voix avait un ton rauque. Je me suis agenouillé devant lui et j'ai caressé sa virilité de mes lèvres. Son sexe a tout de suite atteint son plus glorieux volume. Lui, il haletait au-dessus de ma tête, et ses doigts puissants s'accrochaient dans mes cheveux.

« Ne jouis pas encore !

— Je ne peux plus me retenir ! »

Je me suis brutalement écarté de lui. Il m'a attiré vers lui avec force et m'a mordu la bouche. Il gémissait comme un animal.

« Qu'est-ce que tu veux, petit voyou, mais qu'est-ce que tu veux ?

— Mets-moi sur l'autel ! »

Il m'a pris dans ses bras et m'a jeté sur la nappe de l'autel.

« Monte ! »

Il était déjà sur moi avant que j'aie fini de parler.

« Déshabille-moi ! A moitié seulement ! »

Ses mains ont baissé mon pantalon jusqu'à mes chevilles. Il tremblait tout entier.

« Prends-moi ! »

Il est entré en moi et sa bouche a étouffé mon cri. Il aimait ma bouche, le coquin ! J'ai senti que l'orgasme venait, j'ai contracté mes reins jusqu'à le faire sortir de moi, il s'est vidé sur la nappe de l'autel. Les chandeliers, les vases pleins de fleurs artificielles et le missel sont tombés par terre sous le feu de ma vengeance.

Au bout de quelques minutes, ayant repris son souffle, Galdeano a pris mon visage entre ses mains et m'a regardé droit dans les yeux :

« C'est ce que tu voulais ?

— Oui.

— Pourquoi ?

— La vengeance du rouge ! (Et je me suis mis à rire.) Aide-moi à descendre. »

Il est descendu de l'autel en premier et m'a reçu dans ses bras. Il m'a aidé à me rhabiller et a peigné mes cheveux de ses doigts d'amoureux.

« On fout le camp, maintenant. »

Avant de quitter la chapelle, je me suis retourné vers lui et lui ai dit :

« Merci. »

Il m'a retenu un instant.

« Je ne t'ai pas fait mal ?

— Tu m'as fait du bien. Et je te promets que je ferai l'amour avec toi quand tu voudras.

— Maintenant ! Aux toilettes !

— Non ! Pas ici ! Dehors ! C'est l'amour que je veux faire avec toi ! Ici, c'est bon pour la haine. Tu m'amèneras à la plage un de ces jours.

— Demain.

— Après-demain, lundi.

— O.K. »

Nous sommes sortis et sommes allés en cours de maths. Il était une heure moins cinq, un samedi après-midi. Dans une heure, on allait recommencer l'éternelle rigolade. *Arriba España !* Et *Viva Franco !* Mais je pouvais le dire la conscience tranquille. Je venais de me vacciner contre ce virus. *Arriba España ! Viva Franco !* Mon père se mourait lentement. Carlos était déjà mort.

Été comme hiver, vacances ou pas, mon frère Antonio est pris par la fièvre des études. Et je ne suis pour lui que le four où il brûle l'énergie qu'il ne dépense pas ailleurs. Il ne fait plus de sport, plus de gymnastique. Il ne conserve sa forme que grâce à la sueur dont il baigne mon corps toutes les nuits.

Bien sûr, il y a toujours la tendresse, mais elle est aussi distraite que le regard qu'on pose sur un paysage trop connu. On dirait qu'il ne me voit plus, même quand il me regarde. Ajoutons à cela que le merle est mort et qu'il n'a pas laissé de descendance. Le jet de la fontaine est, à présent, la seule voix du jardin, mais elle n'a jamais été pour moi un élément de vie. La maison se meurt. Des signes trop concrets annoncent la fin de quelque chose. Je grandis : c'est peut-être cette mort qui est dans l'air.

Occupé comme je le suis avec mes cours et mes copains, dont Galdeano qui possède déjà mon corps, elle, maman, disparaît petit à petit de ma vie. Clara s'efface dans la confusion croissante des rides et je n'aperçois même plus la porte du bureau de papa. Détail : cette année, ma garde-robe n'a pas été renouvelée. Clara a rallongé un peu mes pantalons et mis de nouveaux cols et poignets à mes chemises; elle a aussi reprisé mes chaussettes et envoyé mes chaussures chez le cordonnier pour un ressemelage. Dans la réserve, à côté

235

de la cuisine, les victuailles ne s'entassent plus comme avant, et le téléphone de maman a été coupé plusieurs fois à cause des retards dans le règlement des factures. Mon frère essaie de finir cette année ses études. Il se renseigne déjà sur les possibilités d'un travail.

Quant à moi, je défoule mon angoisse sur la petite plage déserte que Galdeano connaît si bien. A l'abri des rochers, ses vêtements plutôt ordinaires nous servant de lit, j'offre mon corps à son avidité, et j'ai l'impression que je me désintègre en même temps qu'il se vide. Il n'y a pas de liens intimes qui nous unissent. Nous ne parlons presque pas, mais son besoin de moi me fait croire que je trouverai toujours, dans l'univers des autres, une petite place pour vivre. Je commence à comprendre ce que c'est que d'appartenir au néant.

A la fin du mois d'octobre, une légère agitation s'est fait sentir parmi les élèves, et ils sont descendus dans la rue. Je dis *ils*, parce que je ne m'y suis pas mêlé. La manifestation avait pour objet une grève brutalement réprimée, chez les mineurs des Asturies. On a raconté qu'il y avait eu des morts, des arrestations et des licenciements parmi les ouvriers, mais les journaux n'en ont pas soufflé mot. Quelques-uns de mes camarades ne sont revenus en classe que deux semaines après. Dans leur silence entêté, j'ai cru deviner qu'on leur avait enlevé l'envie de parler. Et c'est drôle, parce que, au lycée, la politique n'est pas à l'ordre du jour. Comme la plupart des élèves sont issus de la petite bougeoisie, cette nouvelle sainte vénérée de tous les régimes actuels, procréée chez nous par le franquisme sous forme de génération presque spontanée, ils n'ont pas de motifs de critiquer le système. Et s'ils le critiquent, c'est toujours dans un sens *constructif*. C'est-à-dire du genre « oublions les vieilles offenses », ce qui est parfaitement confortable.

Galdeano se trouvait parmi les manifestants. J'ai été

236

assez étonné de l'apprendre, parce que je ne lui connaissais pas ces velléités politiques. Ma curiosité s'est éveillée. Mais, avec ce temps pourri de l'automne, nous n'allons plus à la plage, et nos petites débauches, nous nous les payons dans les coins perdus et à toute vitesse. Et on ne peut pas parler politique dans des conditions pareilles.

Je l'ai invité à la maison et l'ai fait monter dans la chambre. Mes intentions étaient très claires, mais, à la dernière minute, et après une toute petite réflexion *morale,* je ne me suis pas permis de le mettre dans mon lit, parce que c'était aussi le lit de mon frère, et qu'il y a encore des choses que je ne veux pas salir. Mais je me suis arrangé pour lui faire prendre un bain avec moi, malgré le respect presque fanatique que lui, pauvre, éprouve pour ma maison de riche. Dans la salle de bain, j'ai pu voir sur son corps les traces de son passage au commissariat. Il m'a confessé qu'il regrettait d'avoir participé à la manifestation, parce que, conséquence directe de son action, son père s'était vu retirer son permis de pêche pendant trois mois, ce qui était tragique étant donné que la pêche était leur seul revenu. Il va certainement quitter le lycée et se présentera aux examens de juin en concurrent libre pour ne pas perdre son année.

. « Tu sais, mon père insiste pour que j'aille à l'université. Je ne vois pas comment je pourrai si les choses continuent comme ça. Il veut que je sois avocat. Mais je viens de me rendre compte que la justice n'existe pas chez nous. Ça cognait très fort, tu sais ? Maintenant, je me demande pourquoi je devrais perdre six ou sept ans de ma vie à étudier cette merde. Au commissariat, j'ai vu un avocat qui plaidait pour un de nos camarades. Eh bien, pour les policiers, c'était de la rigolade. »

Ce mot, « avocat », déclenche une sonnerie d'alarme dans mon cerveau. Il a quelque chose à voir avec mon enfance, mais je n'arrive pas à saisir quoi. C'est peut-être une association d'idées avec le passé de Carlos ou avec papa et ses clients. De toute façon, je me dis qu'il faut que je mette, dans mes relations avec Galdeano, un peu plus que de l'abandon physique.

Mais, malgré tout, je ne me sens pas concerné par ces événements pseudo-politiques. Mon pays ne m'appartient pas. Et je ne lui appartiens pas non plus. Divorce. Inutile de se casser la tête l'un pour l'autre.

Là, pour être précis, il faut dire qu'il y entre une certaine dose de rancune. Environ vingt-cinq ans auparavant, le pays a été partagé entre deux héritiers rancuniers. Ils n'ont jamais pris la peine de penser que nous allions naître. Mais nous sommes nés. Et nous voilà, avec un héritage que nous rejetons de toutes nos forces, chacun de notre côté. Ce qui veut dire purement et simplement que nous sommes déshérités.

Le vendredi 9 décembre, à midi, je suis rentré du lycée et j'ai trouvé la maison en folie. A la porte, il y avait deux voitures, dont une ambulance. Quelques curieux essayaient de jeter un coup d'œil dans le hall, mais Clara, les yeux vides, se tenait sur le perron et les empêchait de fourrer leur nez dans notre intimité soudain violée par l'événement.

Bref, papa était malade.

Apparemment, il n'était pas bien tous ces derniers mois, mais l'évanouissement qui devait affoler maman ne s'était produit que ce matin à dix heures. Le téléphone avait convoqué à la maison docteurs et infirmiers. Et une ambulance. Maman avait pris la décision soudaine de partir en pèlerinage pour consulter un spécialiste quelque part dans le monde, avec, dans le rôle du monstre, Carlos agonisant.

Mon dernier souvenir de papa vivant, c'est la vision de son visage pâle et de sa moustache neige. De cet homme grand et fort qui devait se courber autrefois

238

pour passer les portes, il ne restait maintenant qu'une poupée sans poids et toute rétrécie, comme la pomme qu'on oublie pendant tout l'été dans un coin du garde-manger. J'ai pensé avec angoisse que, pour accomplir sa mission, maman allait l'habiller de mes anciens vêtements de velours et le jeter dans les eaux miraculeuses de Lourdes. Que n'essaierait-on pas pour ressusciter Carlos ? Un seul infirmier a suffi pour le transporter de la chambre de maman à l'ambulance.

Elle, maman, s'est installée à côté de Carlos, de façon que sa présence occupe tout le champ de vision de papa. Et elle a arboré son sourire sans limites, sans repos, le plus fascinant de tous les soleils de l'univers, sourire qui ne s'effacerait pas une seule seconde — j'en étais certain — tant que le corps de Carlos resterait vivant, mort-vivant ou mort-définitif.

Elle, maman, a oublié ses voiles et ses chapeaux, ses manteaux et ses robes, ses gants qui isolaient ses mains du contact de la vie, et est partie, décoiffée, les mains nues, n'ayant plus l'habitude des caresses, prise au dépourvu par la progression du mal, sans avoir eu le temps d'aller dans la salle de bain pour se composer un visage. Elle n'était que sourire, maman. Mais ce sourire venait des abîmes les plus profonds de la joie, et j'ai imaginé que Carlos allait s'éteindre sans connaître vraiment le froid de la mort.

Mon frère Antonio n'a pas assisté à cette fuite désespérée. Personne n'a pensé à l'avertir que la mort venait de laisser sa carte de visite. Il n'est rentré à la maison que tard dans la soirée, et nous a trouvés, Clara et moi, assis l'un en face de l'autre, rien dans les yeux, rien dans les mains, rien dans le cœur. Vides. Avec effort, nous lui avons quand même expliqué que Carlos (Clara) ou papa (moi) venait d'entreprendre son voyage vers la mort définitive. Et que nous ne savions ni sa durée ni la longueur du trajet.

Après quoi, je suis entré dans le bureau de papa et j'ai éteint la radio qui parlait toujours de paix et de victoire. Plus d'auditoire. Fini le spectacle.

Nous voilà tous les trois, Clara, mon frère Antonio et moi, hantant une maison qui n'est plus la même. A présent, nous pouvons ouvrir et fermer toutes les portes, occuper toutes les pièces, ne plus contrôler le volume de nos voix ou de nos rires à cause des siestes de maman ou des clients de papa, enlever tous les tapis qui condamnent les fenêtres donnant sur la rue, ouvrir les fenêtres, et nous asseoir là, tranquillement, pour prendre le café après le dîner et jouer à la canasta en disant bonsoir aux passants. Mais nous ne faisons rien de tout cela. Sans l'angoissante présence de maman et l'angoissante absence de papa présent, la maison n'est plus. Il nous faudrait des années, des siècles, pour y re-bâtir une vie qui ne soit pas contaminée par leur souvenir. Il serait impossible, par exemple, de mettre sur le pick-up un autre disque que l'un de ces vieux trucs jaunis de Chopin que maman affectionne : le pick-up s'arrêterait pile et tomberait en panne pour toujours.

Rien à faire. Apeurés par le vide que leur départ a laissé, nous nous sommes retranchés dans nos chambres et la cuisine. Clara ne dort pas avec nous, parce qu'elle ne veut pas voir *certains spectacles* qu'elle dit, mais nous mangeons tous les trois collés à son four. (J'ai su après qu'elle faisait des miracles avec le peu d'argent que maman lui avait laissé, que ses économies y sont passées et qu'elle est même allée jusqu'à acheter à crédit.)

Et nous attendons. Une lettre. Un télégramme. Un coup de téléphone. Nous ne savons plus quoi. Enfin, des nouvelles, sous n'importe quelle forme.

Mais papa et maman semblent avoir été engloutis par les sables mouvants du silence. Le facteur ne dépose dans la boîte aux lettres que des catalogues et des factures. Tous au nom de maman. Mon frère Antonio ouvre les enveloppes et commence à s'affoler devant le montant des factures. Les derniers mariages et anniversaires concernant la large confrérie des invisibles ont coûté une fortune. Et rien n'est payé. Clara, d'autre part, nous explique que maman s'est ruinée à cause des médicaments que papa prenait pour calmer ses angoisses tous ces derniers mois, et qu'un type amenait de Tanger en contrebande. Je trouve tout cela un peu exagéré. Enfin !

Un jour, deux mois après leur exode, une lettre est arrivée. Elle a été postée à Stockholm, Suède :

· « Mes chers,

« Un froid épouvantable, mais parfait pour la santé de Carlos. Heureusement que j'ai appris un peu de français dans mon enfance; sinon, je ne sais pas comment je m'en tirerais.

« Ne vous inquiétez pas trop à cause des factures impayées. Envoyez le tout à mon administrateur : il a des instructions à ce sujet. Il me semble que, pour équilibrer notre budget, vous devriez passer l'été à la maison de campagne. Je ne vous y oblige pas, bien sûr. C'est à vous de décider. Mais si vous y allez, Clara saura comment s'arranger. Et cela vous fera quand même plus de trois mois de repos.

« Faites ceci pour moi : si mon confesseur vient à la maison, dites-lui simplement que je n'ai plus besoin de ses services. J'ai enfin compris que le seul Dieu que j'aie eu toute ma vie est devant moi et qu'il se meurt. Je répète : plus besoin de religion. Cela nous fera encore des économies, en quelque sorte. J'ai payé trop cher l'autel que, en mon nom et à mes frais, on a élevé au Christ-Roi dans la paroisse de don Gonzalo.

« Ah ! avant que j'oublie. Hier soir, votre père a parlé pour la première fois depuis que nous avons quitté la maison. Il m'a demandé de vous faire savoir qu'il vous aime, Clara comprise. Il m'aime moi aussi. Mais, ça, je le savais déjà et je ne l'ai pas laissé finir sa phrase. Sa santé me préoccupe.

« J'ai soigneusement choisi le timbre que je mets sur l'enveloppe, s'il vous venait à l'idée de commencer une collection. Je ne sais pas si nous resterons très long-temps en Suède. A ce propos, j'ai appris que les recherches sur le cancer sont plus développées en Allemagne, et plus encore aux Etats-Unis et en Russie. Mais quelle que soit la décision que je prendrai, je vous tiendrai au courant.

« Prenez soin de vous, et surtout, soignez-moi Clara,

« Votre Matilde. »

Je n'ai pas pu contenir ma rage après cette lecture, et j'ai crié :

« Mais qui est Matilde ? »

Mon frère Antonio et Clara m'ont regardé, songeurs, et n'ont pas pris en considération la possibilité de répondre à ma question. Mon frère a conclu :

« C'est donc le cancer. »

Clara s'est mise à trembler de partout. Ses pieds, ses jambes, ses mains, ses bras, ses lèvres, ses dents, son corps tout entier tremblait en crescendo, comme une machine qui s'affole soudain. Une machine simple qu'on a vue toute la vie fonctionner et dont on ignore pourtant le mécanisme secret. J'ai eu peur qu'elle n'explose, là, au beau milieu de la cuisine, et que tout avec elle ne vole en éclats : nous, la maison, la ville, le pays. La vie.

Fasciné, je regardais ce désespoir, né au cœur même d'on ne savait quelle angoisse, sans pouvoir rien faire.

Je me sentais tout simplement envahi par l'inertie devant un fait irrémédiable. C'est mon frère Antonio qui l'a prise dans ses bras et l'a serrée très fort contre lui tout en disant :

« Arrête ! Arrête ! Nous avons besoin de toi ! »

Et elle s'est calmée, Clara. Tout d'un coup. Comme la lumière se fait.

Nous avions besoin d'elle. Elle a repris alors son statut de non-personne. Clara-sacrifice.

Le pèlerinage de maman avec son Dieu-Carlos, agonisant, se poursuit de pays en pays, de clinique en clinique, de médicament en médicament. Mon frère est sur le point de terminer ses études et nos relations se détériorent. Son excitation et son besoin physique n'ont pas diminué, mais il trouve indécent de faire quoi que ce soit avec papa mourant quelque part dans le monde. Il traverse une crise morale qui n'a rien à voir avec lui-même — il me semble —, et quand je l'approche trop, il saute du lit et couche par terre. Hier soir, par exemple, je lui ai annoncé que je quittais *sa* chambre pour m'installer dans celle de maman. Il a crié :

« Ce n'est pas ça ! Putain ! Tu ne comprends pas que, pour moi, c'est du *plaisir*, et que je ne peux pas me le permettre quand papa est en train de mourir ? »

J'ai répondu sèchement :

« Pour moi, c'est de l'amour. Je n'ai pas eu de père ni de mère. Je ne vois pas pourquoi je devrais m'en priver. »

J'ai mis ma vieille robe de chambre, je suis descendu dans le hall et, sans trop savoir quoi faire, j'ai envahi le salon de maman et me suis étendu sur son canapé. Un peu plus tard, mon frère est venu me chercher et, sans mot dire, m'a pris sur le vieux velours du canapé. Mais... disons qu'un observateur impartial n'aurait pas pu dire que le sexe est beau en nous voyant agir ; mon frère s'est comporté comme un porc qui prend du plaisir à se vautrer dans la saleté de sa porcherie et m'y entraînait. Dans la fatigue sans gloire qui a suivi, nous avons regagné notre chambre et dormi ensemble comme d'habitude. Mais sa peau était froide. Je me suis réveillé avec des cernes sous les yeux et, dans la glace, je n'ai pas aimé les quelques poils épars qui commençaient à pousser sous mon nez et autour de mon menton. Je suis allé au lycée en pensant à autre chose. (Il me semble que c'est ce jour-là que j'ai eu le sentiment que les tout premiers gestes de l'adieu définitif avaient déjà été esquissés.)

Je décide de prendre une place un peu plus sûre dans l'espace restreint de la vie de Galdeano. C'est clair : mon univers s'appauvrit.

La deuxième lettre de maman nous arrive de Suisse, datée d'il y a deux mois, alors que nous savons, par son administrateur, qu'ils se trouvent actuellement à Moscou. Entre autres choses, qui ne concernent pas l'état de papa, elle nous parle de « cette verdeur effrayante, cette nature parfaitement organisée où l'on est tenté de considérer la mort comme la seule solution à tant d'ennui. C'est ici que j'ai enfin compris ce que mon confesseur voulait dire avec son éternelle *vallée de larmes*. Le monde, quand on l'organise, est purement et simplement insupportable à vivre ». Mais pas un mot sur papa. J'acquiers la certitude qu'elle veut nous voler sa mort, comme les *circonstances* nous ont volé sa vie.

Tout compte fait, c'est certainement mieux comme ça. Je n'en suis pas touché en profondeur, mais mon frère Antonio vit dans un état constant de mélancolie, et je suis certain que Clara pleure la nuit, si j'en juge d'après ses yeux rouges et gonflés. Ils ont, tous les deux, des souvenirs de papa et de Carlos. Moi, je m'en fiche. Papa est en train de se réaliser définitivement dans la montrueuse tournée de maman-amoureuse des cataclysmes.

Cette lettre aussi est signée Matilde. Pas de doute. Maman nous dissocie du cadavre vivant qu'elle promène en ambulance de pays en pays, de clinique en clinique, de médicament en médicament.

Personnellement, je trahis mon frère avec Galdeano, et celui-ci avec d'autres camarades qui m'invitent sans cesse à aller nager avec eux. Malgré les leçons de Galdeano, je n'ai pas réussi à apprendre à nager comme un poisson. La plage n'est pour moi qu'un énorme lit où mon corps se souille de sable, de salive et de semence. Mais rien ne me donne la détente nécessaire pour suivre mes cours convenablement. J'ai raté mes examens en juin. Mon frère Antonio a été sur le point de devenir fou. J'ai cru qu'il allait me frapper. (Je suis certain qu'il soupçonne que j'ai des relations en dehors de son lit. L'absence de nos parents ne justifie pas mon échec à ses yeux. Il sait que je ne les aime pas.)

Ce n'est pas le désir de nous plonger enfin dans la lumière qui nous a fait découvrir les fenêtres du salon qui donnent sur la rue. C'est tout simplement qu'un monsieur est venu enlever le grand tapis du Moyen Age qui les recouvrait. Il nous apportait un mot de l'administrateur nous disant que les *circonstances* avaient obligé maman à vendre cette pièce de collection. Je n'ai pas cru perdre grand-chose, étant donné que, dans la pénombre du salon, je n'ai jamais réussi à apprécier comme il faut la *pièce de collection.* Tant pis.

C'est le temps de la détérioration. Un temp long, infini, des mois et des mois dont on ne voit pas la fin. Nous vivons en dehors de la vie, tributaires des quelques lettres de maman où elle ne nous fait part que d'impressions fugitives. Le terme de son voyage n'est pas révélé ni l'état de santé de papa. Nous sommes définitivement plongés dans l'imprécision.

Afin de récupérer l'ancien sentiment d'être quelqu'un de normal, *j'ai fait* ce matin les poches du costume que mon frère met le dimanche. (Je dois noter que ce costume a été acheté il y a deux ans et que ça se voit : il est déformé un peu partout et la brosse humide de Clara ne parvient pas à faire disparaître le lustre des coudes. Il me rappelle celui du pauvre type, le client de papa, à qui j'ai ouvert la porte le jour de ma totale solitude. Mon frère finira-t-il comme lui ?)

Dans l'une de ses poches, j'ai trouvé la photographie d'une fille dont le visage ne me dit rien, mais elle a eu le culot de la dédicacer : « A Antonio, pour qu'il pense toujours à moi. » Et un nom illisible. Je renonce à décrire le choc que j'ai eu. Je l'ai mise bien en évidence sur la table de chevet de notre chambre. Et, pendant la journée, je suis monté plusieurs fois la regarder. Peu à peu, je me suis convaincu que sa laideur était insupportable. J'ai pleuré de rage.

J'ai envie que ce morne dîner dans la cuisine, où aucun de nous trois ne dit mot, se termine une fois pour toutes.

Clara se lève et commence à débarrasser la table. Je me lève moi aussi, je dis : « Bonne nuit » et sors. Mon frère me suit. Par habitude, il me prend par les épaules. Je me dégage.

« Ça va pas ? »

Je ne réponds pas. Je rentre dans la chambre. Lui sur mes talons.

« Et ça ? »

Mon frère regarde la photo :

« Qu'est-ce que c'est ?

— Elle était dans ta poche.

— C'est une amie.

— Qui te demande de penser toujours à elle !

— Tu ne vas pas faire un drame pour une connerie pareille ?

— Tiens, regarde ce que je vais en faire ! »

Et je déchire la photo.

Je pense, tout de suite après, que ça va barder. Mais non. Mon frère se met à rire, me prend par la taille et me jette sur le lit. Lui sur moi, comme dans le bon vieux temps.

« T'es jaloux, hein ?
— Merde !
— Ça veut dire que tu m'aimes toujours !
— Je t'emmerde ! »

Mon frère couvre ma bouche de la sienne, et je n'ai plus la possibilité de dire quoi que ce soit. Enfin, tout rentre dans l'ordre.

Le lendemain matin.

Je me réveille complètement guéri de tout désir extérieur. Ni Galdeano ni personne ne peuvent se comparer à mon frère Antonio. Le lit est son domaine; mon corps aussi, où il exprime à la perfection sa totalité d'homme.

(Pour effacer l'angoisse de ton retard, dû peut-être aux mêmes souvenirs qui m'engloutissent, j'essaie de préciser les événements de cette époque en faisant revivre le vide de la maison et le peu d'intérêt de ma vie à l'extérieur. Avec l'absence de maman, tous nos mécanismes psychologiques se sont rouillés par manque d'usage. Sans sa haine, à quoi servirait notre amour ?

Clara n'était plus Clara, mais la bonniche, tellement elle nettoyait et nettoyait à longueur de journée, et faisait cuire des légumes pour dix personnes, comme si l'annonce de notre ruine prochaine lui donnait la folle envie de nous nourrir pour toujours. Et moi qui me rendais compte que ton amour ne remplissait pas le vide du désamour de maman.)

Elle, maman, nous écrit encore :

« On peut tout dire sur la mort, mais je comprends à présent qu'elle est surtout un besoin physique, comme la faim ou la soif. En la regardant agir, mes yeux se nourrissent du plus beau des spectacles que j'aie

247

jamais contemplés. C'est un monologue profond et silencieux, dont les échos me ramènent sans cesse à l'existence d'un autre langage. Il ne suffit pas d'aimer ce qui meurt ; il faut y croire.

« Et c'est tellement réel ! Dans le corps presque mort de Carlos, je vois une autre vie qui pousse un peu plus tous les jours, nourrie par une hallucinante volonté de vivre : la vie de la mort. Les médecins appellent ça le cancer. Mais " mort " est un nom si beau que je ne vois pas pourquoi on devrait lui chercher des pseudonymes.

« La mort se réveille chaque matin certainement plus vivante qu'elle ne l'était la veille, et feint de s'endormir quand Carlos me dit son " bonjour, ma chérie " de tous les jours. Mais elle ne dort pas : je la vois prendre son bain de beauté dans le fond de ces yeux qui meurent. Et quand elle se rend compte que je ne suis pas là, avec l'intention de lui barrer la route, elle se met à sourire et à chanter. C'est avec les docteurs et les infirmières qu'elle devient méchante. Elle accentue soudain la toux de Carlos et sème les draps du lit des cheveux tombés de ce beau navire qui était *sa* tête autrefois... des cheveux qui ont l'air de débris à la dérive; ou elle efface d'un coup la fièvre de *son* anus et redonne à *ses* joues une couleur qui me fait revenir vingt-cinq ans en arrière. Mais tout ça, elle ne le fait qu'avec le personnel spécialisé, même si je suis concernée. Avec moi, elle se comporte toujours honnêtement, peut-être parce qu'elle sait que j'ai un *certain* intérêt à voir pousser sa vie.

« Elle, Carlos et moi, nous partons pour Washington demain matin.

« Votre Matilde. »

Bien que cette lettre révélât une rupture volontaire entre ses sentiments à elle et la vie de Carlos, maman

248

ne m'a pas fait sentir l'angoisse de la mort. Clara a dit :

« Elle a raison, en fin de compte. *C'est* quelque chose d'autre. » (Clara-antique.)

Mon frère Antonio vient de finir ses études avec des notes superbes. Nous n'avons pas fêté cela, mais, pendant le dîner, dans la cuisine, il nous a annoncé que, le mois prochain, il partait pour le Venezuela, où il a accepté un emploi dans une usine de produits chimiques. Pas glorieux. Tout cela sonnait tellement faux, semblait tellement terre à terre que, la nuit, j'ai eu du mal à digérer.

Nous avons été chercher l'argent de son billet d'avion chez l'administrateur de maman, dont l'humeur peu cordiale nous a fait comprendre que les choses vont de mal en pis. Nous avons décidé, Clara et moi, de ne pas accompagner mon frère à Madrid, pour ne pas aggraver notre situation financière. Antonio prendra l'avion tout seul.

L'adieu définitif s'est donc déroulé dans les termes prévus depuis toujours pour ce genre d'adieu.

« Tu reviendras ?
— Oui, je reviendrai. »
Silence. Pas de larmes.
« Tu m'aimes encore ?
— Oui, je t'aime. »
Silence. Sans gestes. Sans caresses.
« C'est un bon emploi quand même ?
— Excellent. »
Et ça, toutes les nuits.

Je n'ai conservé de la dernière nuit que le souvenir de son énervement. Et de mon désespoir.

Quand je suis sorti dans le couloir chercher des serviettes propres dans mon armoire à linge, Clara était là, assise sur la première marche de l'escalier.

« Qu'est-ce que tu fais là ?
— Je vous garde. »

(Clara-chienne.)

J'ai eu envie de crier, de faire tout exploser. Mais je me suis tu. La lumière de l'aube décolorait déjà la maison et lui donnait un air sale que je ne lui avais jamais connu. Comme quelqu'un qui passe sa main sur un visage maquillé et inondé de larmes. Image d'effacement.

Les valises de mon frère étaient en bas, dans le hall.

Petit à petit, je m'éloigne complètement de toutes mes relations de lycée. Je viens de refuser un rôle dans le spectacle de fin d'année, qu'on doit jouer dans l'un des théâtres de la ville, et j'ai abandonné presque totalement mes escapades à la plage. Je ne perds plus mon temps à me balader dans les coins ombrageux des beaux jardins du quai, ni avec Galdeano ni avec aucun autre copain, et je rentre à la maison tout de suite après les cours. Non pas pour me plonger dans les souvenirs de mon frère et vivre son éloignement, mais pour ne pas laisser Clara toute seule dans cette maison angoissée par tant d'absence. Sur les murs, des taches blanchâtres commencent à apparaître, là où il y avait un tableau ou un tapis qu'un client de l'administrateur de maman a acheté et emporté. L'argenterie a disparu aussi des élégantes vitrines françaises du salon. Dans le lot, Clara a gardé la clochette de maman.

« Tu voles, à présent ?

— C'est pas du vol, mon chou. Madame ta mère peut encore avoir besoin de moi. Elle n'a jamais aimé crier. »

C'est certainement la première fois que j'entends Clara dire « madame ta mère » sans amertume.

J'essaie de passer avec elle le plus de temps possible et de bavarder de n'importe quoi, mais elle parle de moins en moins, et son silence têtu me pousse irrémédiablement vers le souvenir de mon frère que je veux pourtant éviter coûte que coûte. Impossible de dormir dans notre lit. Après une semaine d'insomnie — *notre* chambre devenue une obsédante boîte acoustique de l'obsédant souvenir de la voix de mon frère —, je décide de m'installer dans le salon.

« Je ne veux pas être loin de toi. » (Je réponds au regard interrogateur de Clara.)

Mais ça ne donne rien. Elle continue à me regarder et je la sens parfaitement disposée à me dire qu'elle « comprend mon malheur, mon chou ». Je ne veux pas entendre de truc pareil. Je lui tourne le dos.

(Quelques jours avant de recevoir la dernière lettre de maman, je me rappelle que j'ai eu la tentation de mettre le feu à la maison. Je me suis dit aussitôt que ce n'était pas la solution et que je risquais d'avoir certains regrets. Bref, le courage m'a manqué.)

« Mes chers,

« Mon mari est mort ce matin à six heures juste; autrement dit, au moment où tout commence à vivre. Je n'ai pas eu le bonheur de recevoir son dernier sourire ou son dernier regard, parce qu'il n'y en a pas eu. Il était dans le coma depuis trois jours. La mort, traîtresse, m'a méchamment enlevé toute la beauté de son propre événement. Et pourtant, j'avais déjà commencé à l'aimer. Mais elle n'a peut-être pas voulu démentir son image de marque vis-à-vis des autres (je veux parler du personnel spécialisé) et s'est comportée envers moi comme la plus grossière des invitées : pas de compliments, pas d'au revoir après avoir pris le thé ensemble.

« Et voilà. Mon mari n'est déjà plus qu'un cadavre qui cherche la terre ou le feu pour se réintégrer au néant; il se précipite vers la décomposition et j'ai été obligée de demander à l'infirmière un atomiseur pour vaporiser la chambre et ne pas embarrasser ma douleur légitime de ce mal au cœur qui tenait à m'envahir.

« *Nous* partons ce soir pour New York où j'ai déjà pris rendez-vous avec un embaumeur très connu... et très cher. Très, très cher. Mais enfin, je veux qu'il mette un peu d'ordre dans ce déchet; après quoi, *nous* rentrerons ensemble à la maison de campagne, vers la fin du mois. Cela n'est pas un caprice. J'ai été forcée de vendre la maison en ville. Elle n'est plus à nous. Je vous demande donc de ne pas trop vous attarder en déménagements inutiles. Emportez ce que vous voudrez, mais sachez que, à la campagne, nous ne manquons de rien. Pour ma part, je vous demande tout simplement de ne pas oublier mon secrétaire, la petite peau d'agneau, souvenir de ma mère, et surtout le cheval cabré du bureau de feu mon mari. Le jour où j'ai vu, pour la première fois, Carlos nu devant moi — j'étais encore une jeune fille —, cette image de cheval cabré s'est imposée à moi. Et j'ai fait sculpter cette image de vie.

« Votre Matilde. »

P.S.1 — J'ai pensé qu'il était de mon devoir de faire une escapade au Venezuela pour faire à Antonio notre dernier adieu. Si je suis en retard sur la date prévue, ne craignez aucune catastrophe.

« *P.S.2* — (A Clara :) Ma chère, quand vous arriverez à la maison de campagne, n'oubliez surtout pas d'arroser convenablement mon rosier jaune. Les paysans ont tout négligé ces dernières années... certainement à cause de ma mauvaise administration.

« M. »

J'ai pris un plaisir irrationnel au démantèlement total de la maison. J'ai tout mis sens dessus dessous, dans un délire fiévreux, montant et descendant l'esca-

lier des centaines de fois par jour, quand je soupçonnais que, à l'étage ou au rez-de-chaussée, il était resté
un coin à l'abri de mon désamour. J'ai trouvé un peu
d'argent et quelques bijoux égarés par maman un jour,
que j'ai présentés à Clara comme un trésor arraché au
plus profond de l'océan. De cette fouille hallucinée n'a
échappé que le bureau de papa dont Clara gardait la clé
accrochée avec une épingle quelque part dans l'intimité
de ses sous-vêtements.

Clara me regardait faire en silence et n'a jamais dit
un mot susceptible d'exprimer sa fatigue ou un reproche. Elle croyait certainement que la violence avec
laquelle je prenais d'assaut la place abandonnée par
l'ennemi était nécessaire pour ma santé mentale et
pour l'équilibre de mon avenir, si j'en avais un. Mais
elle venait tous les quarts d'heure essuyer la sueur de
mon front avec une serviette trempée dans du vinaigre,
et, quand elle m'a vu plus tranquille, elle m'a dit :

« Tu me donnes l'impression d'un chien qui a toujours aimé sa laisse, mais qui, un jour, on ne sait pas
pourquoi, la déchire... en profitant de l'absence de son
maître.

— On ne sait pas pourquoi, dis-tu ? Et pourtant, tu
parles de laisse et de maître...!

— Et d'amour. C'est de tout cela que ta vie est faite.
Remarque, ce n'est pas que je ne suis pas d'accord, tu
peux me croire, mais... tu as eu au moins cela. Va frapper à la porte des autres si tu veux savoir la vérité. »

Ah! merde, quelle tristesse! J'ai même découvert un
vrai nid de vers dans une fente du tronc du vieux marronnier des Indes. J'ai refusé de prêter attention au
symbole, mais je me suis dit que, jusqu'à hier, le vieux
marronnier se portait comme un charme.

« Il n'y a qu'une chose que je veux te demander, m'a
dit Clara. Un peu de charité pour le bureau de ton père.

— T'inquiète pas. C'est fini maintenant.

— Bon, d'accord. »

Elle a fouillé dans la profondeur de ses vêtements, a sorti une clé et a ouvert la porte du bureau. Nous avons hésité, tous les deux en même temps, avant d'y entrer.

« J'ai mis de côté une caisse pour emballer le cheval.

— Tu me promets d'en faire un paquet bien solide, hein ? J'ai peur que ça ne se casse pendant le voyage. Tu sais, ces types du déménagement et ces camions et la route...

— Sois tranquille. Sois tranquille.

— Le reste...

— Tu as une idée de ce qu'on doit en faire ?

— Je crois qu'on devrait brûler tous les papiers de ton père et emporter ses livres à la maison de campagne. Toi ou ton frère, vous pourriez en avoir besoin un jour.

— Oui. Peut-être pour connaître enfin l'histoire de papa.

— Ne sois pas cynique, je t'en prie. Pas, en tout cas, en ce qui concerne ton père. Tu me fais mal. »

Je l'ai embrassée sans rien dire.

Clara a fait un tas de tous les papiers qu'on a trouvés dans le bureau, et moi, j'ai fait un inventaire complet des livres. Je n'ai rien découvert qui puisse me donner la clé de la vie de mon père, mais j'ai été frappé par un tout petit livre de poèmes où une feuille pliée et un trait de crayon rouge signalaient deux vers :

> *Voyageur, il n'y a pas de chemin.*
> *On fait du chemin quand on marche.*

S'il avait pris ces vers, mon père, comme guide de sa vie, il avait dû beaucoup souffrir, le jour où il avait arrêté pour toujours sa marche dans l'enclos sinistre de ce bureau.

J'ai dévoré plusieurs fois le petit livre, qui est devenu à jamais mon compagnon. (Quand je marche et quand je m'arrête, je pense toujours à mon poète préféré et à la profonde révolte que contiennent ces mots. On fait du chemin quand on marche. Personne ne peut le faire pour toi. Tu ne peux pas emprunter la route ouverte par quelqu'un d'autre. Et pourtant, j'avais toujours marché sur *ton* chemin. Que j'étais con en pensant que tu serais toujours là pour déblayer la route. Putain !)

Le dernier soir, après le dîner, nous nous sommes assis sur les marches de la porte de la cuisine, et Clara a mis le feu aux papiers de papa, empilés dans le jardin. Les flammes consommaient en douceur le contenu d'une histoire que je ne connaîtrai sans doute jamais. Soudain, Clara, transfigurée à la lueur du bûcher, m'a regardé et a dit :

« Ton père s'appelait Carlos. Aucun des deux, ni ton père ni Carlos, n'a eu d'histoire. Pire que ça : l'histoire de Carlos s'est arrêtée là où la non-histoire de ton père a commencé. Nous avions tous les quatre à peu près le même âge, et nous faisions ensemble tout ce qui nous était interdit. C'est là, dans l'interdit, que nous nous rencontrions toujours, tous les quatre. Bien sûr, nos mondes étaient tout à fait différents, opposés, mais pas totalement séparés. Mon monde à moi, c'était la cuisine, d'où ma mère gouvernait la maison de ta grand-mère. Le monde de Juan — mon défunt mari —, c'était l'étable, d'où son père gouvernait le bétail de ton grand-père. Le monde de Carlos, c'était un peu tout, la maison et l'extérieur, d'où son père, ancien administrateur de ta famille, gouvernait le personnel, les terres et les revenus de tes grands-parents. Le monde de Matilde-petite fille, c'était le salon, toujours rempli de professeurs particuliers. La barrière qui séparait son monde du nôtre était faite de rideaux de dentelle, mais c'était comme si elle était en acier. Par exemple, elle et

moi, nous caressions tous les jours les mêmes fleurs :
moi le matin, très tôt, quand j'arrosais le jardin, et elle
tout de suite après, sous son chapeau de paille égayé de
rubans, le goût tendre du chocolat encore dans la
bouche, quand ma présence ne pouvait plus rompre
l'harmonie du jardin et que les fleurs embaumaient
pour accueillir la belle *señorita*. Mais il y avait certains
coins de la rivière, à l'heure de la sieste, ou certaines
terrasses, la nuit, où personne n'aurait jamais soupçonné notre présence traîtresse. C'est là que notre
amour à quatre a commencé. Un amour qu'on a dû
organiser avec le temps. Je dis organiser, parce que
tous les deux aimaient Matilde, ce qui était naturel, et
moi, toute seule, j'aimais Carlos et Juan, ce qui était
aberrant. Mais c'est peut-être la seule époque de ma vie
où j'ai eu des rêves. Enfin. Matilde n'aimait que Carlos.
Tu sais, dès le premier regard, l'image de Carlos a rempli ses yeux... De nous quatre, seul Carlos est allé au
lycée. Il n'était pas au service de la maisonnée et son
père tenait à lui faire faire des études. Le droit. Il serait
avocat. Pendant des années, nous ne l'avons vu qu'au
moment des vacances. Mais elles sont très longues,
chez nous, les vacances. On ne risquait pas de l'oublier.
Et il avait sur nous trois une force et une autorité
spéciales. Nous sommes même arrivées, Matilde et
moi, dans notre coin près de la rivière, sous son
influence, à apprendre les logarithmes. Tu savais pas
ça, hein ? Juan, non. Il n'était pas né, lui, pour se baigner dans la lumière de la culture, disait Matilde-jeune
fille. Ça n'en finissait pas, les engueulades. Carlos, fou
furieux, le menaçait de le noyer dans la rivière. On
riait, Matilde et moi, parce qu'elle était presque toujours sèche, la rivière. Et Juan reprenait ses livres.
Mais inutile. Il ne savait que nettoyer les bêtes. Ça, oui !
Le cheval sur lequel Matilde-jeune fille a appris à monter avait toujours la robe la plus reluisante... Carlos,

fait d'amour! C'est lui qui nous a intéressés à l'actualité politique. A l'université, il s'est tout de suite mêlé à la vie politique. Il faisait même des discours, qu'il répétait devant nous pour nous endoctriner. Pas besoin. Notre amour le suivait. Mais la guerre a éclaté. 1936. Et eux, deux jeunes hommes de vingt-deux et vingt-trois ans, ont pris leurs fusils. Et ce n'était plus pour aller à la chasse aux lapins. La première année de la guerre, le 4 décembre, Juan et moi, nous nous sommes mariés. Madame la mère de Matilde et monsieur le père de Carlos étaient nos parrains. *Señorita* Matilde et don Carlos, nos témoins. Mais il y avait déjà une grande différence entre les deux hommes, et, de ce fait, entre nous tous. Carlos portait un bel uniforme de commissaire de la Culture. Juan n'était qu'un simple soldat, en permission de vingt-quatre heures pour se marier. Dix mois plus tard, Juan-soldat, mon mari, est mort. Sur le front de Teruel. Son squelette doit se décomposer sous le blé, quelque part là-bas. On n'a jamais pu découvrir l'emplacement exact de la fosse commune, malgré tout l'argent que ta mère y a consacré. Tant pis. Je veux imaginer qu'il repose sous un champ de blé. La fleur la plus rouge est le coquelicot. Et les coquelicots poussent dans les blés. Enfin, comme tu le sais, nous avons perdu la guerre. Pas Matilde. Mais nous trois, le mort et les vivants. Ta mère n'a été concernée que dans la mesure de son amour pour Carlos. Une énorme mesure, je dois dire. Lui, il a été fait prisonnier, mais tout l'argent des parents de *señorita* Matilde y est passé, et Carlos a quitté sa prison au bout de deux mois. L'argent est un très puissant argument quelquefois. Il était question qu'ils se marient. Matilde avait juré de se jeter parmi les taureaux sauvages si ça ne se faisait pas. Et je la comprends. Elle avait déjà été dans les bras de Carlos et personne ne pouvait lui retirer cette place d'honneur. Ils se sont mariés et Carlos est retourné à l'université. Et c'est là que son histoire se termine. Naturellement, il a terminé ses études, mais, après les deux ou trois premiers échecs dans la recherche d'un emploi solide, il s'est rendu compte que, en tant que *rouge,* il ne lui serait jamais permis de se faire un nom. Et, de toute façon, quelles lois peut-on défendre dans un régime qui n'en a pas ? Disons que c'était une consolaton, mais c'était aussi la vérité : le nouveau régime était en train de s'ériger dans l'absence totale de lois et de justice. On tenait ces propos à peu près tous les jours, autour de la table, dans le salon... En 1943, ton frère Antonio est né. C'est sa bouche qui a prononcé pour la première fois le mot « papa ». On a définitivement enterré Carlos, et papa, enfoncé un peu plus chaque jour dans son bureau, a commencé à recevoir ces pauvres types qui sont venus, pendant plus de vingt ans, le consulter sur des petits problèmes d'argent, d'héritage ou administratifs. « Le petit avocat des pauvres », que ta mère disait en rigolant. Jusqu'à ce que la tristesse nous envahisse pour de bon. Tous les trois, nous avons cessé de rire et nous nous sommes tus. Pour toujours.

De l'énorme pile de papiers de papa, il ne restait que des cendres. Clara, silencieuse, regardait la fumée s'élever dans les branches du vieux marronnier des Indes. Je me suis levé, je suis allé dans le bureau, j'ai pris la radio de papa et j'ai rejoint Clara dans le jardin.

« Qu'est-ce qu'on fait avec ?

— Fais-en ce que tu voudras. Si c'était quelque chose de vivant, je prendrais mon couteau de cuisine et je l'égorgerais. C'est elle qui a assassiné ton père. Elle et sa voix. »

J'ai jeté la radio sur les cendres fumantes. Peu après, les flammes ont attaqué le vieil appareil. Ça n'a pas duré plus de dix minutes. Il n'en est resté que des

petits morceaux de fer, des vis, des fils métalliques.
Clara a dit :

« Tout meurt ensemble. La maladie et ses causes.
C'est bien comme ça. »

Nous avons gardé le silence. Puis, au bout d'un
moment :

« T'ai-je dit que ta mère est belle ? Moi, je suis laide.
C'est peut-être pour cela que nous avons été malheu-
reuses.

— Clara, tu es belle aussi. Là où se pose ton regard,
la vérité se montre dans toute sa beauté. Peux-tu imaginer quelque chose de plus beau que la vérité ?

— Tu sais, mon chou, j'ai toujours eu besoin de la
vérité pour ne pas être personne. Et si tu crois que la
vérité, c'est la beauté, alors, oui, disons que je suis
belle. »

Et elle a souri. Quel sourire, quel sourire, quel sourire !

Le lendemain matin, nous avons reçu les nouveaux
propriétaires de la maison en ville. M. et Mme Untel,
gros et riches. Il m'a été impossible de les imaginer à la
place de Matilde et de Carlos. Mais ça n'avait plus d'importance pour moi. Quand nous avons définitivement
quitté la maison, Clara a pris un morceau de craie —
souvenir de mon enfance — et a tracé une croix sur la
grand-porte.

« Pourquoi fais-tu ça ?

— Comme ça, si nous nous rappelons parfois de
cette maison, nous y penserons comme à un cimetière.
Et nous ne serons pas tristes de l'avoir quittée pour
toujours. »

(Clara-sorcière.)

CHAPITRE XVII

Nous venons, Clara et moi, de nous installer à la campagne. Nous installer : cela veut dire installer nos fantômes dans cette maison qui n'est elle-même que le fantôme de la maison en ville; défaire les caisses contenant le secrétaire de maman, le cheval de Carlos, la petite peau d'agneau carnivore, les livres ignorés de tous et qui ne seront peut-être jamais lus, notre linge et la cuisine tout entière que Clara s'est entêtée à prendre avec elle. Aux nouveaux propriétaires ne sont restés que les murs, blancs et astiqués par vingt ans de travail de Clara-propre. Je n'ai même pas terminé mes études, et c'est dommage, dit Clara, mais je ne vois pas pourquoi.

Ici, tout en ne sachant pas quelle est à présent notre situation financière, la sensation d'être ruiné est moins forte qu'en ville. Et puis, pas besoin de cravates, de costumes, de chemises ou de chaussures. Des jeans, des tee-shirts et des espadrilles font l'affaire.

J'ai enfin découvert le rosier de maman. Il est grand, grimpe avec ténacité le long du fer forgé des portes-fenêtres du salon jumeau où le cauchemar-maman se reproduit, pris d'une contagion bizarre : en effet, il porte plus de roses jaunes que de feuilles vertes. On le croirait à poil et infesté d'abcès prêts à crever. Clara l'arrose religieusement tous les jours au petit matin.

Moi, ça m'emmerde. Il est pourtant temps qu'elle se repose un peu.

« Tu n'as pas besoin de te lever à cinq heures du matin pour arroser ce putain de rosier.

— Tu sais, c'est au petit matin que les plantes sont assez reposées pour se nourrir. Comme ça, elles peuvent affronter en toute tranquillité les petits soucis de la journée : vent, soleil, pluie, insectes, oiseaux...

— Ça va, ça va.

— Je veux qu'il soit beau quand Matilde rentrera.

— Il ne sera jamais beau. Il ne peut pas. Ces roses jaunes, on dirait qu'elles sont malades. Elles sont laides.

— Et qu'est-ce que c'est la beauté, mon chou ? C'est peut-être la laideur ! »

Putain de Clara !

Je n'ose pas sortir me promener sur *nos terres;* je ne sais pas si elles sont encore à nous. L'expérience de la maison en ville et le silence que maman garde soigneusement sur l'état de nos finances m'ont mis la puce à l'oreille. Je n'ai aucune envie qu'un nouveau propriétaire ou locataire me lance des pierres en croyant que je suis un voleur. Et puis, je ne vois presque personne autour de la maison. Personne ne s'est présenté pour nous souhaiter la bienvenue. Il a dû se passer quelque chose. Bon, quoi qu'il en soit, je m'en fous. Je ne demanderai pas à Clara si elle connaît la raison de cette défection. Je dis : je m'en fous.

Mais nous ne sommes pas restés seuls pendant très longtemps, Clara et moi. Le dernier jour du mois de juin, une voiture mortuaire, blanchie par la poussière de la route, s'est arrêtée devant la maison, à l'ombre du vieux marronnier des Indes. (Détail à ne pas négliger : un jour, j'ai constaté que le tronc de ce marronnier avait la même fente et ie même nid de vers que son jumeau du jardin de la maison en ville. Je me suis dit que cela n'arrangeait pas les choses.) Le chauffeur, un type maigre et fort (d'après mon appréciation postérieure), en uniforme noir avec des galons argentés, a klaxonné. Le son m'a semblé le bruit le plus sinistre que j'aie jamais entendu; j'ai eu la certitude que sa mélodie avait été composée avec les notes les plus jaunies de Chopin-jaune. Nous sommes sortis, Clara et moi, et nous sommes approchés des gais visiteurs. L'assistant du chauffeur, comme lui vêtu d'un uniforme noir galonné d'argent, s'occupait déjà de nettoyer la poussière sur la voiture, et, à travers les vitres décorées de couronnes, d'anges et de rubans argentés, nous avons aperçu maman assise à côté d'un cercueil. Son profil était aussi net que celui d'un camée grec et son regard aussi limpide et fixe que celui d'une poupée. Je n'ai même pas eu le temps de ressentir une émotion quelconque, que le chauffeur d'estampe a ouvert la double portière et la voix de maman nous a atteints comme le sifflement froid qui se dégage d'une cave quand on lève la trappe qui permet d'y accéder.

« Montez. On va au cimetière de famille. On va enterrer mon mari. »

Silencieux, nous sommes montés dans la voiture, Clara et moi, et nous avons pris place sur l'une des banquettes latérales. Maman occupait l'autre. Entre nous trois, le cercueil en acajou, plombé, lourd et luxueux, et, sur le couvercle vitré, on avait reproduit, dans tous ses détails, l'image de Carlos-jeune. J'ai regardé maman pour essayer de comprendre à quoi tout cela rimait, mais ses yeux ouverts et son visage parfaitement composé donnaient l'impression qu'elle s'était figée pour toujours dans le vide. Et que rien ni personne ne pourrait l'atteindre.

La voiture mortuaire a démarré et parcouru le même chemin que le jour de ma première communion. Mais, cette fois, aucune main n'avait balayé la route et la poussière épaisse; les herbes desséchées par le soleil et arrachées par le vent formaient notre unique cortège. Les seules créatures fidèles, c'étaient les corbeaux qui s'arrêtaient un moment sur les murs de pierre et nous jetaient un regard affamé avant de continuer leur vol vers la colline aux serpents.

Arrivés au petit cimetière, nous sommes tous descendus de la voiture. Là, quelqu'un avait déjà creusé une fosse, mais la terre empilée des deux côtés n'avait ni la couleur ni l'humidité d'un travail récent.

Elle, maman, a dit :

« C'est le mois dernier que j'ai ordonné de creuser la fosse. Et j'ai commandé aussi la pierre tombale. »

Elle gisait par terre, l'énorme dalle en marbre, et, sur sa surface, on voyait, gravés, le nom de Carlos, la date de sa naissance et celle de sa mort, et ces mots : « Mort de mort chronique. »

Tout d'un coup angoissé par cette sagesse sinistre, j'ai cherché le regard de maman, sans rien dire, mais elle a deviné ma pensée et a dit :

« Le cancer, ce n'était que le nom qu'il fallait donner à sa maladie pour pouvoir en parler, faire un diagnostic, proposer un traitement. Mais sa maladie, c'était la mort. La mort chronique. »

Clara a ajouté :

« Autrement dit, la victoire et la paix. Tu n'avais pas compris, mon chou ?

— Vous avez raison, ma chère. C'est bien cela que j'appelle une mort chronique. Et ce n'est pas un besoin de poésie. C'est plutôt une constatation précise.

— Oui, Matilde. »

Maman l'a regardée un instant, et la souffrance, vieille comme une ride et soudaine comme l'éclair, s'est exprimée dans ses yeux comme si elle voulait quitter une fois pour toutes sa prison d'élégance. Mais elle a disparu aussi soudainement qu'elle était venue, avant de pouvoir se traduire en larmes ou en nébuleuse de larmes.

Le chauffeur noir et galonné et son assistant noir et galonné ont sorti le cercueil. Ils donnaient l'impression de porter un récipient creux, l'apparence trompeuse d'une lourde réalité, et la sueur de l'effort n'a pas perlé une seule seconde sur leur front. Cercueil vide. Carlos vide. Boulot parfait des embaumeurs de New York. Carlos-plume.

« Je voudrais, maintenant, que vous lui disiez adieu. Son fils Antonio l'a déjà fait à l'aéroport de Caracas. Comme je vous l'ai *certainement* dit dans ma dernière lettre, il était de mon devoir de le mener devant son fils... pour adoucir un peu la tristesse de *ce* voyage. Tonio a pleuré. Il l'aimait sûrement. Mais vous, je vous prie de ne pas prendre son geste ni mes paroles pour une invitation à faire de même. Nous sommes tous vrais, maintenant. Tous les *quatre.* Pas besoin d'aller plus loin. »

Le chauffeur noir et argenté a levé le couvercle du cercueil, sur lequel l'image peinte de Carlos-jeune avait la sérénité épouvantée d'une vitre de restaurant élégant. Et dedans, Carlos. Lui-même. Un modèle réduit. J'ai cherché du regard le petit carré indicateur de l'échelle proportionnelle des mesures. Mais non. Aucune indication de la taille originelle n'y était donnée. Carlos avait tout simplement rétréci. A la suite de sa maladie-mort chronique ou du travail de l'embaumeur. Il avait l'air d'un enfant qui a vieilli en l'espace d'une nuit, à la suite d'un mauvais rêve, ou qu'on a déguisé en petit vieux avec des moustaches et des cheveux blancs. Un absurde œillet en corail, fixé à la boutonnière de son costume fait sur mesure, donnait à cette poupée-cadavre l'allure d'une statue-bijou sacrée. On aurait pu le promener en procession en mettant sur

265

sa noble tête réduite un chapeau orné de rubans et de colombes en miniature.

Carlos-infinitésimal. Il resterait sans doute comme ça jusqu'à la non-arrivée de l'éternité. Privé pour toujours de la fatigue de l'attente, son sang définitivement perdu dans les égouts du laboratoire new-yorkais de l'embaumeur. En le regardant, je me suis dit que, malgré tout, j'avais été engendré en conséquence directe d'un orgasme de *ça*. Il n'y avait pas de quoi en être trop fier. Le mot « père » a pourri dans ma bouche.

Pendant une longue minute, les doigts de Clara ont suivi le petit profil de cet homme qu'elle avait profondément aimé, le geste imprécis de celui qui essaie de reproduire la grâce effacée d'un dessin tracé sur le sable. Et puis elle a poussé un gémissement si rauque que j'ai pensé qu'il sortait de la terre. Elle, maman, lui a pris la tête entre ses mains et l'a embrassée sur les lèvres.

« Il y reste encore quelque chose de son dernier baiser. Quand il me l'a donné, je pensais à Clara. Parfois, on a une *certaine* conscience du devoir. Peut-être trop tard. »

Je me suis refusé à faire le moindre geste. Je ne voulais ni embrasser ni toucher la poupée-souvenir, ni participer au mélodrame. Il y avait assez de carnaval. J'avais envie de voir les pelles s'activer et entendre la terre tomber sur le bois de luxe, sur la vitre peinte et incassable.

Elle, maman, a dû deviner ma hâte. Elle a fait un léger signe au chauffeur galonné qui se tenait avec son assistant à l'écart du cercle familial, l'air d'appartenir à un autre monde et de n'être là qu'à cause d'une maudite erreur de réincarnation. Les deux hommes ont commencé enfin leur travail de fossoyeurs. Nous trois, couverts de poussière et aveuglés par le vent, avons résisté héroïquement au long quart d'heure que prit Carlos pour disparaître totalement. Dans l'avenir, la pierre tombale en marbre serait le seul témoin de son passage anonyme dans ce monde. Et peut-être que, en lisant sa légende, on ne trouverait pas bizarre la seule définition de la vie de mon père : mort chronique.

Maman ne nous a pas mis tout de suite au courant de notre situation financière, mais on flairait la catastrophe dans l'air. Elle écrivait trop de lettres à son administrateur et en recevait trop d'un peu partout, toujours des factures. Elle y jetait un coup d'œil et les rangeait immédiatement dans son secrétaire noir. Il était certain que Carlos-caprice d'amour avait coûté à maman toute sa fortune.

Un jour, j'ai entendu maman et Clara qui parlaient un peu plus fort que d'habitude. Elles s'étaient enfoncées dans les profondeurs obscures du salon, mais avaient négligé de fermer la porte. J'ai prêté l'oreille.

Il s'agissait tout simplement de congédier Clara, parce que nous n'avions plus de quoi la payer, la nourrir et l'habiller. Le tout était exposé avec l'élégant style pathétique de maman. Mais Clara ne se laissait pas faire. Elle disait que si on avait assez à manger pour deux, on en avait pour trois. Et pas de doute là-dessus. Qu'elle avait assez de robes et de tabliers pour s'arranger jusqu'à l'heure de sa mort. (Elle n'a pas parlé de chaussures, Clara-pieds nus.) Et que, de toute façon, se préoccuper d'elle était hors de question. Il était plus urgent de penser à moi et à maman.

Conclusion :

« Le jour où vous mourrez, madame, je quitterai cette maison. Mais pas avant.

— Clara, je vous en supplie, ne m'appelez plus madame. Quand je vous écoute, je me sens terriblement artificielle. Et cela me décourage. Vous ne vous rappelez plus de Matilde-petite fille ? Puisque vous insistez pour que nous restions ensemble, retournons à notre enfance, voulez-vous ?

— D'accord, je veux bien si cela vous fait plaisir. Mais pas question de me chasser d'ici. »

Sortant des ténèbres, Clara s'est dirigée vers la lumière de sa cuisine, les yeux pleins de larmes.

A partir de ce jour-là, maman a commencé à ressusciter un peu plus chaque jour, avec une gaieté inconnue jusqu'alors. Elle n'avait pas fini de m'étonner.

La lettre de mon frère Antonio nous annonçant son mariage nous est parvenue un début d'après-midi obscurci par une pluie fine. Novembre, mois des morts. Elle, maman, se préparait en chantant à faire l'une de ses petites promenades aux alentours de la tombe du mort-chronique. Elle le faisait tous les jours avec l'air impatient d'une jeune fille qui se rend à un rendez-vous secret. Elle se cachait derrière les troncs d'arbres, faisait un détour, de l'autre côté de la chapelle, ou hésitait en arrivant devant la tombe, comme si elle cherchait l'endroit précis où. *il* l'attendait. Elle consultait même, l'air méfiant, des petits bouts de papier qu'elle sortait de sa poitrine ou de ses poignets. Je la suivais de loin, sans me montrer, et me faisais un plaisir d'être le seul témoin de ce rendez-vous. Elle était donc en train de faire coucou, aplatie contre le mur de pierre qui borde le jardin, quand elle a vu le facteur et l'a arrêté. Elle a pris la lettre.

Depuis quelques mois déjà, nous prenions nos repas, tous les trois, dans la cuisine, exception faite des dimanches où l'on s'installait dans la salle à manger. Probablement à cause de sa nouvelle résurrection enfantine, elle, maman, était devenue démocrate et ne consentait pas que Clara mange seule. Elles se donnaient du Matilde et du *ma chère*. C'était Versailles, côté fourneaux. Contexte de ruine.

Ce soir de novembre, j'ai trouvé la lettre de mon frère à côté de mon assiette. Elle était ouverte. Sans écouter les propos de Matilde et de *ma chère*, pour qui le silence paraissait avoir enfin été proscrit de leur vie, j'ai lu la longue lettre. Mon visage, qu'elles feignaient de ne pas épier, a dû changer d'expression, parce que l'atmosphère s'est assombrie de silence. Je n'ai pas fait de commentaire. Mais, à l'heure du dessert (nous en prenions encore), *ma chère* a dit :

« Ce n'est pas du tout une mauvaise idée de t'épargner le service militaire. C'est pour cela qu'il se marie. »

Matilde a ajouté :

« Mais naturellement, mon ange ! En tant que fils de veuve, l'aîné étant déjà marié, tu es maintenant mon seul soutien dans la vie. (Là, son rire a sauté sur la table comme une grenouille. Je ne savais pas trop si elle se foutait de ma gueule.) Je me suis laissé dire que le service militaire était quelque chose de vraiment moche. Vous en avez entendu parler, ma chère ? »

Ma chère a renchéri, avec une passion tout à fait excessive :

« Même des poux ! mon chou, même des poux ! Et puis, après tout, pourquoi devrais-tu faire ton service militaire pour un régime qui a tué Carlos ?

— Voilà, ma chère, voilà ! Carlos et Juan ! Tous les deux !

— Matilde, laissons tomber les morts et occupons-nous des chagrins actuels. D'accord, ma petite biche ?

— Que vous êtes un amour, ma chère ! »

Dans quel coin absurde des terrasses de leur enfance jouaient-elles à présent ? J'ai dit :

« Fichez-moi la paix ! » (Ce qui correspondait exactement à la situation et au décor où cette scène se déroulait, mais les deux amours de petites filles se sont mises à sangloter.)

J'ai quitté la cuisine et regagné ma chambre, emportant avec moi la lettre de mon frère.

Elle s'appelle Evelyn. Elle est blonde et américaine, intelligente et bonne ménagère. Elle a suivi des cours de tout ça, ainsi que d'espagnol qu'elle parle maintenant couramment. Elle est la fille unique du patron de l'usine de produits chimiques. Lui aussi est américain et a suivi des cours de blondeur et d'intelligence. Eux, Antonio et Evelyn, se marieront le mois prochain et se rendront, en voyage de noces, quelque part au Texas, dans le ranch de la famille. Lui aussi, le ranch, semble être blond et intelligent, et certainement américain. Mais la lettre ne dit rien sur ses études. Dommage. Je reste sur ma faim.

Le lendemain matin, quand je me suis réveillé d'un sommeil vide et profond, une diarrhée féroce m'a pris. Je suis allé aux toilettes, la lettre de mon frère se trouvait encore dans la poche de ma robe de chambre, qui n'était plus en soie, la salope. Je l'ai relue. J'ai constaté qu'elle, la fille, s'appelait toujours Evelyn et qu'elle était toujours blonde, intelligente, bonne ménagère et américaine. Je me suis torché le cul avec.

La chasse d'eau a fait disparaître à jamais ce document de traître dans la fosse à merde. Chaque chose à sa place.

Clara, qui dort de moins en moins, se rend plusieurs fois par nuit à la porte de ma chambre, y colle son oreille, tâchant de découvrir les fantômes qui peuplent mes nuits blanches, mais elle n'ose pas pousser la porte et entrer. Parfois, je crois entendre un faible : « Ça va, mon chou ? » mais cela ne doit être que le produit de mon imagination. Quand on ne dort pas, tout devient rêves. De mauvais rêves.

Une de ces nuits, elle va piquer un coup de froid. Les braseros ne parviennent pas à chauffer suffisamment la maison pour qu'elle se livre à ces promenades nocturnes. Il faudra bien que je lui en parle.

Eux, Evelyn et Antonio, blonde et brun, intelligente

et con, doivent se réchauffer très bien dans les bras l'un de l'autre. Putain!

Elle, maman, vient d'écrire une longue lettre à mon frère en lui vantant les délices du mariage. C'est Clara qui me l'a dit. Comme par hasard, maman avait oublié de fermer l'enveloppe, et, suivant les règles inaltérables de son imprécision, elle a laissé traîner la lettre pendant deux ou trois jours dans le terrain vague de son salon. Finalement, Clara a osé y jeter un coup d'œil. Furtif, dit-elle.

« Tu sais, mon chou? On pourrait croire qu'elle a été profondément heureuse dans son mariage à elle. Ce qu'on peut déconner quand on se fait vieux!

— Mais elle se fait de plus en plus jeune!

— Tu parles! Mais à la fin, en post-scriptum, elle ajoute : « Tout ce que je viens de te dire plus haut, mon amour, n'obéit qu'à mon devoir de mère. Mais moi, Matilde, je n'ai qu'une seule chose à te dire, et ça, oui, c'est mon droit : tu as oublié trop tôt que tu étais déjà marié. Tu n'es donc qu'un traître. Dans ma folie, je te croyais Carlos réincarné, mais Carlos n'aurait jamais fait ça. Carlos était un homme. » Qu'est-ce que tu en penses?

— Je la hais! »

Clara m'a foutu une gifle en pleine gueule. Elle est assez forte, la coquine. Les lèvres gonflées, j'ai encore du mal à manger ma soupe.

Elles pensent peut-être, toutes les deux, que je devrais joindre mon malheur au leur : une sorte d'association dans la misère. Mais elles se trompent. Je ne suis pas malheureux, moi. Je suis vivant.

Quant à lui... enfin. Lui et moi, on s'était déjà dit l'adieu définitif.

Je me suis retranché pour toujours dans l'observation scientifique. Les yeux pleins d'une volonté de clarté — j'ai acquis une certaine froideur de microscope, ces temps-ci —, je regarde mon entourage sans m'y laisser prendre. Maman est un insecte. Clara est un insecte. Les quelques paysans qui, de temps en temps, viennent jusqu'à la porte de la cuisine, apportant du lait, des œufs ou des fruits, sont des insectes. La maison n'est qu'un trou qui abrite des insectes.

Et j'analyse. Le monde extérieur ne compte plus. Pas un seul journal, même par hasard, dans notre boîte aux lettres. Je veux dire un journal du jour. Parfois, une vieille feuille imprimée, dont les caractères se sont effacés à cause du temps, arrive de je ne sais où, enveloppant je ne sais quoi. Je la vois traîner d'un endroit à l'autre pendant quelques jours, et, finalement, j'y jette un coup d'œil. Le monde n'a pas changé. Ce que je lis là, c'était ce qui se passait il y a dix ans, et je l'avais déjà lu dans les anciennes feuilles jaunies des journaux que Clara avait employés le jour où elle s'était mise à faire le grand nettoyage de la maison en ville. Et je suis certain que ça sera encore comme ça dans dix ans... au moins. On est en plein dans l'immobilisme.

Inutile, donc, de lire les journaux. Les feuilles usées des journaux usés ont beau traîner dans la maison en me faisant des clins d'œil, leur lecture a perdu tout intérêt pour moi.

On retombe en enfance.

Maman n'est plus maman. Elle est devenue Matilde-petite fille. Elle s'entretient soigneusement dans un courageux processus de *dévitalisation.* Je sens qu'elle veut devenir plus petite, si possible, que Carlos-poupée-cadavre. Et Clara l'aide. Elle lui a fait abandonner définitivement le thé au citron et la noie dans de la mie de pain trempée dans du lait chaud et sucré. Des petites omelettes peu salées, des compotes. Je ne serais pas surpris de me lever un matin et de la trouver en train de prendre un biberon. Et elle, maman, gentille, sautille. Petit oiseau, elle sautille toute la journée, technique du cache-cache, depuis sa minutieuse cage-fauteuil de paille tressée jusqu'à la grosse tombe fleurie du mort-chronique. Et au milieu de ces infatigables voyages de fourmi, elle s'arrête un moment pour caresser, la main crispée de haine, les roses jaunes de son rosier préféré. Pourquoi cette haine? C'est dans mon regard d'analyste que cette question se dessine. Et je n'arrive pas à trouver de réponse.

Elle, maman, s'est aussi mise à chanter. De vieilles chansons de vieille petite fille au chapeau de paille orné de rubans. Et sa gaieté est sinistre. On dirait un disque de marché aux puces.

Et pourtant, on ne peut pas dire qu'elle soit un peu moins vivante chaque jour; elle est tout simplement, et chaque jour, un peu plus morte. Elle mange bien, parle sans cesse et boit son eau-de-vie mélangée à de monumentaux verres de lait. Mais elle a la profonde sagessse d'empêcher la nourriture, la voix mélodieuse et la boisson de la vivifier. Tout au contraire, ça la fait mourir. Pas dans le sens déprimant du processus de la mort, mais dans le sens tonifiant du processus de la vie. J'oserais même dire que sa mort progressive est faite de vie progressive. C'est passionnant comme truc. Si j'avais de l'argent, j'entreprendrais, avec maman comme monstre, le voyage au miracle qu'elle voulait entreprendre avec moi comme monstre. Mais avec la certitude de pouvoir déjà montrer l'accomplissement du miracle. C'est dommage que cette progression continuelle et joyeuse de la mort n'ait pas de spectateurs.

Un matin de cette mort-tambourin, je l'ai trouvée devant son rosier à roses jaunes. Il y avait en elle un calme profond, comme si elle s'était mise entre parenthèses.

« Tu voudrais sans doute savoir pourquoi, n'est-ce pas, mon petit ? »

Je l'ai regardée et j'ai hoché la tête : je n'avais aucune envie de mentir ce matin-là.

« Quand j'avais huit ans — ça ne fait pas longtemps, hein ? — Carlos, qui en avait onze, m'a fait le premier cadeau de notre amour. Je me demande maintenant si nous savions déjà que ça, je veux dire mes joues tachées de pourpre et sa main qui ne savait plus que faire de ses cheveux, c'était l'amour. Enfin. Il m'a amené de la ville un jeune rosier pour que je le plante. Il m'a dit très sérieusement qu'il venait de lire dans un livre qu'il fallait faire trois choses dans la vie : planter un arbre, écrire un poème et avoir un enfant. Il m'a fait encore rougir avec cette proposition, parce que c'était déjà une proposition. Mais il a ajouté que, précisément, parce que c'était un produit de la sagesse arabe ou chinoise, ou... je n'en suis plus sûre à présent, il trouvait que, planter un arbre, c'était plutôt un boulot d'homme, et qu'il valait mieux que je plante un rosier. De roses rouges. Il affectionnait la couleur rouge. J'ai pris mon chapeau, mes gants et ma pelle, et j'ai planté le rosier. Ici, devant la fenêtre du salon où je pâlissais toute la journée. Notre terre est bonne, malheureusement, tout y pousse. Et ce rosier a poussé. Il a grandi. Deux ans plus tard, il s'est réveillé un beau matin plein de boutons. J'étais folle de joie. Chaque bouton était Carlos, le rouge de son sang, le rouge de ma passion pour lui. Je te parle comme ça parce que je sais que tu es déjà un homme expérimenté et que tu sais tout sur la passion. Je venais toutes les cinq minutes regarder si les boutons s'étaient ouverts. Et un jour, ils ont éclaté. Des roses jaunes. Tout ce dont je me rappelle maintenant, c'est que je n'ai pas pleuré. Je n'ai jamais écrit de poème. Ni jamais eu de fils. Il en a eu deux avec moi. Mais ça, c'est son histoire. Pendant des années, j'ai appelé le cataclysme de toutes mes forces, et j'avais l'espoir qu'un jour je me lèverais et trouverais mon rosier

274

fleuri de roses rouges. Le jour où j'ai perdu l'espoir pour toujours, parce que cela arrive, j'ai lu dans un livre qu'il y avait des solutions. Par exemple, on pouvait injecter un certain produit chimique dans les branches du rosier et obliger les roses jaunes à rougir de force. On pouvait aussi faire une greffe et attendre un an. Mais, pour moi, ce n'était pas une solution. C'était trop artificiel. Me crois-tu ? Tu te demanderas certainement pourquoi ma préférence absurde et mon amour excessif pour ce rosier. La réponse est bien simple : je le hais. Mais je ne veux pas tomber dans la vulgarité de te dire qu'il est le symbole de ma vie : le manque d'élégance me fait horreur. »

Elle, maman, n'était pas triste. Le soleil mystérieux de son sourire avait la luminosité du sourire qu'un enfant dévoile soudain et que personne ne comprend.

Tout s'est passé de la façon la plus élégante du monde. Clara a poussé un cri (mais Clara n'est pas maman, me suis-je dit après, seule excuse de sa vulgarité), je suis descendu dans le hall craignant qu'un voleur ne se soit introduit dans la cuisine pour dérober les quelques victuailles qui nous restaient. Si c'était le cas, j'étais certain que j'allais trouver Clara le couteau à la main, l'écume aux lèvres. (Clara-Numance.)

Mais non. La cuisine était vide. C'est là que j'ai entendu ses sanglots. J'ai été envahi par ce genre d'inquiétude que provoquent les événements, non pas insolites, mais spéciaux : elle sanglotait dans le salon.

Je suis entré. Effectivement, Clara était presque pliée par terre et gémissait. Elle, maman, était morte. Un sourire ineffable aux lèvres, une cigarette fumante à la main, qui s'appuyait négligemment sur la tête du pigeon amoureux, sa montre suisse marchait encore. Elle, maman, était morte dans son fauteuil-berceau de paille tressée. Sa tête, qui venait d'être coiffée quelques minutes auparavant, ne tombait pas grotesquement sur l'une de ses épaules, sa poitrine ne reposait pas sur son ventre; la mort l'avait sans doute surprise au milieu du repos d'un souvenir d'enfance : on sentait que le salon vibrait encore doucement sous la caresse d'une chanson de petite fille, interrompue juste sur ce vers mélancolique qui vous dit :

Je ne suis pas une Mauresque, Monseigneur,
Je suis une chrétienne captive.

En voyant Clara pliée en deux et gémissante devant elle, l'image de la confession de maman à sa bonne m'est venue brusquement à l'esprit, et j'ai eu plus fortement que jamais cette impression d'immobilisme constant qui tentait maintenant de devenir partie intégrante de ma nature. Dans quel temps, égal et infini, étions-nous enfermés ? Depuis toujours et pour toujours, vivants ou morts, nous reproduisions les mêmes gestes, les mêmes attitudes.

Je ne me suis pas trop attardé sur ces réflexions. Dans le cendrier en cristal de Murano, frère jumeau de celui qui avait toujours été placé sur le petit guéridon à côté du canapé dans le salon de la maison en ville, j'ai éteint la cigarette de maman morte. Et j'ai donné un léger coup de pied au fauteuil de paille tressée pour briser une fois pour toutes le cercle magique. Maman morte est tombée par terre, comme dans la plus sinistre des histoires d'épouvante. Clara a encore poussé un cri. Mais c'est tout.

Deux paysans, le père et le fils, ex-employés de maman, sont venus du village pour nous aider à l'enterrer à côté du mort-chronique. Ils ont même fourni le curé et le cercueil, et une croix en bois en attendant une future pierre tombale. Le curé ne s'est pas trop attardé dans les mensonges rouillés de son latin; il a pris son argent et il est parti. Le type âgé est rentré

276

avec Clara à la maison pour se faire payer et prendre un bouillon. Le jeune et moi sommes restés dans le petit cimetière de famille pour finir le travail. Il me regardait faire, étonné sans doute de ne pas voir de larmes dans mes yeux. La phrase : « Et pourtant, c'est sa mère », se lisait dans son regard. Mais moi, je ne disais rien. Je faisais mon boulot. Tandis qu'il aplatissait la terre à coups de pelle, comme s'il frappait maman-cadavre pour l'enfoncer le plus profondément possible dans l'oubli, j'écrivais sur la croix en bois le prénom et le nom de maman, les dates 1911-1966 et la maladie de famille : « mort-née ». Après quoi, j'ai proposé au jeune homme, qui transpirait de partout, de venir à la maison prendre un verre de vin. Il a été très content, m'a remercié d'un sourire, et, arrivé à la maison, en a pris plusieurs. Il ne cessait de transpirer.

« Pourquoi ne prendrais-tu pas un bain ? Tu es trempé de sueur. On a une baignoire. »

Sans se faire prier, il a dit oui et il est monté avec moi dans ma chambre, en amenant la bouteille de vin. J'ai préparé le bain et il s'est déshabillé. Le travail aux champs, ça fait de beaux muscles. Je lui ai exprimé mon admiration pour sa force — on était entre garçons —, et il a été encore une fois très, très content. Puis je l'ai aidé à se savonner. Le bain terminé, je l'ai enveloppé dans une grande serviette blanche, chose qu'il n'avait jamais vue, et l'ai méticuleusement essuyé partout, avec un soin hérité de mon frère. Deux minutes plus tard, il bandait comme un cheval. Je ne me suis pas gêné pour admirer sans réserve ses proportions *insolites.* Il n'a pas trop bien compris ce mot, mais il lui a plu quand même. Bref, nous avons fini dans mon lit et, pendant deux heures, il n'a pas été pressé de rentrer au village. Finalement, comme il arrive presque toujours quand le vin et le désir se sont évaporés, il a retourné sa veste, a rejeté de mauvais poil mon aide pour se rhabiller, et a conclu que je n'étais qu'un fils de pute. (Maman n'avait rien à voir là-dedans, a-t-il dit.)

« Tu n'as pas honte ? Le jour de l'enterrement de ta pauvre mère ? »

Inutile de lui expliquer que la raison était précisément celle-là : avoir enfin enterré ma mère. Et pour toujours. Il m'a donc régalé de toutes les variantes villageoises du mot « pédé », s'est échauffé et m'a lancé un excellent coup de poing en pleine figure. Puis il est parti. Mais ça ne faisait rien : je savais, comme toujours, qu'il reviendrait. Entre les ânesses et moi... pas le choix. Un *civilisé* choisirait peut-être les ânesses; mais lui...

Je vois mon sang. Dans le miroir. Il est rouge, couleur ratée de ma famille. Il sort de mon nez et tombe sur les lèvres. Rouge et vivant.

Je pense au rosier haï et préféré de maman. Rosier à roses jaunes. Je souris :

« Voilà ton cataclysme. Tes roses rouges. Tu es contente ? »

Je vois ses yeux, déguisés dans les miens, qui sourient aussi dans la glace. Elle, maman, est contente, finalement. Remercions mon cul.

Une visite à l'administrateur de maman m'a mis au courant de notre situation financière : elle est catastrophique. La plupart de nos terres ont été mal vendues, par petits bouts, aux paysans. (J'espère qu'ils s'y prendront plus sagement que maman.) Le peu qu'il reste, la maison et la source — trou aux papillons d'excellente mémoire, souvenir de tristesse à présent —, est hypothéqué. Ces rentes ne servent qu'à payer les lourds intérêts de l'hypothèque. Bref, il me met dans la main quelques sous, comme s'il me faisait un cadeau. Je lui demande d'écrire à mon frère pour lui faire part de la mort de maman et de notre situation.

« Vous pouvez lui dire que c'est *sa* situation, s'il veut

faire quelque chose. Je me considère comme dégagé de toute obligation. Je quitte le pays.

— Pour aller où ?

— Quelque part à l'étranger, comme lui. Peu importe.

— Sans avoir terminé tes études, sans ressources...

— Je peux travailler. Tout le monde le fait. Je ne serai pas le premier Espagnol qui se fait enculer en dehors des frontières après l'avoir été ici, n'est-ce pas ? »

Il n'apprécie pas mon langage direct :

« Travailler, toi ?

— Oui.

— Comme tu ressembles à ta mère ! »

Quelle putain de connerie ! Crève ! Je le regarde et je pars.

Je donne à Clara une partie de l'argent et l'expédie chez un membre de sa famille, au village. Elle ne dit rien. Ses yeux sont devenus soumis et pauvres. Clara-servante. Elle obéit. Je sais que je la mets en chômage d'amour, et peut-être pour toujours. Mais je n'y peux rien. Je ferme la maison et m'en vais. Un billet de train. Un pays étranger. N'importe lequel. Voilà mon avenir.

Pendant un moment, j'ai une folle envie d'entrer dans ma ville, de voler un drapeau et de m'envelopper de rouge, jaune, rouge pour ce voyage vers la merde. Mais non. Je préfère, après tout, me dire que je vais vers l'inconnu. Laissons les cimetières et les linceuls. Pour les morts. Moi, je vais vers la vie.

« Si on veut », ajoute froidement une petite voix en moi.

Est-ce celle de maman ?

En tout cas, ce n'est pas la mienne. Sûr.

Temps de Clara.

Voici encore des œillets. Rouges. A chaque fois que je t'apporte un bouquet, j'ai l'impression que tu vas te lever de ta tombe pour me demander, avec ce ton inquisiteur qui reste gravé dans ma mémoire : « Pourquoi rouges, ma chère ? » Je suis certaine que, même morte, tu poserais la question comme si tu n'en connaissais pas la réponse. Et pourtant... tu as toujours tout su. Je ne suis pas dupe. Je pourrais en mettre ma main au feu sans me brûler.

Drôle de vie. Ça me soulage de pouvoir te parler librement. Avant, je ne pouvais le faire qu'avec les yeux. Mais, depuis que tu es morte, je peux enfin employer mes mots. Ça m'a coûté. Beaucoup. Ces mots, tu sais, ils étaient sur le point de mourir, inexprimés, dans le silence de ma vie. Mais non; en fin de compte, ils sont bien vivants. Eh oui, tu peux sourire! Je ne sais vraiment pas si ce sont mes mots ou tes mots. Mais quand je les prononce, sans aucune crainte d'être réprimandée, qu'est-ce que tu veux, ça me soulage. Ma chère, que c'est bon d'avoir le droit à la parole!

Les yeux ouverts — ouverts sur l'angoisse et le besoin de connaître la vraie vérité de ces années d'éloignement. La vraie vérité, et non pas *ta* vérité ou *ma* vérité. Ce grain d'anarchie qui nous a été inoculé — dans ton sang et mon sang — par quelqu'un qui nous voulait féroces et jamais enclins à transiger, ne serait-ce qu'un tout petit peu. Je ne la mets plus en accusation, mais je commence à me poser des questions. Bien avant qu'elle nous ait conçus, quand elle n'était elle-même qu'un vomissement de plaisir dans le ventre de sa mère (pas même encore une réalité fœtale ni un jet de semence échappé de deux êtres vivants à la seconde précise où le plaisir éclate en délire, mais tout simplement un corps abandonné sur ce drap blanc qui ne peut plus limiter la force du désir), dis-moi, bien avant tout cela, crois-tu qu'elle nous voulait déjà tels que nous sommes à présent ?

Moi, je ne peux pas me résigner à n'être que son œuvre. J'ai passé des années à Londres et à Paris à me purifier dans la merde (n'aie pas peur de ce mot, je t'en prie, je n'en trouve pas d'autre pour t'expliquer ce qu'a été ma vie), et j'ai déchiré, les unes après les autres — et sans les lire —, toutes les lettres que *son* administrateur m'envoyait, les tiennes, les siennes et même celles de Clara. (Clara morte dans l'oubli.) Pendant toutes ces années, je n'ai voulu être que moi-même.

Me voilà donc moi-même maintenant.

Les pas-en-core de la pendule qui habitent ce hall déshabité, et qui dé-mesurent le temps de ta non-arrivée, ne parviennent plus à effacer l'angoisse d'être là, dans le fauteuil de paille tressée, etc., raide, fixant la porte dans laquelle ta clé doit s'enfoncer — image bon marché du bonheur d'autrefois —, pour que tes yeux rencontrent tout à coup les miens dans la pénombre et que tu te rendes compte, enfin, que tu te trouves devant ton ennemi. Pas ton juge. Ton ennemi.

Finalement, je sais que mon amour pour toi ne se mesure plus par l'amour. Et, dans ce nouveau sentiment qui me pousse à partir en guerre, se trouve encore le germe de maman. Avec mes propres mains, endurcies par le travail sans gloire et sans profit de l'émigré, j'ai arraché ce matin, à l'aube (heure de Clara-finie), son étouffant rosier jaune. Je ne veux plus de symboles. Ouvre la porte. Viens. La folie de ces jours d'attente, depuis cinq heures de l'après-midi, vendredi dernier, quand je suis arrivé à la maison, jusqu'à aujourd'hui, mercredi 21 mars, anniversaire d'un autre printemps inoubliable, n'était que souvenirs. Installons-nous, à présent, dans la réalité. Pousse donc cette porte. Et entre !

Temps de Clara.

Tu sais, il est de retour à la maison, le petit. Depuis quelques jours. C'est pour cela que je ne suis pas venue te voir depuis la semaine dernière. Je voulais lui laisser le temps de te faire la surprise d'une visite. Mais je sais qu'il n'est pas venu te voir. J'ai cherché en vain ses empreintes sur le sentier : personne d'autre que moi ne l'a parcouru toutes ces dernières années.

Non, je ne l'ai pas vu. Mais j'ai des nouvelles pour toi. On l'a vu au magasin du village. Oui. Il a acheté du lait concentré et du café soluble décaféiné — il doit souffrir des nerfs, le pauvre. Et aussi de la lessive, et ce savon que tu aimais tant, Heno de Pravia. Il a surtout insisté pour le savon. C'est pour cela qu'on l'a remarqué. Après tout, on ne le connaissait pas tellement, dans le village. On lui a offert une marque plus courante. C'est ce que tout le monde utilise maintenant. Mais il voulait *ton* savon. Bien sûr, il n'a pas dit : « Le savon de maman. » Mais je sais que c'était ton savon qu'il voulait. On lui en a finalement déniché dans l'arrière-boutique, une boîte de six, vieille d'au moins dix ans. Il a payé et remercié très poliment. On m'a dit qu'il a employé deux ou trois fois des mots étrangers, sans même donner d'explication ou s'excuser. « Comment se fait-il que tu ne sois pas à la maison avec lui ? » qu'on m'a demandé. Tu sais, avec cette pointe de méchanceté que nous connaissons si bien. « Tu leur as consacré toute ta vie, à lui et à sa famille, et maintenant, il t'oublie. » J'ai répondu que j'étais à la retraite depuis très longtemps. Je n'ai pas ajouté : « Et puis, après tout, c'est pas vos oignons », parce qu'il était trop tôt le matin et que je n'avais pas envie de me disputer. Mais à toi, je ne peux pas te cacher que j'ai le cœur serré. S'il ne m'a pas fait signe, c'est parce qu'il croit que je ne l'ai pas aimé. Pas assez. C'est bien triste. A présent que tu es là où on peut tout voir, tu sais que mon amour pour lui était aussi grand que le tien. Au moins aussi grand. Un jour ou l'autre, je vous en donnerai la preuve. A vous tous. Enfin... Son arrivée soudaine a fait changer mes habitudes. Je ne vais plus à la maison pour enlever la poussière et arroser les fleurs. Je ne peux plus ouvrir la fenêtre de ta chambre et regarder longuement, pour m'y perdre comme une petite fille, les terres qui ne vous appartiennent plus. Je le faisais souvent, tu sais ? Et sans regret, pour te dire la vérité. Parce que ce sont des choses qui arrivent. La vie est ainsi faite.

C'est aussi pour cela que ces visites que je te rends de temps à autre, pour parler un peu avec toi et fleurir ta tombe d'œillets rouges, il m'a fallu les faire de nuit. Je suis un peu trop orgueilleuse. Je ne veux pas qu'il me voie aller et venir le long du sentier comme si je cherchais à me faire remarquer, comme si je cherchais à lui dire : « Je suis encore vivante. » Surtout que je ne pourrais résister à la tentation de jeter un coup d'œil du côté de la maison. Comment fait-il, tout seul? Le linge, les repas, et pas un mot à quelqu'un...

La nuit, tu sais... S'il ne se décide pas à venir me dire bonjour, ça va être dur, l'hiver.

Enfin, on verra bien. Ce n'est que le printemps.

Ce ne sont pas tes yeux qui éclairent d'abord la pénombre du hall, mais les yeux américains et diplômés d'Evelyn. Son corps américain et diplômé s'interpose — image étrangère à mon espoir — entre ton regard et le mien. Cinq jours d'attente pour avoir cette vision. Piètre anniversaire, mon frère. Ça ne correspond pas au contenu de ton télégramme. C'est bon.

Pas de bonjour. Je m'installe plus fermement dans le fauteuil de maman. Je m'installe dans son corps. La fumée de ma cigarette s'épanouit autour de moi. Ma montre marche. Je suis elle. Et pas elle. Et vivant.

« Evelyn?
— Oui. »

Ses yeux clignotent. Il n'ont pas de feu.

« C'est un peu noir, ici.
— Ma mère aimait la pénombre. »

Evelyn américaine et diplômée s'approche et essaie de m'embrasser. Elle est enveloppée d'un parfum qui sent le dollar : aseptisé, c'est ça. Cela me rappelle l'odeur de Carlos-poupée-cadavre embaumé.

« Dégage! »

Elle a un sursaut de fantôme qui se prend pour un être de chair et d'os. J'en retire l'impression qu'elle a été plus parfaitement embaumée que Carlos-cancer. On doit tricher avec les étrangers, là-bas.

« Dégage, je veux voir mon frère ! »

Ce n'est pas encore toi, mais la lumière. Ta femme a osé ouvrir l'une des fenêtres de notre maison.

Et, dans la lumière, je vois tes yeux qui fixent les miens. Tu es Carlos et je sens à nouveau la tempête de ta moustache de Carlos qui laisse passer l'éclair de ton sourire. Ah ! merde, merde, merde ! Pourquoi es-tu devenu si beau dans les bras américains et diplômés d'Evelyn ? Les papillons du souvenir s'agitent entre toi et moi, et maman sautille, folle de joie, dans ce rayon de vie que tes yeux braquent sur les siens. Tu me violes, encore une fois. Mais peut-être que, cette fois, tu ne le veux pas.

« Ça va ? »

Que répondre ? Voix, exprime-toi !

« Tu dois me trouver un peu pâle, peut-être ? Je t'attends là, depuis cinq heures de l'après-midi, depuis vendredi dernier. Je n'ai pas eu le temps de me raser. »

Tu t'approches. Tu prends mon visage dans tes mains. Tu me regardes.

« Tu es plus beau que jamais. Tu me rappelles maman. »

Maman. Pas moi.

J'entends ta voix. Rauque. Je sais que tu ne parles que pour moi. Tes mots me parviennent directement, ils esquivent le fantôme vivant qui envahit déjà le salon des fantômes morts. Ils me paralysent. Tu reviens amoureux. Mais marié. Et moi qui suis moi-même plus que jamais, et mon amour plus amour que jamais, nous sommes tes ennemis.

« Pourquoi n'as-tu jamais répondu à mes lettres ?

— Doucement, doucement. »

Et elle envahit toujours, Evelyn américaine et diplômée.

Et elle t'appelle *darling*. Ce *ing* inépuisable monte l'escalier, le redescend, s'allonge dans les couloirs comme un serpent-gong qui tonne lorsque je relève les draps de mon lit, m'attendant à t'y trouver, toi, et le petit ruisseau de sueur qui naît dans ta poitrine et va se perdre vers..., etc. La queue de ce darling-pieuvre me serre la gorge, et moi, je lutte, hargneux, concentré, muet, sans crier au secours. Courrais-tu vers moi si je criais? Il s'échappe de ma chambre, ce *ing* étranger, spirale frénétique qui sème la folie partout, de la bibliothèque à la salle à manger, de la cuisine au salon. Et parfois, j'ai l'impression qu'il veut remplacer la clochette d'argent de maman et que Clara va apparaître, comme un génie, d'un de ses murs astiqués, l'éponge à la main, le chiffon sur la tête, le « Oui, madame » aux lèvres. Et ça, non, sale garce américaine diplômée. Ça, non! Si tu prononces une seule fois de plus ton *ing* étranger et que Clara revienne de son silence-oubli pour te dire : « Qu'est-ce que vous voulez, madame? », je t'arrache la langue, comme j'ai arraché, dimanche dernier, le rosier de maman pour arrêter la contagion. (Merde! je dévoile mon secret!)

« Eh bien, oui! J'ai mis le nez dans le jardin, dimanche matin, pour prendre un peu l'air, et j'ai vu qu'il était toujours là et qu'il commençait à pourrir de son jaune sale le fer forgé de la fenêtre. J'ai pris une pioche et j'ai creusé sans trêve jusqu'à atteindre les racines. Je suis allé dans la cuisine prendre la scie. Je suis ressorti, suis descendu dans le trou que j'avais creusé, tombe d'échec, et j'ai scié. Racine par racine. Après, j'ai mis le feu. Tu ne vois pas les cendres? (Là, je crie.) Et ne dis pas qu'il ne faut pas abîmer la maison parce que c'est notre héritage! C'est peut-être le tien. Pas le mien! »

En ce moment, tu en parles certainement avec ton Américaine diplômée.

« Il était beau, ce rosier?

— Magnifique! (Tu mets un peu trop d'emphase sur l'accent tonique. Fais gaffe.)

— C'est dommage qu'il l'ait arraché, faudra l'empêcher de faire ce genre de choses. Il va tout abîmer. Tu sais, quand ça prend... »

Est-ce que tu réponds : « Tais-toi. Il s'agit de mon frère »?

Bien sûr que non. Tu es toujours d'accord avec celui avec qui tu couches. Traître!

Mais enfin, calme-toi. Et pense.

Il te faut un regard.

Je n'ai plus de regard : je suis aveugle!

Appelle maman!

Son regard vient, rapide comme une lumière glacée, s'installer dans mes yeux.

Merci.

« Ecoute-moi bien, chéri. Tu es mon beau-frère. Et nous allons vivre ensemble... au moins pour l'instant. Cela veut dire qu'il nous faut arriver à un accord. Tu ne peux pas toujours rester silencieux! Ça risque d'être un enfer. »

(L'enfer est notre lieu à nous, sale garce! Propriété privée. Et il n'a pas encore été colonisé. Pas de prétention!)

Je la regarde en laissant les yeux de maman faire leur travail. Evelyn américaine diplômée devient pâle. Son visage se salit de taches blanchâtres, avec un point verdâtre au centre et des bords bleuâtres. Beau spectacle. Sale comme tout, la salope!

Mes yeux à moi la regardent, pleins d'enthousiasme. Elle n'a jamais reçu de diplôme pour pâlir avec une *certaine* élégance. Ça se voit.

Merci.

Temps de Clara.

Comment ça se fait que tu ne l'as jamais décrite ? Pourtant, j'ai toujours pensé que vous vous étiez vues à l'aéroport de Caracas. Avec Antonio, bien sûr. Au village, on dit qu'elle parle un espagnol plutôt bizarre, difficile à comprendre. Et qu'elle est mince comme une couleuvre. Ce mot « couleuvre » m'a fait sursauter. Ça ne veut jamais rien dire de bon, mais je l'ai mis au compte des mauvaises langues. Tu sais qu'on n'en manque pas, ici. Une de mes voisines, qui l'a entrevue à la poste, m'a assuré qu'elle est tellement maigre qu'un grain de blé trouverait difficilement place dans son ventre. Un grain de blé ! Voilà ce que c'est de chercher midi à quatorze heures. Tout cela pour ajouter tout de suite : « On comprend qu'ils n'aient jamais eu d'enfants. Tu sais, Clara, les femmes maigres... des stériles. Toutes ! » J'ai répondu que toi aussi tu étais bien maigre, une asperge, mais que ça ne t'avait pas empêchée de mettre au monde deux beaux garçons. « Un grand garçon, ça oui, Antonio... mais l'autre... plutôt maigrichon, pas grand-chose sur les os. » Elle a dû voir sur mon visage que ces considérations tombaient mal, parce qu'elle a ajouté d'une autre voix : « Beau, oui, çà je ne discute pas : un ange ! Mais Clara, il faut bien reconnaître : même à présent qu'il est un homme, on dirait qu'il n'a pas plus de dix-huit ans. Ça pourrait pas se marier ! » J'ai été tentée de lui couper la langue, mais pour quoi faire ? A cent kilomètres à la ronde, on ne peut pas trouver deux enfants comme les nôtres. Ni aussi beaux ni aussi parfaits. Et chacun dans son genre. Et ça se voit. Comme Carlos et toi, quand vous apparaissiez, vous éclipsiez tout le reste. C'est la même chose pour eux. Quand ils apparaissent, ils éclipsent tout le monde. Et il en sera toujours ainsi.

« Pourquoi tout ce tralala de machine à laver, de

tourne-disque, de fer à repasser électrique avec des petits trous pour la vapeur, des services de table pour deux douzaines de personnes, s'ils n'ont pas d'enfants ? » qu'on me demande toujours. « Bon, que je réponds, ils vont peut-être avoir des invités, maintenant que l'été approche, et ils vont sûrement construire une piscine dans le jardin. »

Tu aurais dû voir l'effet du mot « piscine ». Ils en étaient bouche bée... parce qu'ils savent tous que notre Antonio est en train de racheter toutes les terres que tu avais mal vendues. Remarque, c'est pas un reproche que je te fais là. C'étaient tes terres. Je suis mal placée pour te juger... je n'ai jamais rien possédé. Surtout en sachant comme je le sais que tu as tout fait pour l'amour de Carlos, pour lui donner une mort plus digne que sa vie. Et ça, oui : sa mort, tu l'as bien réussie.

Enfin, on dit aussi que l'étrangère ne ménage personne et traite tout le monde comme des Indiens. Ce doit être une habitude prise au Venezuela, dans la forêt vierge. Et je dis ça comme ça, sans arrière-pensée. Je ne sais même pas où ils ont vécu.

.

Toi, tu vas, tu viens, tu fais des projets pour refaire la maison, pour récupérer nos terres, et, qui sait ? racheter un jour *notre* maison en ville. De temps en temps, tu me regardes d'un air préoccupé. Tu caresses ta moustache d'un air préoccupé. Et ta main, préoccupée par un ancien souvenir qu'elle ne peut effacer, va vers ta braguette. Je suis là, où ta main s'arrête. Tu finiras un jour par le comprendre.

Quand Evelyn, américaine et diplômée, s'assied sur le fauteuil en paille tressée, une punaise ancestrale se réveille dans la vieille trame et, la gueule ouverte, se glisse sur ses cuisses et la mord. Elle pousse un cri d'angoisse, Evelyn. C'est évident : pour ça non plus, elle n'a pas reçu de diplôme. Aucune *high school* américaine n'aurait pu imaginer maman réincarnée en punaise. Punaise carnivore.

Merci.

Mais elle ne s'arrête pas. Rien ne la décourage.

De son ventre (stérile, il me semble), elle sort un marteau et des clous, et elle se met, affairée, à taper sur le mur du salon. Deux minutes après, elle y accroche son diplôme de ménagère. Intelligente, Evelyn, et américaine. C'est ce qu'elle a apporté dans ses bagages. On verra bien si ça suffit.

Et tu me demandes :

« Mais pourquoi tu ne manges pas avec nous ? »

Je te réponds d'un silence méprisant. Et je fais et mange mon omelette aux herbes dans la cuisine, tout seul, à quatre heures de l'après-midi, juste quand tu fais ta sieste avec... Est-ce qu'elle pose sa tête sur tes jambes, comme je le faisais, moi, au temps où je dormais ?

L'argent avec lequel on achète les œufs pour faire mon omelette, c'est ton argent. Il serait malhonnête de ma part de ne pas y penser. Les herbes, c'est moi qui les cueille dans le jardin. Je suis pauvre.

Je crois bien que c'est Clara. Vieille et déguisée en mendiante, elle vient de frapper à la porte de la maison pour demander l'aumône à l'étrangère. Je ne vois que son dos maintenant qu'elle s'en va les mains vides. Mais, en arrivant sous le vieux marronnier des Indes, elle se cache derrière le tronc et jette un coup d'œil sur la maison à travers le trou qui, à présent, n'est qu'une paupière creuse où les lézards viennent s'installer pour se chauffer au soleil. J'ai le sentiment qu'elle veut nous dire bonjour, mais avec ces milliers et ces milliers de

291

kilomètres qui me séparent d'elle, je ne peux pas apprécier ses intentions. Deux larmes tombent de mes yeux.
Matilde pleure. Et retient pour toute l'éternité ce
regard sale et triste comme l'aile d'une colombe ampu-
tée et jetée dans la rue. L'ombre épaisse du marronnier
empêche de voir les choses très clairement.

Et toi, tu écris à l'administrateur de maman, tu fais
des comptes, tu signes des chèques, avec l'air d'un type
qui a tout pris en main. Et quand, par hasard, tu me
croises dans le couloir, tu me demandes pourquoi je
n'ai pas bu, le matin, mon lait chaud sucré. (Je comprends *ton* lait.)

« Quand tu étais petit, tu aimais beaucoup le lait de
chèvre. C'est pour toi qu'on l'achète.

— J'ai grandi. »

Si c'est avec ton argent que je dois me nourrir, je te
promets de mourir d'anémie.

Elle, maman, se réveille la nuit, somnambule, et sort
de ma chambre. Je la porte dans mon corps. Pas à pas,
sans se laisser aller au désir de sautiller — certainement parce qu'elle ne veut pas me faire faire des trucs
ridicules —, elle nous mène vers sa chambre. Je colle
mon œil sur le trou de la serrure. Son regard examine
la chambre et saute sur son lit. Et vous contemple. Mon
cœur veut se vider par ma bouche. Evelyn, américaine
et diplômée, s'accroche à ton cou. Et toi, mon frère
Antonio, tu ouvres les yeux, angoissé. La sueur perle
de ton front. Et tes yeux me cherchent dans le vide.

J'avale mon cœur et retourne dans mon lit. Le regard
de maman, insomniaque, fixe à jamais dans mes yeux
cette image de toi qu'il vient de voler dans la nuit de sa
chambre. Votre chambre à présent.

Evelyn, américaine et diplômée, salit le jardin avec
son linge multiforme. Ménagère impénitente, comme
l'affirme son diplôme encadré de bois-plastique doré,
elle bourre tous les jours, avec ses dessous de femme,

292

la machine à laver que tu as fait venir de la ville. Obsédée et entêtée, elle s'y met avec les poings fermés et pousse, pousse, pousse, pour ne pas laisser un seul coin vide, son diplôme lui rappelant qu'il ne faut pas gaspiller la lessive. Un kilo, deux, trois, cent, mille kilos de linge, et puis, l'air triomphant, elle appuie de son doigt ferme et savant sur un bouton : programme nylon. Sur les vieilles branches des arbustes de maman, sur les herbes aux parfums ancestraux, que Clara arrosait autrefois tous les matins (heure domestique), une énorme floraison synthétique est apparue : soutiens-gorge, bas, culottes, panties, gaines, robes de chambre, chemises de nuit, tabliers pour toutes les heures du jour, pour toutes les secondes du jour. L'un pour préparer le petit déjeuner, l'autre pour le servir, un troisième pour faire la vaisselle, un quatrième pour aller chercher des escargots, un cinquième pour composer, soigneusement, les sandwiches dont elle raffole, à la laitue, au fromage, à la tomate, au poulet, aux cornichons, au ketchup, un sixième pour s'asseoir l'après-midi sous la véranda et boire une tasse de thé décoloré, un septième pour mettre les confitures en pots, et sept autres pour remplacer ces sept-là, et encore sept autres parce qu'on ne sait jamais... Et aussi les tabliers fantômes, ceux qui devront servir un jour pour recevoir, la cigarette aux lèvres et la tranche de céleri à la main, des amis qu'elle ne désespère pas de se faire dans les environs. Et, bien visibles, éparpillés un peu partout, tes sous-vêtements, tes chaussettes, tes slips, tes maillots de corps. Il y a sept ans, tu n'en avais pas autant que ça. Tu étais plutôt pour le nudisme. Je vois que le mariage donne une *certaine* pudeur.

Ce printemps de tissu, qui s'accroche même aux branches basses du vieux marronnier des Indes, me donne l'envie de vomir. Les merles, les pies, les corbeaux, les oiseaux anonymes désertent le jardin. Je n'ai plus de bruit, plus de paysage. Je ferme ma fenêtre. Il vaut mieux rester seul avec mes draps qui sentent toujours les coings de Clara et qui n'ont pas encore pris l'odeur nauséabonde de sa maudite machine à laver, programme coton.

Toi, tu parles sans cesse d'irrigation, et tu affirmes que, à la fin de l'été, on va avoir une excellente récolte de betteraves.

A quoi ça sert, la betterave?

N'importe quel diplôme recouvre toujours des lacunes.

On en tire du sucre.

« Chouette! » dit la diplômée.

Et la maison se noie peu à peu sous une cataracte de mots inutiles, de chiffres inutiles, de pourcentages angoissants qui montent et descendent l'escalier, bouchent les oreilles et bandent les yeux de l'ange qui me regarde, plus affolé que jamais, me pencher, insouciant, au bord du précipice. Un souffle de ta voix, totalement inconnue et totalement métallique, épouvante les papillons de l'abîme du tableau, où je vais disparaître pour toujours si, toi, mon ange gardien, tu ne t'occupes plus de moi.

Mais l'irrigation des terres, c'est un sujet dont il faut parler d'une voix forte et pleine, d'une voix d'homme, voix de Carlos ennemi, et c'est bien ce que tu fais, sans te soucier de semer l'horreur parmi les papillons qui doraient mon corps et ta tête ce 21 mars, il y a douze ans, quand, pour nettoyer ma chair ravagée par ta chair, mon cou ravagé par tes lèvres, tu t'en servais avec tendresse de cette eau dont tu parles aujourd'hui.

« Chouette! » crie encore une fois Evelyn, américaine et diplômée, qui s'y connaît, elle aussi, en chiffres, en pourcentages, en partages, mais pas en papillons, pas en souvenir de papillons, pas en poudre dorée de papillons.

Et vos cris décousus qui ne forment plus un dialogue, mais un calcul, retentissent contre le cendrier en cristal de Murano, où maman n'a pas eu le temps d'éteindre sa dernière cigarette avant de s'éteindre elle-même, avec ce dernier sourire que vous, les fauves du calcul et de la betterave, ne connaîtrez jamais. Jamais.

Et tu ajoutes :

« Oui, chouette. On lèvera comme ça une bonne partie de l'hypothèque. Dans très peu de temps, on en aura fini avec tous les soucis de mon petit frère. »

Hypocrite !

Mais tu as ce que tu mérites : ta diplômée te répond d'un silence coupable.

Et elle, la ménagère américaine et diplômée, munie de vis, de tournevis, de clous, de marteaux, de rouleaux de chatterton et de fil électrique, se met au boulot, la cigarette aux lèvres, et accroche à la vieille poutre, découpée amoureusement par un artisan il y a deux siècles, un spot blanc de science-fiction qui éclaire jour et nuit la seule âme qu'elle possède : son diplôme.

Elle fait trois pas en arrière et contemple son œuvre. Trois pas vers la droite et contemple son œuvre. Trois pas vers la gauche et contemple son œuvre.

Elle sourit, ménagère parfaite : le diplôme lui renvoie l'image de sa grandeur.

Sa gorge se remplit alors de notes rescapées de ce vieux boogie-woogie au rythme duquel les vaches américaines et diplômées de son ranch américain et diplômé ont pissé de l'acide il y a déjà quarante ans. Elle sent tellement l'étable que les mouches sensibles commencent à tourbillonner, voraces, autour d'elle, violant son univers aseptisé. Ah ! Texas, Texas lointain et propre, et américain, et diplômé !

Je sens qu'elle est là à nouveau, la mendiante aux haillons de luxe. J'écarte un peu la persienne de la fenêtre de ma chambre pour jeter un coup d'œil furtif sur le cercle de dalles en pierre qui termine le perron. Je la vois. Ses haillons de luxe me rappellent, je ne sais pourquoi, le travail assommant de monsieur le couturier de maman, l'impitoyable splendeur dont j'ai connu les restes, un anniversaire après l'autre, dans la lumière jaune des bougies jaunes que maman affectionnait. Je la vois tendre la main, une main qui a quelque chose de maman et quelque chose de Clara. Je sais qu'elle dit : « Pour l'amour de Dieu. » Je ne peux pas croire à ce mot dans la bouche de Clara-mendiante ou maman-Clara-mendiante. Je m'interdis de trop m'enfoncer dans la pourriture de cette hallucination. J'entends la voix américaine et diplômée qui crie :

« Dehors ! Je n'aime pas les mendiants ! Je déteste les pauvres ! »

Evelyn sort son rifle et épaule. Mais elle n'a pas eu le temps, sans doute, de passer son diplôme de tireur d'élite (ce qui est bizarre pour une Américaine, surtout du Texas, maintenant que j'y pense), parce qu'elle rate son coup.

La mendiante s'éloigne en sautillant comme un oisillon, dans la confusion de ses haillons de luxe. La porte claque. La mendiante crache furieusement sur l'aberrante misère des fleurs de nylon, tourne la tête et regarde ma fenêtre. Pourquoi Clara me regarde-t-elle avec cette pauvreté de petite fille perdue dans le regard ? *Une petite fille, ma chère...* C'est encore une énigme pour la curiosité posthume de Matilde ? Un ruisseau de larmes naît soudain dans mes yeux, glisse sur mes joues, sur mon menton, se précipite le long de mon corps par la fenêtre, inonde le jardin, atteint Clara-mendiante, qui se volatilise dans ce nuage aquatique. Je n'ai pas le courage de sortir sur le balcon pour lui jeter une pièce de monnaie.

296

Temps de Clara.

J'ai fait un rêve, la nuit dernière. Un drôle de rêve. Quand on y pense. Laisse-moi te raconter. Mendiante, je m'approchais de la porte de la maison et demandais l'aumône. En même temps, je me demandais ce qu'il m'avait pris de me déguiser avec tes haillons de veuve ruinée. Je sais pas, moi : une sensation bizarre d'avoir endossé ta personnalité, de te continuer. Je me voyais folle. Folle à lier. Bien sûr, j'ai été reçue à coups de fusil. Par l'étrangère. Ce qui n'a rien d'étonnant. En deux secondes, elle a troué le fantôme de mon corps et m'a transformée en passoire. Le sang qui jaillissait de mes blessures se transformait aussitôt en roses rouges... que je déposais sur ta tombe. Pourquoi des roses rouges ? Je t'apporte toujours des œillets. Rouges. Serait-ce un de tes désirs cachés qui veut renaître dans mes rêves ? Il faudrait bien que j'y réfléchisse. Je ne voudrais pas te décevoir dans le monde accompli où tu es maintenant.

Mais ce n'est pas seulement ce qui me tracasse. Tu sais, je ne rêve pas souvent, mais à présent, j'ai comme une sensation de manque. Il s'agit de cette fenêtre, celle de l'autre chambre, que *sa* main n'a pas ouverte pour me jeter un morceau de pain ou une pièce de monnaie. Fenêtre sans sourire. Et pourtant, derrière ces volets, il y avait un regard qui me guettait, j'en suis certaine. Mais je n'ai pu en saisir la vraie nature.

Voilà pourquoi je te parle d'une sensation de manque. Sois tranquille. Tu auras tes roses rouges.

Voilà la nuit.

Je compte, l'une après l'autre, les neuf heures que la pendule du hall souligne minutieusement, neuf coups de temps atemporel, sans malice, sans rien du tout. Neuf heures isolées de tout sentiment et de toute attente.

Je descends dîner en famille.

Voilà la table. Voilà ma chaise.

Je m'assieds.

Devant moi, l'assiette, le verre, la fourchette, la cuillère, le couteau. Devant moi, toi, mon frère.

Et autour de nous, elle qui s'affaire, qui cherche le point précis et américain que son diplôme recommande pour la salade, elle, enveloppée dans un tablier parsemé d'ananas, elle qui sent le déodorant.

Devant moi, le pain.

Et toi encore qui me regardes. Que cherches-tu?

« Tu as les yeux rouges. Tu dors mal? »

Je regarde le pain. Dans la corbeille. Découpé en morceaux, tendre, appétissant. Il y en a au moins pour cinq personnes.

« Tu sais? Aujourd'hui, Clara est venue à la maison demander un morceau de pain. Un seul. Elle devait avoir faim. Elle a dit même : « Pour l'amour de Dieu. »

— Tu es fou?

— Pas du tout.

— Pourquoi tu ne l'as pas fait entrer? »

Sale con!

« Pourquoi tu ne m'as pas appelé?

— T'appeler, moi? »

Tu me regardes. Et tu ne dis plus rien. Mais ce n'est pas fini, mon vieux.

« Elle l'a jetée dehors.

— Qui ça? »

298

Je te regarde. Son tablier d'ananas n'est plus autour de nous.

« Evelyn ? »

Je te regarde encore. Son tablier d'ananas se penche maintenant sur la table. Elle nous présente un plateau rempli d'œufs et de bacon. Glorieux ! Du moins, le présente-t-elle comme un acte glorieux. Je prends ton pain. Je le défais avec mes doigts. J'éparpille les miettes sur la nappe.

« Tiens, ton pain, le voilà ! Je n'en mangerai plus. »

Elle me regarde horrifiée. Son tablier d'ananas perd d'un coup sa gaieté printanière. Je me lève et je m'en vais. Tu me suis dans le hall, mais tu n'oses pas m'appeler. Tu me regardes encore. Moi aussi, je te regarde.

« Dis donc, tu t'es déjà occupé d'irrigation ? »

Tu ne réponds pas.

« Tu as bien calculé ce que ça va donner, la betterave ? »

Tu ne réponds pas.

Je gagne le couloir. Et tu dis :

« Ne dors plus à poil. Si tu ne fais pas attention, tu auras toujours ce rhumatisme.

— Je m'en fous ! »

Le salaud ! Il n'y a pas que mon œil-maman pour violer le secret des serrures.

Le couloir est long. Une lune de printemps tombe, avide, par les lucarnes du plafond et éclaire le vide de l'escalier. Je me sens rétrécir, enveloppé dans un froid d'église. Le silence de la nuit ne suffit pas à remplir cette distance énorme et courte qui me sépare de toi. J'avance comme je peux. Mais je t'approche. Des bras me poussent brutalement vers l'interdit de ta chambre. Des voix me chuchotent : « Vas-y. Il est là. Regarde-le. Attire-le vers ton sang qui est le sien. » Des voix péremptoires. Et des yeux fondus dans mes yeux, dont je ne sais plus s'ils m'appartiennent, mais qui *veulent* te voir. Antonio, maman, Carlos, toi, Clara, frère, Matilde, papa, tout se confond en moi. Et cette interminable distance, énorme et courte, drapée de tapis, meublée de fauteuils, où les bruits s'évanouissent comme des femmes enceintes, cette distance encombrée de présences, qui ne finit pas de finir, ajoute toujours quelques pas supplémentaires que mon angoisse doit franchir, le cœur à la bouche, la crainte de ne pas atteindre mon but me poussant et me repoussant avec la même force.

La lune encore. Lune de craie. Qui éclaire ce vide que je parcours comme un voleur. Drôle de voleur qui va faucher à quelqu'un d'autre une image qui lui a toujours appartenu, ou peut-être jamais.

La porte de ta chambre. Ou plutôt de votre chambre. Des dorures pâles, à cause de la lune. Des dorures soudain argentées, qui semblent, à cette multitude de regards qui habitent le mien, avoir perdu leur valeur. Et c'est bien ça. La perte d'un sentiment, miracle qui était et qui n'est plus. Pire, la perte de son identité.

Le tapis qui accueille mes genoux quand je me baisse pour coller mon œil multiple au trou de la serrure de ta chambre-votre chambre.

La lune encore, qui balaie la coiffeuse où maman se coiffait de sa mantille blanche — ou noire — et se parsemait de perles, l'image de nous deux, mordue par les dents de son demi-sourire d'autrefois. Pouvait-elle penser que ce miroir, vierge de toute présence étrangère, refléterait un jour l'image de quelqu'un d'autre qu'Antonio, maman, Carlos, toi, Clara, frère, Matilde, papa, moi ?

La lune encore, cruelle et sans éclipse, détaillant avec une insolente précision de miniaturiste ce lit où toi, vous deux, dors, dormez, après la fatigue... ou l'amour. Elle s'accroche à toi comme si elle craignait que tu ne t'échappes. Mais ton bras ne tient pas son cou et ta poitrine n'accueille pas la blondeur de sa tête — parce qu'elle est blonde, elle *aussi*. Enfin. Je vois que tu as perdu tes plus belles habitudes.

Tu dors sans repos, comme si tu voulais fuir sa présence. Et moi, renforcé par mon bataillon de volontaires, je t'isole dans ce lit énorme, où toi et moi avons certainement été conçus. Je pourrais te dire, angoisse par angoisse, le contenu troublant de tes rêves, ce que tu ignores toi-même. Je pourrais te le dire si je connaissais les mots... mais qui pourrait me souffler ces mots mystérieux ? Je te connais si bien que je ne peux pas te décrire. Il y a un toi de toi dont je peux certainement faire la description. Mais l'autre toi de toi, celui qui est mon toi, celui-là, non, je ne peux rien en dire.

Par exemple, ton corps. Au repos, que ma mémoire lui prête, ta tête d'homme a le poids d'un fruit mûr, et rien n'est imprécis sur ta figure : ni tes sourcils qui se rejoignent en douceur au-dessus de ton nez, ni ton nez qui se profile comme un dessin géométrique parfait, ni ta moustache noire, épaisse et rude, qui témoigne de la puissance de ton sang, ni ton menton, fait de chair si ferme que j'y enfonçais parfois les dents pour les rendre plus solides, comme un chien mord un bout de bois. Et ton cou, frontière de la brousse qui commence sur tes clavicules et s'étend, sauvage et accueillante, sur toute ta poitrine, et envahit doucement ton ventre jusqu'à cet endroit précis où ta virilité se lève, fière, entourée déjà d'une forêt vierge. Et tes jambes, toujours écartées pour mieux montrer leur force, et qui, chaque nuit, me faisaient prisonnier dans notre guerre à nous. Et puis tes bras qui, pensais-je, devraient être à jamais mon espace de vie, ma maison et ma chambre, les murailles inébranlables de ma place forte. Et puis tes mains, yeux itinérants de ton désir, qui ont si souvent parcouru mon corps d'un bout à l'autre, sans jamais se lasser d'emprunter chaque nuit le même itinéraire.

La lune encore, qui jette sa lumière pâle.

Ouvre donc les yeux !

Tu les ouvres. Tu te sens tout seul et angoissé par ta compagne. Tu le sais enfin. Et tu pleures des larmes que je n'ai jamais vues, au temps où le rire faisait partie de ta nature.

Je retourne dans ma chambre, sans plus regarder la couleur morte de la lune. Cette nuit ou jamais !

Je ferme le verrou derrière moi. Et puis, je ne veux pas te voir, lune. Je tire les rideaux.

Solitude.

Les grillons ne cessent pas une seconde : ils annoncent l'été, qui doit se promener déjà dans l'air. Ils sont les premiers à flairer l'événement et, foutus libertins, ne veulent pas se taire. Solitude sonore. Moi, je n'ai plus le temps de m'occuper du temps.

Je vais dans la salle de bain. Je me regarde dans la glace. Pas jolie, ma mine. Quatre jours de barbe et sept ans de cernes; sept ans sans issue, gravés sous mes yeux comme des coups de poing.

Je décide de me raser.

Et je passe une bonne heure, immobile, le visage couvert d'une épaisse couche de crème.

Le visage. Mon visage. Ton visage. A qui est ce visage ? Que reflète-t-il ?

Les bains de visage à l'eau froide. Ma peau récupère, de gré ou de force, ses souvenirs d'enfance. Elle fleurit de jeunesse. Elle se réveille.

Puis mon corps. Dans la baignoire. Enveloppé dans la douceur des anciens sels de bain que maman achetait.

Puis mon lit. Je m'étends à moitié couvert par ces draps d'amour que Clara gardait dans mon armoire à linge, remplie de bonnes odeurs. Dans ce quadrilatère de neige, où aucun combat ne se déroule plus, j'imagine le passé comme si c'était le futur. Mais je n'arrive pas à faire vivre dans le présent cet obscur sentiment de gloire déchue, parce que, à présent, la tempête qui gronde dans ta poitrine durcit les muscles de ton ventre et de tes jambes, éclate en orgasme dans toute ta moelle, ne m'appartient plus. Même si, dans ces moments de déchirements, quand les grondements de bête s'échappent de ta gorge, tu penses toujours à moi et me cherches dans les coins de l'oubli, cette tempête, dont j'ai tant d'années souffert les ravages, ne m'appartient plus. Dans le lit de maman, sous tes forces de Carlos-jeune, c'est quelqu'un d'autre qui perd le souffle à l'approche de ta bouche. L'univers dans lequel tes cuisses reproduisent les tremblements de terre n'est plus le même. Il a changé. Il s'appelle Evelyn. Univers américain et diplômé, à travers lequel les choses rentrent dans l'ordre, cet ordre abominable où tu fais tes comptes et plantes tes nouvelles rangées d'oliviers et amenuises le lourd déficit qu'ont provoqué mes études et la mort de Carlos. Ancienne maman-folle, pourquoi n'es-tu pas allée plus loin dans ta recherche de cataclysmes, pèlerine de miracles impossibles, plus loin jusqu'à la vraie ruine? Je sais que tu le vois, mes yeux te servant de fenêtres, étendu sur la couche où tu l'as sans doute engendré, le sommeil inquiet à cause d'une présence étrangère. Si j'avais la possibilité de parler aux morts, j'irais jusqu'à ta tombe, cette nuit sale de lune, et te poserais mille questions, pour te donner enfin la chance de répondre. Mais... maman muette-fils muet.

Puis mon cri. Il s'échappe de moi, voulant être un cri, mais ce n'est qu'un gémissement. Un gémissement qui n'en finit pas, qui fait de ma chambre et de moi-même une seule cavité bourrée de désespoir. Il remplit la nuit et la maison, viole ta chambre et ton sommeil. Il est à la fois volontaire et involontaire. Parce que je suis deux : moi et mon angoisse. Tu traverses le couloir. Tu essaies d'ouvrir la porte de ma chambre. Mais elle est bien fermée. A clé. Tu m'ordonnes d'ouvrir, comme si je t'appartenais encore. Tu me supplies d'ouvrir, comme si tu m'appartenais encore.

Mais je n'ouvre pas ni ne cesse mon cri.

A travers les murs de ma chambre et l'épaisseur consciente de mon cri, je sens ton affolement, toi, mon frère qui renaît de ses cendres. Tu descends l'escalier. Tu sors dans le jardin. Tu grimpes aux branches du vieux marronnier des Indes. Tu pousses les battants de la fenêtre. Tu écartes les rideaux.

Et te voilà, vêtu d'un pyjama bleu qui donne l'impression d'avoir été soigneusement repassé pour cet événement.

Toi et ton angoisse.

Mon cri.

Ton angoisse qui bouge dans ton regard comme un fauve qui a soudain découvert la sortie secrète par laquelle son dompteur s'échappe, les jours de fouet. Elle n'était pas tout à fait maîtrisée, ton angoisse.

Et ce cri toujours. Redoutable. Impossible à contrôler. Qui naît de partout. Me vide. M'éparpille. Cruche de désespoir qui éclate sous une rafale de mitrailleuse. Qui s'exprime en toute indépendance, sans tenir compte de ma volonté ou de ma pudeur. Que ni ma pensée ni tes paroles ne peuvent arrêter. Ce cri qui exprime sept ans de besoin. Ton besoin aussi. Ce cri qui me déchire et te déchire. Volontaire et involontaire. Ce cri, je ne sais plus, mais qui porte ton nom.

Affolé, tu te jettes sur moi. Je te vois et je te sens. Je te respire. Je voudrais en finir avec cette hémorragie d'angoisse. Je te jure! Mais mon autre moi continue à crier comme tombé en panne au moment même où la souffrance a traversé la barrière de l'esprit et gagné son expression physique.

Tu me couvres de ton corps qui palpite. Et je ne sais

si ce sont tes mots de dedans ou de dehors que j'entends. Mais je les entends. Au fur et à mesure que j'étouffe.

Tes lèvres s'affolent sur mon visage. Comme des compresses chaudes qui chercheraient à faire éclater ma fièvre. Fièvre de cet abcès que je suis tout entier. Qui doit crever une fois pour toutes.

Je me tais.

Il ne reste dans la chambre, enveloppé dans la sueur de la crise, qu'un battement fou. Celui de ton cœur. Mais fou de joie, il me semble, à présent. Fou de joie parce que ta bouche suit, minutieusement, les anciens chemins sur mon corps où elle se perdait autrefois.

« Ça va, mon petit ? »

Tes mots renaissent au point même où ils sont morts il y a sept ans, le jour de notre dernier adieu. Ta voix n'a pas voyagé, n'a pas donné d'ordres, n'a pas parlé à d'autres personnes ni parlé d'autres langues. Elle est toujours la voix de mon frère Antonio, même si elle a perdu sa musicalité de l'adolescence et acquis une nouvelle intensité.

Je pleure. Je veux pleurer. Sans bruit. Je sais que je pleure par tous mes pores, que tous les yeux qui m'habitent pleurent avec moi.

Avant qu'elles ne salissent mon visage, tu bois *nos* larmes dans mes yeux, comme quelqu'un qui cherche à s'enivrer. Tu te nourris de nous. Et tu dis :

« Doucement. Doucement. Je suis là. »

Mais je sais que tu ne veux pas que je m'arrête, parce que tu as vraiment besoin de te nourrir de moi.

Ton pyjama commence à te serrer. Tu l'enlèves. Et tu t'intègres à moi. Et il n'y a plus de mots.

Je sais enfin que tu es redevenu mon frère Antonio. Et cela pour toujours.

La main de l'étrangère frappe à notre porte. Elle n'est pas impatiente, pas négligente. C'est une main américaine et diplômée qui frappe comme il se doit à la porte de notre chambre.

Tu ne prends pas soin de calmer tes halètements ni de décoller ta bouche de la mienne pour demander :

« Qu'est-ce qu'il y a ?

— Tu ne viens pas dormir ?

— Non.

— Mais demain, tu dois te lever de bonne heure !

— Retourne te coucher. Mon frère est malade. »

Ça me fait rigoler.

Dix secondes de silence. Elle encaisse le coup.

« Vous voulez quelque chose ?

— Non ! Fous le camp ! »

Nous sentons qu'elle hésite un moment. Puis ses pas américains et diplômés s'éloignent dans le couloir.

Nous nous regardons. Pour la première fois vraiment depuis ce mercredi 21 mars que vous êtes arrivés à la maison. Tes yeux brûlent. Ta moustache palpite. Tes dents, partagées entre le plaisir et le sourire, mordent mon nez.

« Qui de nous deux a créé le problème ?

— Laisse tomber. Nous parlerons de ça un autre jour. »

Et tu remets ça. Mais je me dégage. Je ne suis pas encore terre conquise.

« Ça ne va pas ?

— Je veux sortir. Tu viens ?

— Où ça ?

— Je ne sais pas. Quelque part, faire un tour.

— Si tu veux. On prend la voiture ?

— Pour m'asseoir sur le siège d'Evelyn ? Non, je préfère marcher.

— Tu te sens en forme ?

— Mais oui.

— N'oublie pas que tu es malade.

— Merde ! »

Tu rigoles.

« D'accord. Allons-y. J'ai quelque chose à te montrer.

— Quoi ?

— Tu verras. »

Tu remets ton pyjama, tes espadrilles. Moi, mon jean et mon tee-shirt. Nous quittons la chambre. L'ombre d'Evelyn, espionne américaine et diplômée, se cache au fond du couloir. C.I.A.

« Tonio, tu sors ? »

Tu ne te donnes pas la peine de lui répondre. Nous gagnons la véranda, les terrasses. Là, je crois entendre les voix étouffées et lointaines de quatre enfants. Ils s'appellent Carlos, Matilde, Juan, Clara. Ils jouent à changer le monde et à s'aimer follement au clair de lune. Loin de toute convention sociale, au clair de lune. Ce même clair de lune qui nous mène vers l'enclos aux murs blancs où, autrefois, les taureaux courageux mugissaient parmi les ombres épaisses des eucalyptus. Taureaux d'autrefois, condamnés par le vent à un éternel éveil.

Toi et moi, habitants de la nuit, traversons la rivière presque sèche déjà où l'on sent encore la présence de leur enfance : deux corps nus qui jouent à plonger dans l'eau froide, deux paires d'yeux curieux qui regardent, émerveillés, dissimulés derrière des broussailles, cette puissante nudité. Quatre fantômes qui reviennent, confondus dans le doux mouvement des roseaux. Matilde, Clara, jeunes filles. Carlos, Juan, jeunes garçons.

Soudain, nous sommes sur la colline aux serpents. Les corbeaux n'y sont pas. Les serpents non plus. Sommeil. La colline aussi s'endort, paresseuse, sous le grattement métallique des grosses herbes sèches que le vent entraîne. Nous prenons la route de la montagne. Nos ombres devant nous, éclaireurs infatigables, énormes et déformées par la lune, qui est restée derrière nous.

Tu sors ta torche. Nous pénétrons encore une fois dans la vieille mine. Cortège bruissant de chauves-souris sur nos têtes. Nous entendons la source. Puis nous la voyons, entourée de sa petite plage de sable gris, énorme puits désert où la lune se baigne. La lune. Elle a dû venir au trot ou prendre un raccourci pour gagner du terrain, puisque, tout à l'heure, elle nous suivait de loin. Elle s'est installée, sournoise, sur son trône d'étoiles, pour ne pas nous perdre de vue.

Et pas de papillons.

« Qu'est-ce qui s'est passé? Ils ne sont plus là! »

Tu souris :

« Ils dorment. »

Le temps passe. Temps de nuit, sans présence apparente.

Assis sur le sable, nous gardons le silence. Tu tiens ma main dans la tienne. Ta main est une caresse. Puis tu attires ma tête vers cet endroit de ton corps où ta vie bouge, puissante. C'est ton deuxième cœur. Tu m'y serres avec la même passion avec laquelle tu me serres contre ta poitrine. Tout s'efface et tout renaît. Nous sommes toujours nous deux. Tu deviens patient et tendre, comme lorsque j'étais petit et qu'il fallait me montrer, tout doucement, ta volonté d'aimer. De m'aimer. Je reprends peu à peu la place que j'avais dans ta vie. Ce confort spécial de vivre en toi, qui s'était enfui, il y a sept ans, m'enveloppe plus que jamais à présent. Le bonheur m'envahit.

« Tu te rappelles? »

Qui de nous deux pose la question?

« Oui. »

Qui de nous deux répond ?

Symbiose de nos deux corps, question et réponse, cet amour engagé contre tout, contre tous, toi mon frère, moi ton frère, un seul être.

« C'est vraiment pour toujours?

308

— Je ne veux plus que tu me poses la question. Je veux que tu en sois sûr. Je n'ai qu'une parole. Je n'ai qu'un sentiment. Je veux dire en ce qui te concerne.

— Et ton mariage, alors ?

— Je voulais savoir.

— Seulement savoir ?

— Il y avait aussi ton service militaire. L'idée de te voir dans une caserne me rendait fou. De jalousie, bien sûr. Je voulais t'épargner. Il y avait aussi mon travail. Mon mariage m'a placé à la tête de l'usine. Ça a très bien marché. Je suis quelqu'un, à présent. Je peux trouver n'importe quelle place ici. Très bien payée. Le fait qu'on ait travaillé à l'étranger est toujours important. »

Tu me parles comme à un gosse. Je ne réponds pas. Ce n'est pas que je me révolte contre ta façon parfaitement vulgaire de calculer ta vie. Mais moi aussi je commence à calculer la mienne. Il y a toujours Evelyn à la maison. Si tu penses que tu vas avoir femme et frère, tu te trompes. Non, mon vieux. Si tu m'aimes, il te faudra aller jusqu'au bout. Mais vraiment jusqu'au bout. Et choisir.

Tes caresses se placent déjà en dehors de l'amour. Plus que jamais, je sens que tu veux être mon amant. Ça aide. Ça réconforte. Ce n'est pas seulement mon corps que tu veux. C'est surtout mon intégrité. Tu te sens mon créateur. Je ne suis pas contre. Mais alors, c'est à moi de fixer les conditions. Je ne suis plus un enfant. Je suis un homme. Je n'ai pas dirigé d'usine. Je n'ai pas épousé une femme riche. J'ai souffert, tout bêtement. Tu as affaire à un homme accompli, maintenant.

« A quoi penses-tu, mon petit ?

— A elle.

— Ça te tracasse ?

— Ça me gêne.

— Qu'est-ce que tu veux qu'on en fasse ?

— C'est par curiosité, que tu me poses la question ? »

Tu rigoles. Vas-y. Rigole. Ce n'est pas le moment. Tu réponds :

« Pas du tout. C'est toi qui commandes. On fera exactement ce que tu voudras. »

J'appelle cela signer une sentence. La peine capitale ?

« Vraiment ?

— Sûr.

— Je veux qu'elle s'en aille.

— Elle s'en ira.

— Elle ne voudra pas.

— Qu'est-ce que ça peut faire. Elle s'en ira.

— Et ton usine ?

— L'usine est à elle.

— Tu ne l'aimes pas ?

— Il y a des usines partout.

— Je veux dire elle !

— Je n'aime que toi. »

Silence. Des caresses. La lune, plus pâle que jamais, sourit. Je n'aime pas ce sourire de la lune. Je déteste les complices nocturnes.

« Imagine que je suis un juge. Qu'est-ce que tu me répondrais si je te demandais : Pourquoi m'aimes-tu ? »

— Je t'aime parce que tu es à moi. Je t'aime parce que je te possède. Je t'aime parce que tu as besoin d'amour. Je t'aime parce que tu es le désordre et que je n'aime pas l'ordre. Je t'aime parce que, lorsque tu me regardes, et cela depuis toujours, je me sens un héros. Et je t'aime surtout parce que j'ai enfin compris que je ne peux parler de mon amour à personne d'autre que toi, et que le véritable amour, c'est ça. Deux êtres qui forment une seule solitude, un seul silence. Je t'aime aussi parce que ton contact me pousse à la limite de ma virilité. »

Tu me regardes comme si tu étais en moi. Et tu es en moi. Et dehors. Partout.

310

« Et toi ? Pourquoi tu m'aimes ?

— Je t'aime, parce que... j'aime la destruction, et que toi et moi ne formons pas ce lendemain pénible de l'amour éternel. Je veux dire de l'amour dit créateur. Et je t'aime surtout parce que personne ne pourra jamais nous accuser d'amour. Jamais, tu comprends ? Et de plus, parce que tout ce qu'on a toujours dit à propos de la vie ne s'applique pas à nous. Je t'aime parce que je te sens capable d'aimer quelqu'un d'autre, et pourtant, tu n'aimes que moi. Moi tout seul. Tu sais que nous avons hérité d'un grain d'anarchie ?

— Un grain ? Tu veux dire une tonne ! »

Tu rigoles. Tes dents sont comme deux couteaux qui coupent l'air où mes paroles s'épanouissent.

A présent, je sais ce que je dois faire. Je me déshabille. Je m'étends sur le sable. Tu fais de même. Et tu me recouvres. Me pénètres. Tu plantes tes yeux dans les miens. Tu me montres ce que cela veut dire, l'amour conscient.

La lune s'en va. Le soleil se lève. Les papillons se réveillent.

« Je t'ai rêvé pendant sept ans. »

Qui de nous deux a dit cela ?

Tu t'endors.

Je compte des millions de papillons au-dessus de ton sommeil. Je sais que je souris.

« Dis-moi, si tu pouvais faire ce que tu voulais avec le monde, qu'est-ce que tu en ferais ?

— Une seule chose.

— Quoi ?

— Un bûcher. »

Au loin, la maison s'éveille à la beauté. Le soleil du matin lui prête une aura d'immortalité qui efface ses plaies et ses ruines. Le couple d'aigles, solennel, se promène dans le ciel au-dessus des figuiers sauvages qui couronnent le trou aux papillons. Les deux corbeaux, nos voisins, se poursuivent de rocher en rocher sur la colline aux serpents. Un fantôme marche entre les murs de pierre, en route vers les tombes du mort-chronique et de la mort-née. Il porte dans les mains un bouquet de fleurs rouges. Derrière, les nylons infectieux de l'étrangère fleurissent toujours le jardin.

« Et toi, qu'est-ce que tu en ferais ?

— J'en ferais un paradis clos, interdit à tout le monde. Et toi et moi dedans.

— Fasciste ! »

Tu rigoles.

« Ce paradis clos, c'est le seul endroit que ton bûcher épargnerait.

— Ne compte pas trop sur moi. Personne n'a dit que je voulais t'épargner ou m'épargner. »

C'est à moi de rigoler. Toi, tu ne rigoles plus.

Mon frère Antonio a déserté définitivement la chambre de maman. Evelyn y couche toute seule.

Prétexte : je suis très malade. Enfance angoissée, perte de mes parents en pleine adolescence, exil. Ce genre de truc marche neuf fois sur dix, surtout avec les mentalités américaines et diplômées. Il faut donc que mon frère soit presque tout le temps auprès de moi. Tendresse. Obligations. Surtout la nuit. Ça monte dangereusement, les cauchemars, la nuit. Comme une marée.

Mais nos rigolades à deux, la nuit, ne parlent pas de maladie. L'étrangère arpente sans cesse le couloir, insomniaque. Fait marcher sa machine à laver, insomniaque. Finalement, à force d'insomnies, elle comprend. Cela provoque une scène d'apocalypse, un jeudi matin à l'heure du petit déjeuner. Elle refuse de faire chauffer et de sucrer mon lait de chèvre. Mon frère lui dit qu'elle est libre de rentrer dans son Amérique natale et diplômée. A la nage, si elle veut. Evelyn, furieuse, décroche son diplôme du salon, enlève son linge de nylon des arbustes du jardin, en remplit ses valises et dit qu'elle fout le camp. Adieu. Mon frère a la gentillesse de l'emmener en voiture, parce qu'il doit se rendre en ville pour voir l'administrateur de maman, notre administrateur, à présent.

Temps de Clara.

Ne t'étonne pas si je viens te voir aujourd'hui dans l'après-midi pour t'apporter tes roses rouges. Avec sa grande voiture, notre Antonio est passé me chercher ce matin. C'était la première fois que je le voyais depuis qu'ils sont rentrés au pays. Ma chère Clara, fais ta valise. On rentre à la maison. On recommence à vivre tous les trois. Merde! qu'il était beau! Tu sais, sur le seuil de ma porte, la moustache vivante, grand et beau comme Carlos lorsqu'il t'a épousée. Oui, tu peux sourire, si tu veux, mais nous avons toujours eu notre univers à nous. Et les images se répètent sans cesse. J'ai sauté dans la voiture : ma valise était prête depuis le jour où le petit est arrivé à la maison. Ça, je ne te l'avais jamais confié, hein?

Antonio m'a dit qu'il venait de déposer Evelyn à l'aéroport. Je m'y attendais.

« Tu as chassé ta femme?

— Je n'ai plus de femme. Fini. J'ai chargé mon avocat d'activer le divorce. Je veux dire à Caracas. Ici, je suis célibataire. »

J'ai dit :

« Bien fait! Dans la vie, on n'aime qu'une seule fois, et toi, mon chou, tu aimes déjà depuis très longtemps. »

Il m'a regardée, a levé sa lèvre supérieure, exactement comme faisait son père, et m'a répondu :

313

« Tu as raison, je l'aime. (Nous parlions de l'agneau.)
Maintenant, je vais te quitter. Je dois tout arranger à la maison. Faire ce que j'ai à faire. Ne t'inquiète pas, ma chère, ta volonté est la mienne. Et la leur. »

Tout arrive dans ce monde. Notre heure a enfin sonné. Vive la liberté !

Je reste seul à la maison toute la journée. L'air triomphant, je me promène vers les tombes jumelles de mes parents. Les deux pierres tombales supportent bravement le vent de la colline. Elles s'endorment à l'ombre de la chapelle-étable. J'arrache les mauvaises herbes et arrose les fleurs. Je n'ai pas envie de leur parler, mais je suis content. Ils ne sont pas dupes. Absurdement, les géraniums sont parfumés ce matin. Je sais que ce parfum extraordinaire est un message. Une des mille façons de communiquer de maman. Merci.

Le cœur gai, je rentre à la maison. Je commence à arranger les bouquins de papa sur les étagères de la bibliothèque. Il me faut enlever sept années de poussière.

« Maintenant, il faudra bien que je lise tout ça. J'ai tout le temps devant moi. »

Ou peut-être, faute de mieux, j'en ferai un bûcher symbolique. On verra bien.

Le crépuscule tombé, j'entends le bruit de la voiture. Je sors sur le perron. Mon frère Antonio arrive avec des paquets. Sans doute des cadeaux. Et Clara. A côté de lui. Comme une grande. Elle n'est pas vêtue de ses haillons de luxe et elle a très bonne mine. Je ne peux pas en croire mes yeux.

« Alors, tu nous reviens ?

— Où penses-tu qu'est ma place, mon chou ?

— Ici, naturellement.

— Alors !

— Dis donc, je me suis laissé dire que tu donnais dans la mendicité ?

— Mon œil ! Je suis toujours rouge et vieille... si tu veux, mais jamais mendiante. »

Mon frère rigole.

« Je me suis laissé dire, moi aussi, que ton voyage à l'étranger, ça n'a pas été la gloire non plus ?

— Qui ? Moi ?

— T'es un beau salaud, toi. Pas une lettre !

— Tu sais, moi...

— Je sais, je sais. »

Les paquets contiennent des vêtements de luxe. Pour moi. Mon frère Antonio est un homme de parole. Les mains de maman remplacent mes mains pour caresser les tissus. Elles s'y connaissent. Excellente qualité.

Le lendemain, à six heures du matin, Clara pousse la porte de notre chambre, s'approche de notre lit pour nous réveiller. Elle est coiffée de son éternel chiffon de bonniche. Les coqs lui ont déjà dit bonjour, en arrosant le jardin de Matilde.

« Debout, les enfants. Votre bain est prêt. Et habillez-vous de façon convenable. Nous allons accomplir une cérémonie. Mettez vos nouveaux costumes. C'est le 18 juillet. »

Mon frère Antonio grogne.

« Tu n'es pas folle ! Il n'est que six heures... !

— Exactement. A huit heures pile, je vous attends dans le salon. Et ne m'oblige pas à remonter l'escalier. Je vieillis. »

Elle claque la porte. Nous nous levons. Nous allons dans la salle de bain et nous y trouvons tous les vieux caprices rituels de maman : les savons, les sels, les parfums, les crèmes... Mon frère dit :

« Tu sais de quoi elle parle ?

— Elle a dit que c'était le 18 juillet aujourd'hui.

— Ça te dit quelque chose ?

— C'est la fête nationale.

— Mais elle est dingue ! Elle devient fasciste, à présent...

— Pas du tout ! »

Nous faisons notre toilette comme si c'était le jour de notre mariage. Drôle de date !

Beaux comme des mannequins, nous descendons au salon. Là, Clara est déjà prête : la mantille de maman, la robe de maman et le bréviaire noir de maman.

Et aussi la beauté de maman.

Clara-maman prend deux œillets rouges et les place à notre boutonnière. Elle ouvre le bréviaire noir...

Temps de Clara.

C'est fait, ma chère. Aujourd'hui, au petit matin, j'ai marié tes enfants. L'un avec l'autre. Vêtue de ta robe noire, coiffée de ta mantille noire et armée de ton bréviaire noir, j'ai lu à haute voix : « Mon Dieu, veuillez donner la liberté aux peuples de la terre » — entre nous, il ne devait pas être catholique, celui qui a écrit ça —, je les ai priés de se mettre côte à côte en face de moi, et j'ai demandé à l'aîné :

« Veux-tu prendre ton frère cadet en mariage ?

— Oui », qu'il m'a répondu, les yeux plus bleus qu'un ciel de nuit.

J'ai demandé au petit :

« Veux-tu prendre ton frère aîné en mariage ?

— Oui, qu'il m'a répondu, les yeux plus profonds qu'une mer de nuit.

— Je vous déclare mariés. Et je vous annonce, au nom de la liberté de conscience que nous avons conquise, que personne, si ce n'est vous-mêmes, ne pourra jamais dissoudre ce sacrement laïque. Embrassez-vous, je vous prie. »

Ils se sont embrassés devant moi, tes fils. Deux profils d'hommes dont la clarté t'aurait bouleversée.

Tu sais, réflexion faite, j'ai peut-être été un peu trop solennelle, un peu trop prétentieuse, mais mes paroles étaient vraiment mes paroles, même si, à un moment donné, une intonation qui t'était particulière s'est dégagée de mes cordes vocales et s'est mêlée à ma voix.

J'ai embrassé les mariés, tes deux fils. Et je me suis lancée dans un petit discours que j'avais soigneusement préparé. J'ai dit : « De cette façon, nous trois, seuls survivants de notre famille républicaine, célébrons solennellement la trente-cinquième année de victoire et de paix. Aujourd'hui, 18 juillet, fête nationale. Jour de victoire. Jour de guerre. Mais notre victoire. Notre guerre. Venez. J'ai fait un gâteau avec trente-cinq bougies. On le mange ? »

Ma chère, tu ne pourras jamais imaginer la rigolade ! Dans cet état d'esprit, nous avons dévoré le gâteau d'anniversaire et de mariage. Nous sommes montés dans la voiture et nous sommes rendus en voyage de noces à la ville aux drapeaux rouge, jaune, rouge. Nous venons de rentrer à l'instant même.

Enfin, je suis contente. Très contente. Je viens de me prouver à moi-même que près de quarante ans de silence ne m'ont pas tuée, comme vous deux. Et puis, tu sais, ça réchauffe le cœur de savoir que, à soixante-deux ans, on peut encore être une terroriste. Ça fait vivre, vraiment.

CHAPITRE XX

Ma belle-sœur américaine et diplômée s'appelle Evelyn.
Morte.
Mon professeur républicain s'appelle don Pepe. Mort.
Mon confesseur catholique s'appelle don Gonzalo.
Mort.
Ma première trahison s'apelle Galdeano. Mort.
Monsieur le couturier de maman-monstre n'a jamais eu
de nom. Mort.
La confrérie des invisibles non plus. Morte.
Le jeune paysan et son père, fossoyeurs de maman, ne
s'appellent pas. Morts.
Les deux types habillés en noir et galonnés d'ar-
gent, fossoyeurs de Carlos, ne s'appellent pas non
plus. Morts.
Mon pays s'appelle l'Espagne. Morte. (Détail curieux :
on attend toujours sa résurrection.)

Maman-moi s'appelle Matilde. Vivante.
Papa-Carlos s'appelle mon frère. Vivant.
Notre bonne s'appelle Clara. Vivante. (Détail à ne pas
négliger : sa nature la porte vers le terrorisme.)
Mon frère s'appelle Antonio. Vivant.

Moi, je m'appelle Ignacio. Présent. Triomphant. Vivant.
Et ravi d'avoir fait votre connaissance.

Paris-Athènes-Paris,
mai-septembre 1974.

IMPRIMERIE BUSSIÈRE À SAINT-AMAND (CHER)
DÉPÔT LÉGAL : AVRIL 1985 - N° 8717 (342)

Collection Points

SÉRIE ROMAN

DERNIERS TITRES PARUS